北京汉阅传播
Beijing Han-read Culture

池波正太郎

IKENAMI SHOTARO

七曜文库

吉林出版集团有限责任公司

真田太平记 一 ◆ 天魔之夏

蔡鸣雁 译

第一章　春之雪崩

第壹话

"明天，你会不会死呢？"

向井佐平次蓦然听到了一个女人的耳语。

那时，他正用双臂抱着长矛，好不容易要打个盹儿，不料耳边竟扑来女人温热的气息。

"死之前，不想抱一下女人的身体吗……"

她如是说道。

黑暗中飘着女人浓重的体味，里面好像混杂着血的味道，甚至带着腥膻。

"嗳……"

女人的手从背后抓住佐平次的手腕，拽了过去。

他的手掌立刻触到了饱满而沉重的乳房。

直至十九岁的今天，佐平次尚未抱过女人的身体。然而，这女人的乳房摸起来竟和他曾经想象过的东西大相径庭。

虽然光滑，却像硝过的兽皮一样强韧。

"怎么样？年轻人……"

将女人绕上脖颈的丰满手臂从后面甩开，向井佐平次只丢下一句"不要"，就起身去寻找别的休憩之所。

女人抿着嘴，笑了。

走出来后，佐平次只觉得黑暗中处处都散发着泥土的清香——它取代了女人，将佐平次紧紧拥入怀中。

泥土开始散发清香，春天已经到来了吧……

佐平次第一次察觉此事。

大约半月之前，佐平次作为长矛队里的一员足轻[①]，跟随主人小山田备中守[②]来到了这处高远城。当时，每天都是冷雨凄迷，间或吹来场雪。

虽仅半月时间，蕴藏着即将萌发的草芽的泥土却已开始散发出馥郁的香味。

信浓国春天的足音，直至来到眼前仍是轻轻悄悄地，仿佛不愿让人察觉到哪怕一丁点气息。

这泥土的清香和那女人的体味虽然程度不同，却都让年轻的佐平次心荡神驰。泥土清新的香气浸染到明日即将迎接死亡的佐平次身体的每个角落，不断向他传达着生的喜悦……

然而，还是抱有死的觉悟要好一些吧。

不单单是佐平次，在这座城里负隅顽抗的三千将士，无一人抱有生的希望。

---

① 日本当时最低等的杂兵，平常从事劳役，战时充当步卒。
② 古日本将国土分成数个"令制国"分别行政，各国皆设立国衙，由朝廷委派官僚（国司）赴任治理当地，计有"守"、"介"、"掾"、"目"四等官职。此处"备中守"就是备中国之守，唯其时天下大乱，各国司徒具空名。

据观察，围城的敌军有五万余人，是城内兵力的十数倍。而且，敌军统帅织田信长似乎正率领着号称七万、十万的大军，从后方向伊那攻来。

目前包围高远城的敌军将领是信长的长子——左中将织田信忠。

三峰川彼岸的台地上，织田军的篝火熊熊燃烧着，一眼望不到边。

信忠的大部队来到城西一里[1]左右的贝沼台地驻扎，是今天下午的事情，但早在两个月前，织田军的先锋三万余人已然将城池包围得水泄不通。

信忠曾派遣使僧来到高远城内，劝说他们："投降吧！"

而城主仁科五郎盛信却削掉了使僧的双耳和鼻子，放言说道："让城介[2]瞧瞧你这张脸去！"

仁科盛信是已故武田信玄和油川氏姬所生，是信玄的第五个儿子，通称"五郎"。

据说盛信跟向井佐平次一样，都是十九岁，但直到进驻高远城之后，佐平次才得以见到仁科盛信的模样。

——这就是人们传言的高远殿下？

武田家的属地内盛传着仁科盛信的勇武，有的说他具备五人之力，有的说他有十人之力。哪知一见之下，却是一名身体微胖、面色青黑灰暗的大将，唯一的特异之处，便是双目圆睁而且略带茶色。

盛信带着侍臣巡视向井佐平次的长矛队所在的三丸[3]曲轮时，佐平次见到了从眼前默默走过去的盛信。

---

[1] 日本的长度单位，1里合3.9273公里，后同。
[2] 指织田信长的长子织田信忠，他曾以战功受封"秋田城介"一职。
[3] "本丸"指内城，距其最近的曲轮以内区域（扣除本丸）是"二丸"，余同。所谓"曲轮"是城池内部的一种简易城墙沟壑，用来防御和预警。

哪里像是十九岁啊，简直就是三四十岁！

九年前，"古今无双的英雄"武田信玄——不光后世，就连当时都无人对该评价存有异议——突然离奇死亡。那之前，他占据着本国甲斐和上野、信浓二国，后又攻进了东海地区①，眼看着便要开始上洛②征途……

武田家势力扩张，行将权倾天下之际，却突然受到织田和德川联军的大举进攻。

正渐渐走向灭亡……

无论对经由美浓至伊那谷、即将攻入甲斐的织田军来说，还是对被逼入本国甲斐国内拼死抵抗的武田家来说，高远城都是最后的关隘。

高远一旦陷落，敌人的大军势必会以雪崩之势攻进甲斐。

高远城以前是伊那豪族高远氏的属城。那时候，向井佐平次的祖父和曾祖父都是高远家的侍卫。

这些事情，佐平次是从三年前病逝的父亲向井猪兵卫那里听回来的。

高远城最后的主人高远赖继投降了武田信玄，却被信玄赐以自裁。那之后，效忠高远氏的仆从基本上都被武田信玄麾下的诸将给收编了。

向井猪兵卫成为小山田备中守的长矛兵，正是始自此时。

---

① 日本本州中部临太平洋一侧地区的统称，包括静冈县、爱知县、三重县北部和岐阜县南部。

② 日本仰慕盛唐文化，曾将其首都京都分成东、西两侧来建设，东侧仿洛阳，西侧仿长安，城北中央则是皇室宫城。镰仓幕府时期，京都的西侧大大衰落，东侧却兴旺繁荣，时人遂以"洛阳"称之。战国时期，大名们证明霸权地位的方法之一便是集结部队去京都朝见天皇，故曰"上洛"。

第贰话

从今天早晨开始,向井佐平次所属的小山田备中守长矛队从"三丸"转移到了这处"南曲轮"。

南曲轮外是一片面对着三峰川的悬崖峭壁。河的对岸，织田大军正紧紧逼来。

明天，织田军恐怕会从南曲轮至大手口之间的地带发起进攻。

佐平次横躺在南曲轮左侧连接"法憧院曲轮"的防御墙里侧。除了负责警戒的士兵在被称做"犬走"的小路上来回踱着步子，其余各处都是和佐平次一样打着盹儿的士兵。

曲轮内有一处临时搭建的简易小屋，但佐平次不太喜欢在那里面和众多战友摞在一起睡觉。

特别是……

明天必定会……

死去。

唯独今夜，他想静静地回忆着亡父猪兵卫睡去。

　　母亲在佐平次七岁时的夏天故去。那之后，佐平次由亡母之妹——姨妈茂枝——抚养成人。姨妈是同为小山田备中守长矛兵的坂山市松之妻。佐平次受到如此的关照，全因其父猪兵卫一生都马不停蹄地跟随主人征战四方。

　　当然，如果父亲活着回来的话，就能够和他一起生活了。父亲只有自己这么一个儿子。

　　"我曾多次见过主公的面容呢！"父亲曾告诉佐平次，"那简直想不出是凡人的容貌，而是从天上某处降临我们地面的雷神一样的面容……而且是温和、和蔼可亲的面容。他的眼睛带着点茶色，目光炯炯，眼睛特别罕见！"

　　此刻，佐平次突然想起了父亲的那番话。

　　仁科盛信的眼珠之所以呈茶色，或许就是遗传自他的父亲——武田信玄。

　　"呵呵呵……"

　　女人的笑声又在某处响起。

　　佐平次不禁咂舌。

　　那女人非常眼熟。

　　大约六天前，他看见一个浑身是血的人从城外回到三丸曲轮。

　　法憧院曲轮的一隅建有一处狭长的简易小屋，约三十坪[①]。女人就在那里起居。

　　"据说那房子是个忍者小屋。"

　　战友中屋伊助曾对佐平次如是说道。

---

① 日本的面积计量单位，1坪约3.306平方米。

简易小屋里有十余个男人，那女人独身混杂其中。

他们全部没有武装，几乎都是农夫打扮，那女人也是脏兮兮的民妇样子。

如果他们住的小房子是"忍者小屋"，那他们就是所谓的"忍者"了吧……

佐平次无非是道听途说，他并不晓得到底什么才是忍者。据说他们小时候接受过严格训练，具备人们意想不到的能力，掌握许多忍者的本领，从事谍报工作，暗地里活动绝密大事。

"听说忍者一天能跑四五十里路呢！"

少年时的佐平次听着父亲的讲述，直惊得目瞪口呆。

"好像叫做战争忍者。"

这也是从父亲那里听来的。

对照父亲的说法，如今住在法憧院曲轮简易小屋里的十来个人，似乎就是所谓的"战争忍者"。

"那些忍者好像可以从城的任何地方出入呢，佐平次。"

这是中屋伊助的说法。

不错，那样说来，那女人进入三丸的时候，木户口的守兵们什么都没说啊。

女人的脸上、和服上都沾染着血迹，浑身是泥，模样骇人，却并未负伤。她和一个高个子的三十来岁的男人一同进来，穿过三丸，向法憧院曲轮的方向走去。

时值黄昏，浑身是血的女人看见敛声屏气地注视着她的佐平次和伊助他们，冲他们面带得意之色地微微一笑。

"那并不是受伤。"

“是溅上的血。”

“杀敌了吗……”

“女忍者嘛，没什么好大惊小怪的。”

足轻们交头接耳。

他们从事着什么样的活动呢？佐平次不得而知。

唯一能想到的就是他们大概探得了逼到眼前的织田军的阵容，并将其报告给了高远城，眼下则会再向驻扎在诹访的主帅——武田家目前的主人武田胜赖——逐一报告吧。

或许是那女人深入织田军刺探，被盘问时打起来了……

所以才会溅上血。

然而，她安之若素。

“她看着我们……笑了……”

佐平次不晓得那女人多大年纪。她身材高大，脸和手脚似乎都被晒得黢黑，怎么看都是个民妇。那女人实在太黑了，黑得连眼耳口鼻都模糊不清，只有笑的时候，那一口健康洁白的牙齿让佐平次难以忘怀。

那女人刚才说：“死之前，不想抱一下女人的身体吗……”她挨近佐平次，拉起佐平次的手，放在自己的乳房上。

佐平次逃了开去，来到这里抱着长矛，追思亡父的容颜。他的耳边再次响起了女人抿嘴而笑的声音。

“如果……”

转眼间，女人的声音逼近了佐平次的后背。

那种无以言表的浓重体味，飘进了佐平次的鼻腔。

“讨厌我吗？”

“走开！”

“噢……好凶。”

“你有什么事？”

“你是向井佐平次阁下吧？”

“没错。那又怎样？”

“我的名字叫阿江。”

“那又怎样？”

“看得出佐平次阁下还没经历过女人的身体。”

“走开！”

“所以，我想将自己送给你……”

“烦人！”

“噢，好吓人……”

“为什么纠缠于我？”

“受人之托……”

“什么？”

“受某人所托。”

“受人之托给我……”

“把你带到那人身边之前，把我的身子……”

“不可能。”

“听说佐平次阁下的长矛可不一般……”

“够了，走开！”

“不，我必须将佐平次阁下带到所托之人身边。”

到底是谁想见我？如果是命令这女人将我带走的人，那应该和这女人一样是忍者吧……

"听说那人是您亡父的朋友啊。"

见佐平次坚辞不受，女人竟如此说道。

"什么？父亲的……"

"嗯……"

佐平次情不自禁地抬起半个身子。

这高远城里会有父亲的朋友，那真是一点都不奇怪。

父亲肯定有许多同在武田家效力的朋友。

"那人在哪里？"

"请跟我来！"

女人拉起了佐平次的手。

和刚才摸上去的干巴巴的感觉不同，女人的手出了汗，湿漉漉的。

那女人阿江一边和他并排走着，一边耳语道："那个人……佐平次阁下，他说他不想让您死在这里。"

"什么？"

阿江不再回答。

第叁话

"……只要开战就输定了，不管在哪里动手，结局都会跟这高远城一模一样。"

"法幢院曲轮"位于高远城的南端。从前，这里有座名为法幢院的寺院，这名字似乎就是由此而来。

在各个曲轮中，法幢院曲轮最靠近那片迎面就是三峰川的断崖。

因此，以此处曲轮为中心，集结了许多守城兵士。

曲轮里面，到处燃烧着熊熊篝火。

这不单单是要警戒敌人的夜间偷袭，也是想让织田军"见识见识"城内的威势和斗志。

城内的高昂士气由此可见一斑。守兵们开怀畅饮，掺着橡子面的小米粥也是供应充足。看来，眼下尚无需大量地储备军粮……

士兵们精神抖擞地吃饭饮酒、高谈阔论，眼下则在睡觉。

至少在向井佐平次眼里是这番景象。

没有一人从城中出逃，也没有哪个部将跟织田军内外勾结。

"这是向井佐平次阁下……"

阿江带领佐平次从法幢院的北侧来到东侧。

　　狭长的松林一直延续到米仓周围。来到这附近，便没了篝火的影子。

　　"喂……"松树的树荫下传来一男子声音，"这里，这里。"

　　阿江点头会意，对佐平次道："他在那里。"

　　"我父亲的朋友？"

　　"没错。来，过去吧。应该不是坏事。"

　　阿江轻轻捅了捅佐平次的后背。

　　只见树荫里现出了一个高大男人的身形。

　　是这一带的农夫。

　　看来，这男人也是"忍者小屋"里的忍者。

　　"嗬，你长得酷似故去的向井猪兵卫阁下。"

　　"您是？"

　　"我叫壶谷又五郎。"

　　他的嗓音低沉嘶哑，逐字逐句传进佐平次的耳朵。

　　那声音听来像五六十岁，而佐平次习惯了黑暗的眼睛所看到的壶谷又五郎则年轻许多。

　　也就三十五六岁吧……

　　佐平次一边思忖一边自报家门："我是向井……"

　　又五郎打断了他："跟我到外面去吧。"

　　"到外面？"

　　"我说的是——出城。"

　　"出城？"

　　"逃出去。"

　　"什、什么……"

“当然，不是逃跑……我这就要回到我的主人身边。所以，想带你一起走。如何？”

“明天，织田军要发动总攻……”

“所以嘛，你明天会送死的哟。”

“啊……”

“我这是要救你。”

“不，这种事……”

“你家从你父亲这一辈才开始效忠武田家，而且是因为旧主人被武田信玄消灭，迫不得已才……”

“敢问阁下的主人是哪位？”

“真田安房守大人。”

安房守真田昌幸的名字，佐平次耳熟能详。

昌幸自幼便和父亲真田幸隆及信纲、昌辉二位兄长共同效力于武田信玄的麾下。父亲和二位兄长死后，他成了真田家的主人。

真田氏虽非武田家的累世重臣，但到了昌幸的父兄一代，也已成为“主公所倚重的左膀右臂”这种勇武战将。

亡父猪兵卫也对佐平次讲过此事。

如此说来，他是效忠于真田安房守的忍者吧——这就是佐平次对壶谷又五郎的第一印象。

“你听好了，佐平次。谁都知道高远城就要被攻破了，就算是将少主胜赖驻扎在诹访大本营的军队合并在一起，武田家如今能奔赴战场的总兵力也只有三万人了。而敌人呢？织田、德川的联军，估计有二十万人啊！”

听了这话，佐平次倒吸一口冷气。

他根本没料到敌人的军队会如此庞大。

"这样的话，少主肯定不会在甲斐国内和敌人交手。只要开战就输定了，不管在哪里动手，结局都会跟这高远城一模一样。"

壶谷又五郎的低语始终沉静而冰冷。

佐平次不禁愤然："那么，真田安房守大人要逃跑吗？"

"没错。"

"岂有此理！"

"喂！小声点儿。"

又五郎呵斥他的声音低沉，如刀子般锐利。

"啊……"

佐平次只觉得是挨了又五郎一记耳光。

又五郎上前搂住了佐平次："就算逃跑，也不会纯粹出逃——是带上武田家的少主逃跑。我要带着你离开这个地方。"

佐平次只觉得这件事真是匪夷所思。安房守真田昌幸的居城在上野国（群马县），莫非他是要武田胜赖逃离甲斐，安身于真田家的属城？

"听懂了吗，佐平次？听明白了就赶紧行动，把长矛扔掉，脱光衣服，换上这个。"

壶谷又五郎拿出和服和腰带，递给佐平次。

佐平次慌忙躲开。

"喂，战死的地方往后总是有的，你不用急着送死。"

"不、不是，我……"

"我和你父亲猪兵卫阁下有着非同寻常的渊源。无论如何，我希望救你一命。"

“什么渊源？”

“哎呀，三言两语说不清的。”

又五郎一阵风似的靠近佐平次，将和服塞进他手中。

体格高大健硕的又五郎身上散发出好闻的体味，像是亡父的香味。

可是，向井佐平次被狂热冲昏了头脑，又一次推开了又五郎的手腕。

“我不能做这卑鄙的勾当。不能，不能！”

说完，他便抱起了长矛向南曲轮走去。

壶谷又五郎欲待去追，却又作罢——有三名负责警戒的士兵走了过来。

士兵们借着火把的光亮，将又五郎审视了一番，而后行礼离去。

紧接着，阿江从树荫中现出了身形。

“为何不拦住他？”又五郎问道。

“刚才有放哨的过来了，就……”

“嗯，我也是。”

“没办法呀，又五郎大人。”

“嗯……”

“我们不抓紧的话……”

“明白。”

两个人的身影转瞬从高远城内消失。

第肆话

若还有继续守城的打算，恐怕就不会这样供应士兵的伙食了吧？

在今天的长野县上伊那郡高远町月藏山的山麓向西延展之处，有座名唤"兜山"的山丘。高远城就建在那里。

就算是今天造访高远城的城址，也依然可从若干城楼拱门、瞭望台、草木葳蕤的空战壕以及浓墨重彩地留下城郭昔日风姿的石墙等处，了解到这座城池拥有着战国时代的伊那谷中最坚固的城郭。

城郭背负月藏山之险，利用深沟、起伏剧烈的地形和溪涧，划分为多个曲轮。在当时没有飞机大炮的战斗模式下，攻城之难，只消围绕现有城址转上一圈便会知晓。

无须赘述，要想毫发无损地守住城郭，当然就需要相应的兵力。

不单单是城内，还可利用城外的要塞和地形，里应外合迎头痛击敌人。当然，必须根据兵力来准备相应的粮食和武器。

惟其如此，方可发挥各个曲轮的功能，将综合防御体制协调完善。

然而，高远城内负隅顽抗的武田军如今已不具备防守全部城郭的兵力。

外城几乎被织田军全盘攻占，城内士兵无非在勉强支撑着以本丸为中心的二丸、三丸及南曲轮等核心地带。

但城郭本身的地形和精心构筑的坚固石墙、防御工事、瞭望台、围墙等防御措施依旧肃然无声地横亘在敌人大军面前。

武田信玄将高远城据为己有、平定伊那已有三十年之久。

当时，信玄二十五岁，风华正茂。二十一岁时，他已非等闲之辈，考虑到家门的存续和发展，毅然决然将父亲信虎流放至骏河。

"信浓、高远是甲斐国的关隘。"

着眼于此，信玄将高远城收归武田家，使之成为至关重要的一个据点。

信玄马不停蹄地派人修葺城池，如今残留下来的"勘助曲轮"据说就是信玄军师山本勘助的独门绝活之一。

他当年何止是"修葺"城池，简直就是重新筑城了。

信玄任命其弟武田信廉为高远城的守城大将。

信玄死后接任武田家当主的武田胜赖厌恶其叔父刑部少辅信廉，让弟弟仁科盛信取而代之，当了守城大将。

盛信是武田信玄的第五个儿子，继承了信浓安云郡的望族仁科氏的姓氏，另立家号。有关他的年龄，历来说法不一，有人说天正十年时他是二十六岁，而这里所采信的则是十九岁的说法。

闲话表过，言归正传。

天正十年（1582 年）三月二日的早晨——

这一天相当于现在的四月四日。

峡谷里朝雾弥漫，难以掌握敌军动向。

伴随着黎明的到来，侦察兵走向城外的四面八方。

小山田备中守的长矛队防守着南曲轮，静待交火开战。

这天早晨又供应了足量的掺橡子面小米粥，而且加放了许多年糕——"要可着肚子吃。"

若还有继续守城的打算，恐怕就不会这样供应士兵的伙食了吧？

"援兵会不会来呢……"

"肯定不会来了。"

向井佐平次边喝小米粥边听着战友们谈论。

这场战争在木曾城（长野县木曾郡木曾福岛町）城主木曾义昌与织田信长的里应外合中拉开帷幕。

木曾氏自木曾义仲以来便占据着信浓的木曾谷。武田信玄对其视若亲族，一直和平相待，还将自己的第四个女儿嫁给了木曾义昌。

所以，义昌是武田胜赖的妹夫。

闻知妹夫举兵造反，胜赖愤然率了一万五千大军攻打木曾。

出兵之前，胜赖在釜无川河滩上将作为人质接来的木曾义昌之母及孩子们处以"磔刑"。而义昌对此也早有心理准备，索性正式倒戈织田。

之所以如此，系是武田家往昔的荣光和威势而今都挪到了织田信长那里。为了使木曾氏代代相传，木曾义昌唯有痛下决心。

除了坐视母亲和孩子们被杀，义昌别无他法。

木曾义昌在织田援军到来之前，于白雪皑皑的鸟居岭迎战武田军先锋，与之激烈交火，进行顽强抵抗。

正当武田胜赖一筹莫展之际，得到急报的织田信长火速派遣早已整装待发的儿子信忠为先锋，奔赴救援。

武田胜赖惊慌失措。

如今的局势"根本不再是攻打木曾"。

织田和德川大军攻来，胜赖不得不调整军队。

他急忙加强饭田、深志、江尾等边界诸城的防守，特别是高远城。

"五郎孤身一人，我放心不下。"

胜赖派重臣备中守小山田昌晨火速进驻高远城。

如此部署之后，胜赖奔赴诹访，在此地安营扎寨。

武田胜赖没有返回新府①的大本营——他下定了决心，要根据前线诸城的战况，亲自充当后援。

"给我出击！"

然而，敌人的兵力实在太多了，简直庞大得出人意料。

这样一来，饭田和高远恐怕都会支撑不住的吧……听到络绎不绝的战报，武田胜赖只觉得如陷绝境，进退维谷。

于是，他放弃了所有计划，仓皇率主力部队退守新府城。

随着敌军逼近高远城，急报信使屡次从高远城奔赴胜赖本部，进行报告。

结果，"没有后援"的传言不知不觉传进了士兵们的耳朵。

似乎微微起风了。

向井佐平次戴上薄铁头盔，穿好俗称"桶侧二枚胴"的铠甲，握紧长矛，和三百来名战友并肩待命于南曲轮的战壕。

---

① 令制国之国衙一带的都市地区构成国府，俗称府中。武田胜赖择地建立新的大本营后，甲斐国遂有了新旧国府之说。其中新建立的自是新府城，遗址现处山梨县韮崎市中田町；而以前信玄时期使用的躑躅崎馆附近地区则是古府中——甲府。

像佐平次这种长矛足轻是地位最低的武士。

虽然他只是一介足轻，其亡父猪兵卫却是管理每组二十人的"头儿"。

指挥总共十组长矛足轻的是立木四郎左卫门，他是小山田家长矛队的足轻大将。

只听四郎左卫门对半数长矛足轻下令道："奔赴城门！"

其时，雾霭刚刚被清风吹散。

佐平次正是属于那奔赴城门的一组。

城门是城的正门，估计据侦察兵的侦察，敌军正从正门蜂拥而至。

昨天那个叫壶谷又五郎的人，已经不在这城内了吧……还有……那个叫阿江的女人呢……

行进在城内通向城门的路上，佐平次蓦然记了起来。

不过，到了紧要关头，死一点都不可怕。这或许是佐平次的年轻使然。同为长矛足轻，有妻儿缠身的中年男人们虽不溢于言表，却是心慌意乱。

"哪怕是为了立木四郎左卫门大人，也不能做卑鄙的勾当。"

佐平次很早以前就痛下了决心。

父亲故去之后，佐平次加入长矛队，从第一次征战起，他便如此告诫自己。

那其中自有缘故。

如今的佐平次，与其说是为武田家尽忠，不如说是一门心思希望和立木四郎左卫门共同战死沙场。

远处，敌军吹响了开战的螺号。

第伍话

倘若直属的长官不能让士兵们敬服，士兵们便
"不能慷慨赴死"……

向井佐平次的初次上阵，是前年春天之事。

当时，武田胜赖率领近两万大军从古府中（甲府）出发，进攻骏河。

敌方是德川家康和北条氏政的盟军。

将大本营构筑在相州小田原的北条家，素以"关东盟主"自诩。

迎战武田军的北条军集合了两万五千大军，挺进三岛一带。

然而，无论是初次上阵的佐平次还是小山田家的长矛队，最终都没有机会和敌人交火。

相反，两军的战船在伊豆海上陷入混战。

从古府中出征时，十七岁的佐平次为走向未知的死亡世界而浑身战栗。在那种强烈的紧迫感的支配下，他的四肢僵直。

甚至都觉得不再属于自己了……

故去的武田信玄一生渴望着能欲挺进东海道地区，故而开辟了自甲州陆合经由梅之岛至骏河的山路。

那件事，正是发生在行军于这条山路之时。

只见那位长矛大将立木四郎左卫门好像想起了什么，策马来到了佐平次跟前。

"向井猪兵卫的儿子就是你吧？"

"是的。"

佐平次很紧张，他记起了亡父昔日所说立木四郎左卫门挥舞长矛迎战敌人时的情景——"让人不敢相信是凡人。所谓凶神恶煞正是那人的模样。"

佐平次从那年正月被编入小山田备中守的长矛队。他对看上去身材相貌精悍的立木四郎左卫门怀有的只有畏惧。他认同亡父的话。

所言极是……

立木四郎左卫门的脸膛被太阳暴晒得黝黑，离得稍远便难以看清五官。他白色的大眼睛在黝黑的脸膛上灼灼生辉。

平时，立木四郎左卫门总是双唇紧闭，极少开口说话。

武田家的人甚至称其为"哑巴四郎左"。

他刚过而立之年，佐平次却觉得他足有四五十岁。他手下的长矛足轻们似乎也都对立木四郎左卫门那沉默的威严佩服得五体投地。

或许就是出于这个原因，长矛足轻们只要上了战场，便会比任何武将的长矛队都更加骁勇善战。

佐平次的姨妈茂枝的丈夫、同为小山田备中守长矛足轻的坂山市松曾经说过："喏，佐平次。等你下回和立木大人一起征战就会明白了。他任何事情都亲力亲为，身先士卒。"

前年的时候……

在向骏河进军的山路上，其他足轻都用看见罕异事物的眼神打量着特意跑过来和佐平次打招呼的四郎左卫门。

四郎左卫门翻身下马，让佐平次牵着马辔。

"来，到这边。"

他和佐平次在离队伍不远处并肩行走。

"喂，佐平次……"

"啊，到……"

"谁都会害怕的。就连我也害怕。恐惧。"

"啊？"

"敌人也同样害怕我们。放心吧，你没有问题的。到了紧要关头，你会达到忘我之境哟。"

"忘我……之境？"

"那样一来，恐惧就会消失。你跟随在我的左右即可。跟在我身后冲锋即可。放心吧，放心吧。每个人都能做到的。"

立木四郎左卫门用低沉的声音缓缓地说完，跨上战马。

"你父亲很刚强。"

低声说完，他第一次对佐平次露出笑容。

佐平次至今都没有忘记他黝黑勇武的脸上露出了闪闪发光的白牙齿。

两年后的今天，那样一个四郎左卫门身披黑色铠甲，头戴桃形头盔，率领长矛队奔赴城门。

注视着他的背影，佐平次受到了鼓舞。

对向井佐平次这样的一介士兵来说，平常时节自不待言，在命悬一线的战场上，与其说是"为了武田家"又或"为了主人小山田备中守"云云，归根结底其实就是受到了并肩战斗的直属长官的人格感召，所以坚定了战死的决心。

倘若直属的长官不能让士兵们敬服，士兵们便"不能慷慨赴死"……长矛足轻尤其如此。他们必须一马当先，冲进最激烈的战斗旋涡之中。

所以才有了长矛大将"在战场上责任重大，甚于一城之主"的说法。

迎着被风吹散的雾霭，向井佐平次和同僚们并肩走下坡道。

"向井佐平次！"

背影暂时消失在雾中的立木四郎左卫门折了回来，招呼佐平次。

今天，四郎左卫门没有骑马。

他的装备和前年出征时如出一辙。

"到！"

佐平次不觉漾起浅浅的笑意。

"嗯……"

四郎左卫门用力点了两三下头。

"看样子没问题了，共同赴死吧。"

他热切地说道。

"是！"

"和我一起来吧。"

"您不介意吗？"

"无所谓介意不介意。大家都一样，齐心协力去战斗。我们拥有的只有此时此刻。此时此刻，要达到忘我之境。就这回事，就这回事啊！唔哈哈哈哈……"

第陆话

螺号声响彻织田军统帅织田信忠的主力部队。应着那螺号声，包围高远城的诸将阵营中号角齐鸣。对面的薄雾中，插在织田军战旗、铠甲上的小旗和马标①铺天盖地地汹涌而来。

敌军战马的嘶鸣声清晰地传入城内将士耳内。不仅如此，甚至听得到敌将发号施令的声音。

织田军兵分数路，从城的后门或者渡过藤泽川从北侧逼近三丸曲轮的悬崖下。

不仅如此，西侧的城门、南侧的法憧院口，都有敌军紧紧迫近陡峭的山崖下面。

严阵以待的守城士兵坚守着各自的岗位，敛声屏息。

"嗬，好冷……"

和向井佐平次并肩而立的中屋伊助低语道。

---

① 日本武将的一种军旗，用来标示自身的方位。

伊助的脸色发灰，就连嘴唇都是苍白的，握住枪柄的手瑟瑟发抖。听说，伊助从未和敌人战斗过。

"我倒是挺热的呢。"佐平次如此说道。

"热？"

"身体内有什么东西在发热，出汗了。"

"是、是吗……"

伊助微胖的身体骤然间簌簌抖了起来。

"别想了，伊助。"不知是谁人说道，"那是战士临阵时的精神抖擞。你看，我一样发着抖呢！"

佐平次想起了在南曲轮分手的姨父坂山市松的脸，那张脸同样苍白如纸……

市松年近四十，按说也几度征战沙场，但到了紧要关头，他那张润泽的红脸膛竟变化得如此之甚……

佐平次对此很是吃惊。

姨父跑过来时，简直像是另一个人了。

"勇敢点啊……"

这句话是姨父的诀别之语。佐平次默然点了点头。只见姨父僵硬的脸上勉强一笑，跑回队列。

城的正门在本丸的西北方向，有条坡路从那里蜿蜒西下。

雾几乎全部散去。

战斗的铜锣声和螺号声齐齐传来，四面八方响起织田军人马移动的轰鸣。

这时，城楼里的小山田备中守下达了命令："立木四郎左卫门，派城门的长矛队转移到法憧院口！"

“遵命！”

四郎左卫门对传令使应道。他从城门进入勘助曲轮，再走过山崖上的路，急行军挺进法憧院曲轮。

照这情形，完全不必转移到城门。小山田备中守观察着织田军的动向，似乎洞悉了敌人的意图。

“敌军集中进攻的是法憧院口。”

城的正门位于山崖环绕的坡路之上，大军不易集中进攻。

领悟到这一点的织田信忠似乎正在转移将士。

城将仁科盛信说了声“我来打”，便将总指挥交给了老练的小山田备中守。他头戴轻快的日根野顶头盔，身披红色仁王护胸甲胄，手握十文字枪，赶去指挥城门战。

法憧院曲轮相当于城的南门。敌人渡过三峰川发起进攻的话，坡度倾斜舒缓，易于攻取。

武田方面自然也十分清楚这一点，本就调遣了精兵强将进行防守，现在又将小山田备中守的半数长矛队从城门处调拨过来，顿时兵力大增。

“哇……”

敌军的呐喊声转眼间迫近了法憧院口。

“过来，过来。”

立木四郎左卫门冲向井佐平次招手道。

“到！”

“冷吗？”

四郎左卫门问紧跟在身后的佐平次。

"不……浑身发热。"

"好胆量！"四郎左卫门颤身大笑，却没有笑出声来，只有身体和脸部在笑，"好胆量——你这家伙！"

"……啊？"

"首次作战就能达到身体发热的程度，很了不起哟。"

四郎左卫门周围的长矛队员们为此放声大笑。

"不愧是向井猪兵卫的儿子。"

"对佐平次来说，这场战斗可是地地道道的初次上阵——上次根本就没和敌人交锋呀。"

他们议论着，再次笑了起来。

聚集在立木四郎左卫门背后的一百五十余名长矛士兵的斗志，正惊人地熊熊燃烧起来。

敌人的枪声就在此时响起。

进攻法憧院口的主力是泷川一益的部队。一益是织田信长麾下的一员猛将，时年五十八岁。只见他一马当先渡过三峰川之后，眼见逼近了山腰一带，立刻指挥左右人马将部队散开。

铁炮①队在前，分两部对城内进行猛烈射击。

尽管城内也用铁炮还击，但在数量上根本无法相提并论。

七年前的天正三年……

在三河（爱知县西部地区）的设乐原，武田信赖被织田信长打得一败涂地，就是因为织田军持有大量的铁炮。

---

① 经过日本人改良的一种前膛装火绳枪。

“竟然有如此多的铁炮……”

武田胜赖着实没有料到。

铁炮从葡萄牙传入日本，是大约四十年前的事情，现如今在贸易港口堺町和北近江的国友村都有这种最先进的武器生产。而这两处地方都被织田信长掌控在了手中。

当时火绳枪的价格堪比现代的飞机。

早在七年之前，织田信长就备下了三千挺如此珍稀昂贵的铁炮，在设乐原一展身手。

那场大战史称“长篠合战”，是一场足以决定武田军和织田军命运的决战。

织田信长将三千铁炮队排成三列横队，在阵地前面设上木栅栏，轮流扫射奔袭而来的武田军精锐部队。

相比之下，武田军的铁炮只有不到五百挺。

交火之后，双方用铁炮相互射击。武田军本以为接下来就该是长矛大刀之战，哪知这想法却在长篠之战中被彻底击溃，搞得他们体无完肤。

数目庞大的铁炮上满弹药，火药点火的时间被填补——织田军轻而易举地进行着一波接一波的射击。

自诩勇猛无匹的武田骑兵队最终没能突破织田军的木栅栏，将士战死一万余人。武田胜赖背负着无可挽回的惨败，逃回了古府中。

至此，故去的武田信玄所开辟的东海征伐以及武田家觊觎天下大权的上洛之路，彻底被中断了。

向井佐平次也听人说过，在长篠之战中，“对武田家来说，大半无以替代的重臣和猛将都已战死……”

"武田家的气数尽了。"

长篠之战结束后，织田信长说出了这样的豪言壮语。

然而……

要想攻取高远城这样的山城，铁炮并不怎么奏效。铁炮的威力，只有在野战中才能得到发挥。

因此，织田军也不能永远使用铁炮射击。

一轮威吓的射击结束之后，织田军呐喊着从四面八方攻向城来。

"先将他们击垮！"

立木四郎左卫门大喊道。

法幢院口的大门随即打开。

包括小山田备中守的长矛队在内的约四百名守城士兵奔向门外。

"嘿！嘿！"

"嘿！"

立木四郎左卫门一马当先，冲进了喊着号子从斜坡处爬了上来的织田大军。

那一瞬间，向井佐平次千真万确看见数支敌枪飞向天空。

往后就不得而知了。

佐平次呐喊着将长矛刺向敌军人群。不可思议的是，他竟然没觉得是在战斗。

没有痛苦。

视网膜仿佛蒙上了一层雾，刀枪般的东西在里面闪闪发光。似乎有什么东西"扑通扑通"地打在身上，但自己没有知觉。

耳朵里"哇哇……"轰鸣着。

佐平次只是在自己的斜坡前挥舞着长矛，极力让战斗中的四郎左卫门背后插着的两支小战旗不在视野里消失。

我要死了吧……

这种念头在佐平次脑子里的某处沉重地震荡着。

不时有温热的东西溅到脸上，佐平次知道自己握枪的双臂正遭到缓钝的撞击。

啊，要死了……我要死了……

这或可说是他唯一的意识。

第柒话

后来才听说，这场战斗长达一小时有余。

然而，对向井佐平次来说，那段达到忘我之境的时间只是一瞬……

水……想喝水……

心脏仿佛要爆裂般痛苦，喉咙剧烈的干渴不可思议地使他专念于这件事情。

这摆脱不掉的痛苦使他的脚下几度踉跄，眼见着就要摔倒。

"佐平次，干得不错！"

耳边突然传来喊叫声。

"啊，立木大人……"

正是立木四郎左卫门。

四郎左卫门的脸被敌人的血染得鲜红。看见那情景的瞬间，佐平次一阵眩晕，倒了下去。

"嘿，坚强点啊！"

四郎左卫门猛然抓住佐平次的手腕，将他拖了起来。

城内的某处，螺号声不断响起。

长矛队的足轻们一齐向法憧院口撤退。

敌人好像暂时退却了。

尘嚣飞扬中，佐平次被四郎左卫门强健的胳膊抱住，进入门内。

收容了自己人的城门再度庄严地关闭。

退到设在法憧院曲轮的马场一角，佐平次精疲力竭地放倒身体，闭上双眼。令人匪夷所思的是他好像并未受伤。尽管脸上、胳膊和腿上都黏糊糊地糊满了血，却都是敌人的血。

"太让人吃惊了，佐平次……"

"尽管是第一次参加战斗，却如此身手敏捷！"

"你像山里的猴子一样腾挪跳跃呢。"

佐平次的周围，长矛足轻们七嘴八舌。

我竟然那样行动了吗……

佐平次感到意外。他完全没有记忆。

突然，他想了起来，睁开眼睛，游目四顾道："伊助……那么，中屋伊助呢？"

"死了呀。"

若无其事的回答从什么地方传了过来。

"死、死了……"

"一开战，不一会儿哪。"

"是吗……"

既听不到螺号声又听不到铜锣声。曲轮里面被不可思议的静谧包裹着。长矛足轻们聚在一起，陷入激战过后的恍惚状态。

周围充斥着异样的臭味。

那不仅仅是血和汗的气味，是更浓烈的臭味。

佐平次想起以前曾听亡父猪兵卫说过这样的话——

"说起来呢，和敌人交手、交火一事可不得了呢。不仅仅是害怕，不知不觉间，身体内的力量就会喷薄而出。然后呢，就会有粪便不知不觉地排出。在战斗时排出来的，所以也没办法。哎呀，等战斗结束，从腰部往下会糊满粪便哟。啊哈哈哈……哎呀，千真万确。我也有几次浑身都是粪便呢……"

佐平次一惊，试着将手从铠甲缝隙中插了进去。

我没有排出粪便……

他不禁失笑。

他可不想糊满那种东西死去。

向井佐平次拥有十九岁的青春。

战斗才刚刚开始。

从法憧院口出战的四百名城兵里，有一百五十余人业已战死。敌人留下约双倍的战死者，退去了。显然，他们很快就会发动下一轮进攻。

战斗不仅仅是在法憧院口，而是在城的各处同时打响。每一场战斗都是迎战的武田军精锐部队将织田军击退。

在城门的战斗中，城将仁科盛信亲自挥舞十文字枪冲杀，似乎取得了惊人的成效。

接替仁科盛信担任总指挥的小山田备中守巧妙利用高远城的防备设施，现如今尚未使敌人靠近一步。

然而……螺号声响彻周边。

这一回，织田军似乎集中向城门扑来。

佐平次他们立即做好战斗准备，却并没有被转移到城门，而是奉命在法憧院口待机而发。

战斗的声浪开始扩大。

高远城的城门外，道路两侧围着高高的防御工事，工事绵延很长。织田军从下面沿着宽五间[①]左右的道路攻上，城兵们巧妙利用设在四面八方的围墙、两重城门间的空地、城门入口等处，不断派出枪队，有效发挥弓箭和铁炮的作用，再次击退织田军。

然而，织田军没有放松进攻的打算。

之后，向井佐平次和战友们一起出城作战两次。每次战斗都有战友阵亡。从早上开始，不晓得过去了多长时间。

时过中午，城兵的疲劳眼见着加重了。

箭和弹药似乎也都用完了。

随着战死者的增加，各方防御变得薄弱自是无法可想。

织田信忠没有放过这个机会。

"是时候了！"

身为统帅的他，亲率千余亲兵，出其不意地渡过三峰川，杀到城东后门。

织田信忠黑色的铠甲外面披着父亲信长送他的披风，跨着栗色战马。这披风在藏青色的背部饰有羽毛，呈凤蝶模样，腰部以下为金线织花锦缎，不愧为信长所青睐的洋溢着异国风情之物。

"呀嗨！"

信忠拿着用金箔绘着香瓜图案的红色大旗，一鼓作气冲上了无路可走的斜坡。

遭遇信忠主力部队的奇袭，后城门的一角终被攻破。

"向后城门转移！"

立木四郎左卫门大叫道。

然而，仅仅防御攻往法憧院口的敌人，他们就已经殚精竭虑。

敌人源源不断地攻来。

无论怎么战斗，无论击退多少次，敌人还是绵绵不绝地攻来。

毕竟，对方是己方军力十倍有余的大军，所以无计可施。

小山田备中守不断调遣着逐渐减少的城兵，将他们派向各处。他的指挥再怎么出色，总还是有限。

"啊！"

敌人逼近法憧院口，终于安装了攻城设施。

所谓"攻城设施"就是攻城道具。此时，织田军所使用的是将圆木堆起来的临时"城楼"。

"城楼"上装有小车，上覆牛皮，内置足轻数名，织田军推动这座"城楼"前进。

一旦"城楼"到达城的防御工事或城墙旁边，士兵便会爬上去向城里射箭，或者以"城楼"为踏板，越过工事和城墙，冲进城内。

之前好歹抵挡住敌人，使之没能安装攻城设施的城兵们，也因为兵力的减少，不得已放松了警惕。

"撤退！撤退！"

立木四郎左卫门将约一百名士兵集合起来，决定放弃法憧院曲轮。

法憧院曲轮和南曲轮之间有条壕沟，上面架着桥梁。

跑过桥后，士兵们全部进入南曲轮的木门内。四郎左卫门立在桥边，只身迎战越过城防攻来的敌人。

"呀！嗨！"

立木四郎左卫门一边拼命战斗一边发出猛虎般的吼声，将敌人打得落花流水。

"四郎左卫门大人，快点！"

听到木门里的声音，掉过头去的四郎左卫门一边闪身渡桥，一边干净利落地挥枪将迫近眼前的两名敌人挑落到空壕沟里。

四郎左卫门一进木门，城兵们便齐齐开始射箭，抵挡敌人的追击。趁着这段时间，他们将桥点上了火。

桥被烧塌，掉到空壕沟里。法憧院曲轮就此落入敌手。

关于那以后的事情，佐平次只有片断性的记忆。

和立木大人一起……

总之，他祈祷着，希望不至于找不到立木四郎左卫门的身影。

只记得大家转向城门，那以后就和四郎左卫门失散了。

后来听说对大将织田信忠亲自冲开城门突破口一事，父亲信长苦笑道："中将（信忠）威猛……有勇无谋哟。"

但是，不管怎么说，信忠亲自发起的猛攻可谓"直取高远城的咽喉"。

信忠让人将进攻设施搭上城门口的木门，只身登上去，跃入城内。

木门口被攻破后，敌人蜂拥进入三丸曲轮，一片混战。

这时候，佐平次好像在战斗中被打出了城外。

说是战斗，也不过是胡乱挥舞长矛，和敌人的身体相互推来搡去，你拥我挤……对佐平次这样的士兵来说，唯有委身于战斗的洪流。

他的瞳孔极度张大，呼吸窘迫，没有任何知觉。

他记得有好多次，身体的某个部位感到疼痛。

他还记得，当伴着某种节奏向上仰望的时候，硝烟弥漫的头顶上方，春日的蓝天清晰可见……

或许，当时的佐平次已经是昏迷不醒了……

第捌话

"还不能高枕无忧，无论如何，我们要离开这里！来，交给我吧，佐平次阁下。"

在昏沉沉的黑暗深处，佐平次听到了亡母的声音。

那声音从远方微弱地召唤着他。

"佐平次……佐平次……"

我死了吧……

亡母过来迎接踏入死亡世界的自己了吧？

若是这样，父亲应该也在。

然而，他听不到父亲的声音。

"喂……喂！佐平次阁下！佐平次阁下……"

突然间，母亲的声音冲进佐平次的耳朵里。

"啊……"

他睁开眼睛。

看见了天空。

星星在闪烁。

是夜空。

“喂，想起来了吗……”

“妈妈……”

“我不是妈妈。”

“嗯？”

“是我。不记得我的声音了吗？”

“啊？”

佐平次吃了一惊，想要坐起来，可是剧痛传遍全身，他呻吟起来。

“好像还记得。”

是女人的声音。

难不成她就是法憧院曲轮简易小屋里的女忍者阿江？

阿江对佐平次耳语“死前不想抱一下女人的身体吗？”佐平次没答理她，她便带着佐平次，将他引见给一个名叫壶谷又五郎的真田家忍者。

“一起逃出这座城吧。”

当时，又五郎对佐平次劝道。

所以，佐平次以为阿江和壶谷又五郎已于昨夜逃出城去了。

“为什么在这里……”

佐平次吃力地问道。

喉咙干得要命。

“水……”

没等阿江回答，他便说道。

“不行。”

“水、水……”

“现在不喝为好。”

阿江一边说，口中一边不停咀嚼着什么。

"水、水……求你了……"

"等等！"

"求你了。"

"来，把这个……"

刚一说完，阿江的脸就贴到了佐平次的脸上。

软软的粥样的东西，从女人温润的双唇间被挤压到佐平次口中。

"唔……"

佐平次皱起眉头——苦得很。

"咽下去，赶紧……"

阿江把脸移开，用手按住了佐平次的嘴。

咽下去的时候没有那么苦。的确，黏糊糊的东西通过喉咙的时候，宛如水一般流了下去。

"这是什么地方？"

"城附近。"

"咦……"

"但是没关系。"

泥土香气馥郁。向井佐平次平躺着，被郁郁葱葱的树木所包围。

"我怎么会……"

"你跌落到金山坂悬崖下面的河里了。"

这事儿真是出人意料。

金山坂相当于高远城的北口，即城门正门附近。

佐平次在东城门处战斗。

自己怎么到的那附近？完全没有记忆。

“城、城呢？”

“陷落了。瞧，从对面杉树的空隙间看得见夜空被染成红色了吧？那是得胜后踌躇满志的织田军的篝火映照着天空。”

“大人呢？”

“哪一位？”

“仁科殿下，还有我们的小山田备中守大人……”

“都死了。”

“果然……”

“战斗很惨烈呢。”

“你看、看到了？”

“嗯，都看到了……”

“难道您没和那位壶谷又五郎一起逃出城去，逃回真田安房守大人的身边？”

“嗯。看来，药见效了呢。”

“什么？”

“噢，你能说话了嘛。”

阿江的口吻像极了男人。

“药？”

“刚才我不是嘴对嘴喂过你吗？”

“立木四郎左卫门大人怎么样了？”

“那男人的事我不晓得。”

“为什么救我？”

“受壶谷又五郎大人之托……”

“壶谷大人为何如此这般地待我？”

"不晓得啊。"

"不晓得？"

"嗯……既然又五郎大人把我留在敌人围攻的城里，叫我救佐平次阁下，那就应该有充分的理由吧。"

"听说壶谷大人和我父亲是熟人？"

"我不知道。"

"可是……"

"你不要再开口了，最好老老实实、安安静静地待着。"

阿江和佐平次并排躺倒。

"不管怎么说，幸免一死了啊……"

她柔声道。

昨夜，她突然过来搭讪，将佐平次的手牵向自己的乳房。那时，她的身体散发着一种不可名状的腥味，如今则截然不同。

或许是那茂密的树林中即将萌芽的馥郁香气，冲散了女人的体味吧……

突然，佐平次的身体哆嗦起来。

那哆嗦引发了一种无以名状的恶寒。

阿江用双臂紧紧抱住开始剧烈战抖的佐平次。

"还不能高枕无忧，无论如何，我们要离开这里！来，交给我吧，佐平次阁下。"

她如是耳语道。

第玖话

阿江将佐平次救了出来。他们现下的藏身之所，是三峰川和藤泽川交汇点以北的山林一隅。

这座山跟高远城北侧耸立的阴见山、钵伏山等山脉的山脊绵延一体，可以隔着三峰、藤泽两河，遥望见约两千米远的高远城。

"怎么样了，佐平次阁下，身体状况好点了没？"

"啊……"

"喂……喂！佐平次阁下！"

"没关系。"

"呵、呵呵……看来我嘴对嘴喂你的药见效了。"

"什么药？"

"将各种草药搅和到一块儿熬制成的呢。"

诚然，佐平次确实是觉得舒服了些。

阿江处理了他身上的伤，帮他裹上了布。虽然疼，却不是剧痛，这滞重的疼痛反倒使佐平次年轻的肉体涌出一种快感。

肉体承受着伤痛，却依然生机勃勃地运转。年轻人对此下意识地感到自豪。

"你说城陷落了……"

"是的。"

"能看见城吗？"

"来，请看看吧。"

阿江抱起佐平次。

"应该可以走。幸亏两条腿都没有受伤……"

"嗯……"

确实如此。

"我能走。阿江，我能走……"

"太好了！"

佐平次的伤有两处——侧腹部和后背。前者较深，敌人的枪尖剜掉了肉。再就是肩部和颈部的击打伤，估计是被枪柄打的。

从杉树林里直至眼前的山麓和对面的高远城，漫山遍野尽是篝火。

光是看那铺天盖地的火光，佐平次也能了解织田军阵容之强大。

黑夜里的天空会变成红色，就是城内的篝火尚未熄灭所致。

佐平次当然知道这是一场不可能胜利的战斗。不过，他直到如今才为以这么少的兵力迎战如此庞大的军队而战栗。

同时，他也暗暗感叹："能活下来真是不可思议……"

无论如何，佐平次都无法使这种不可思议转化成强烈的喜悦。

然而，立木四郎左卫门怕是战死了吧？还有……

对了，姨父怎么样了呢？

在城内分别之后，佐平次在战斗中一次也未见到姨父坂山市松。

然而，基本上可以确信他会战死。

"来，已经可以了吧？"

阿江将佐平次拽回山林中。

"靠着我的身体好了。"

坐到地上后，阿江将佐平次抱在令人难以想作是女人的怀抱里，把一粒不知何时取出来的、梅子一样的东西放入佐平次口中。

"这、这个……"

"一天一粒，吃下去就不会饿了。"

"是药吗？"

"也可以这样说吧。不过，这个呀，是我们忍者随身携带的食物。"

好像是忍者携带的干粮的意思。

"幸好你活下来了。壶谷又五郎大人让我救你，可我也没什么法子。城陷落了，天黑之后，我沿着金山坂下面的河流悄悄走近城，结果发现掉进河里的死人堆里有人呻吟，一看之下，竟是佐平次阁下。我又惊又喜。呵呵呵……话虽如此，这种事毕竟是太稀罕了呢。"

织田军雪崩般涌进城里，武田军的反抗虽然短暂，却无比惨烈。

城将仁科盛信最后关头固守在本丸内的居馆大厅里，和小山田备中守等三十余名武将一起浴血奋战。

"到此结束吧！"

仁科盛信瞅准机会，迅速脱下铠甲。但见他以迅雷不及掩耳之势，持短刀插向腹部右侧肋骨，插进去后又胡乱搅动，挑出肠子，将其掷向大厅的墙壁。

"十左，砍我的脑袋吧！"

他命令道。

负责介错[①]的是仁科盛信的侍臣曾根十左卫门。

作为战国的武将，盛信的死法可谓非常理想。

曾根将砍下主人头颅的长刀插入口中，就势俯卧死去。

小山田备中守等人悉数战死。

不能说没有人像向井佐平次一样奇迹般活了下来，但守卫高远城的武田军确实是几近覆没。

据说织田军的死者数目亦是不遑多让。

---

① 日本武士切腹自杀时，常需要一人持刀旁立，一旦切腹完成，旁立者（介错）便挥出一刀将此人的首级砍下，使之免受痛苦折磨。

第拾话

若没有充实的民政，就"不能战斗，更无法抵御侵略"——这便是武田信玄的信条。

三月六日，从安土城出发的织田信长主力到达岐阜。

岐阜城曾经是信长的"大本营"，而现在信长将其给了儿子信忠。

仁科盛信、小山田备中守等十七名将领的首级被送往那里。信长鉴定完毕之后，将其在长良川的河滩上"示众"。

此时，信长率七万大军进军甲斐国，却根本没有进行战斗。

在先锋信忠的部队和从骏河口进攻的德川家康部队的共同打击之下，武田家彻底绝了气数。

攻陷高远城的织田信忠马不停蹄进入诹访——武田胜赖先前还将主力驻扎在那里，如今胜赖已经撤退到新府城，丢弃了这处据点。

于是，信忠于三月七日便迫不及待地挺进古府中。古府中的城邑飘荡着宛如废墟般的静寂。古府中曾经……与其这样说，莫如说就在数月之前还是武田家的大本营。

去年十二月，武田胜赖从古府中转移到刚落成的新府城。他认为古府中难以招架即将出现的织田、德川联军。

　　胜赖的父亲武田信玄说过，如果被敌军攻到了大本营，那就"已然等同于失败"。

　　"与其坚守，莫如迎战，通过外部的战斗来守护内部。"

　　这就是信玄的信念。

　　信玄在世时，从未允许敌人踏进过古府中。

　　所以，古府中根本没有城防。

　　虽然有守城的居馆，但那当然经不起战斗。万一敌人攻来，倒是可以爬上附近的险要山头作战……但是，恐怕信玄做梦都没想过这种事吧？

　　另外，就算能在险要山头上的小堡垒里负隅顽抗，那也挡不住这次的织田大军啊！

　　所以，胜赖仓皇决定沿釜无川逆流而上大约七里，在靠近韭崎的断崖台地上修筑新城。

　　那里地势险要，东可俯视甲斐盆地，西、北方向则被以"八岳"为首的甲信山岳包围。

　　地形不错，但毕竟是匆促建造之城。

　　"那样的城，不堪一击哟！"

　　据说就连当地的百姓看到那粗糙的筑城工事都议论纷纷。

　　父亲信玄对属国的治理周到完善，而胜赖则常常对属民进行威压苛责。

　　胜赖固然骁勇善战，不失为一名出类拔萃的将领，但他一心渴望能和伟大的亡父一样屡战屡胜，这种强烈的念头使他失之焦躁。有书籍记载，自在鲁莽的长篠之战中惨败以来，胜赖总是对属民"苛敛诛求，无以复加"。

武田信玄说过："人即城，即城墙，即城壕。"

关于这件事，佐平次也听父亲向井猪兵卫讲过无数次，听得耳朵都要起趼子了。

向井猪兵卫在信玄死后仍称他为"主公"，而将继承信玄衣钵的武田胜赖叫做"少主"。

"主公呢，对属民满怀慈爱，把属民的心看做武田家的东西。换句话说，主公认为属民才是武田家的城池。"

猪兵卫如此说道，仿佛难以抑制感动之情。

若没有充实的民政，就"不能战斗，更无法抵御侵略"——这便是武田信玄的信条。

这位战国大名①确确实实就是这样做的。据说就是因他太过专注民政，天下统一的大业才"迟了一步"……

攻打、得胜、占领敌国继而——精心治理，待完全休养生息之后才开始下一场战争。如此这般，眼看着总算要挥师上京，天下大权行将在握之际，信玄却患病倒下。

而继承其衣钵的胜赖则是没完没了的"战败"和"征敛"，彻底失了民心。

属民们对此时的武田胜赖有着如下的怨嗟之语——

"干脆让他被织田或德川给消灭了吧！"

---

① 日本战国时期割据一方的领主。

第拾壹话

真田家迄今为止为武田家出了多少力，具备怎样的实力，武田众臣无人不晓。

"请您痛下决心，丢掉这座城吧！"

不久便有武将如此劝说撤退到新府城的武田胜赖。

那不是别人，正是安房守真田昌幸。

"如果您肯撤退到臣下的属城岩柜，我总有办法保护您的。"

昌幸的话音里充满自信。

上州的岩柜城被吾妻山岳围拢着，如果据守此处，利用对地形的熟悉，动员彼此信赖的地方豪族及地侍①，那么"必定能撑个一两年吧"。

所以，索性丢掉祖辈世代相传的领国好了——昌幸慷慨激昂地摇唇鼓舌。

此时，安房守真田昌幸正值三十六岁的壮年。因两位兄长（信纲、昌辉）七年前都在长篠战死，他成了真田氏的当主。

------

① 日本中世时期的土豪武士。他们并非是任职于幕府的武士，而是在乡土著，并在当地拥有势力。

昌幸身材矮小，胜赖曾拿年少时穿的衣服捉弄他说："赏你了，穿穿看吧。"

"臣下惶恐……"

据说昌幸当场穿上，领受了赏赐。

似乎刚好合身。

胜赖是个大块头，和胜赖并肩站在一起的话，昌幸的脑袋看上去或许只到胜赖的胸部。

但是，他虽然身材矮小，脸盘儿倒是很大。

一张大脸的上半部分全是额头。

简直就是长了一个垂到脸中央的额头嘛。

额头下面，大而漆黑的双眸总是灼灼生辉，肥嘟嘟的鼻子和绝对称不上小的嘴巴呈"一"字形。

他真是相貌怪异。

"希望您撤退到我的属城！"

列席诸将沉默不语地注视着真田昌幸用力甩着、扭着这张大脸和这副小身架慷慨陈词的情景。

武田诸将对昌幸的亡父幸隆及二位兄长有着颇深的了解。

真田家迄今为止为武田家出了多少力，具备怎样的实力，武田众臣无人不晓。

但是，真田昌幸是个未知数。

昌幸虽然继续背负着父兄的勇武和功绩，但目前还没人见识过他的实力。

"即便您撤退到上州，或许不日也将重返甲斐呀。事到如今，留在甲斐无非是白白送命，想必少主不会不明白。"

昌幸面无惧色地坚持己见。

诸将面带不快。然而，武田胜赖似乎被昌幸的能言善辩说动了心思。

"我认为安房守所言极是。"

胜赖很快说道。

"那么，您要移驾岩柜吗？"

"嗯……好，撤吧。"

胜赖终于答应了。

胜赖三十七岁，比昌幸大一岁。

昌幸从少年时代起就作为侍童，侍奉在父亲信玄左右，所以胜赖还是了解他的。他们二人玩过相扑，还曾策马狂奔，胡玩乱闹。

正因为这样，武田胜赖"喜欢"真田昌幸。

若非如此，此时的他根本不会被昌幸的辩才打动。

"请您务必于明日之内撤离。"

真田昌幸欣喜万分。他对胜赖细心周到，当天就亲自带领为数不多的几名家臣新府城出发，匆匆赶往上州。既然胜赖要来，他就必须尽早做笼城①的准备。

这是三月一日的事情。高远城的陷落，是第二天——三月二日。

在那两天的时间里，武田胜赖改变了念头。

胜赖的儿子——十六岁的信胜——坚决反对丢弃武田家的属国甲州，说真田昌幸非常"不足以信赖"。

的确，对武田家来说，真田氏并非累世重臣。

---

① 加固城池，以备坚守。

真田氏只是信州的一门豪族，从归附武田家算起，到昌幸不过三代。

更有重臣说"真田这是打算把殿下骗到上州，把您交给德川"云云。

武田胜赖犯了迷糊。

假如胜赖这时逃到岩柜城的话，会怎样呢？估计织田信长绝不会发兵进攻上州。

攻陷甲州的信长将会返回安土，数月后再因明智光秀的谋反而横死于京都的本能寺。

这样一来，和真田氏一起幸存下来的武田胜赖在之后的战国末期会扮演怎样的角色呢……

总之，武田胜赖变了卦，没有撤往上州，遂导致了自我毁灭。

这事暂且不表。且说女忍者阿江要将幸存下来的佐平次带去的地方，正是真田昌幸的上州岩柜城。

第二章　逃亡

第壹话

武田胜赖决定将新府城付之一炬，而后撤退。

一看到这座仓促建成的城池，便觉得这"不是防御"如怒涛般汹涌而来的织田、德川大军的办法。

这在所有人眼里都一目了然。

所以，胜赖听从了武田家世代重臣小山田信茂的频频规劝。

"您若暂避到我的属城的话……"

姓氏相同，但小山田信茂和在高远城战死的小山田备中守并没有很深的关系。当然，追溯先祖的话，或许是同族吧。

小山田信茂的岩殿城（山梨县大月市）的确是一座险要的山城，最不济亦可牵制敌人大军。这总比待在新府城里，白白成为敌人的盘中餐要强——所有人都这样认为。

但是，胜赖从新府城撤退之时，跟从他的将士减少了一半。

他们弃主潜逃了。

就这样，武田胜赖来到昔日的大本营——古府中，在荒废的城下町①住了一晚。待到翌日早晨一看，大半将士又不见了踪影。

据说，渡过笛吹川到达柏尾之际，跟随胜赖的人只剩下了一百五十余名。

从诹访的大本营撤回新府，真田昌幸慷慨陈词，主张"撤退到我上州的属城"时，新府应该尚有将近万名将士。

"站住！"

胜赖无法这样阻止。

"胆敢逃跑，以罪论处！"

足以这样进行威慑的实力，已经彻底从胜赖和武田家消失了。

除了任由他们逃跑、茫然目送他们之外，武田家已然无计可施。

每逢天明都有士兵逃亡，从各处村庄征调的仆从也不见了踪影。

小山田信茂理应提前一步离开新府回到岩殿城，为迎接胜赖作笼城准备。

信茂将自己的老母亲留在胜赖身边。她是人质。

然而，这个人质在抵达驹饲村的时候逃走了。

加入队伍的信茂门人——小山田八左卫门——抢了信茂的老母亲逃走了。

"狗东西！"

武田胜赖勃然大怒。直到这时，他才开始怀疑小山田信茂。

莫非被他算计了？

他没有怀疑的余地。

信茂背叛一事是确切无疑的事实。

---

① 指过去以封建领主的居馆为中心，在其附近建成的繁华街市。

"这会不会是出了什么差错……"

"信茂不可能背叛我啊……"

可悲的是，即便到了这一步，胜赖依然硬着头皮继续相信对方。

胜赖被逼到如此境地，随着作为武田家统帅的威严和斗志的消亡，他作为统领的判断也变迟钝了。

就算只有一根稻草，但就是想抓住啊……

只剩下这种心情在逐渐左右胜赖的行动。

除了信茂的岩殿城，已经走投无路了呀……

何况，他身心俱已开始虚脱。

从驹饲村出发时，武田胜赖仰望着拂晓微微放亮的天空，脑海里浮现出安房守真田昌幸的面庞。

胜赖喜欢昌幸那看上去分外老成的风貌和与之不相称的、总是生机勃勃、干劲十足的年轻声音，以及短小身躯的敏捷动作中自然而然洋溢着的和蔼可亲。

"小猴子又开始跳跃了呢。"

亡父信玄让少年时代的昌幸在身边侍奉，看到昌幸四处忙活的样子，他经常这样说。

"安房……"

胜赖对着清晨的天空大声疾呼，他为自己低沉声音里的空洞不寒而栗。

信玄死后，胜赖依然频频攻打东海地区，威慑德川家康。那时的武田胜赖，名副其实是一位"猛将"。

然而，如今的胜赖连在高远城内惨烈自决的异母弟弟仁科五郎盛信的气魄和决心都没有了。

"此时此刻，要达到忘我之境。我们拥有的只有此时此刻。"高远陷落之日，立木四郎左卫门曾这样鼓励第一次和敌人战斗的向井佐平次。

然而，武田胜赖错失了那种"此时此刻"。

真田昌幸劝他撤退到上州时，曾说："此时此刻，您应该紧拥东山再起之志，使之燃烧，同时果断舍弃先祖的国家。"

昌幸是说要满怀斗志地撤退，而不是落荒而逃。

这天早上是三月九日。

织田信忠已经进入古府中，意欲追捕胜赖。

织田信忠的主力部队从岐阜出发，正在向诹访行进，而德川家康的军团正进入身延山。

武田胜赖彻底被包围了。

在驹饲逗留两日，等待小山田信茂出迎的胜赖便迫不及待地出发了。

此时，跟随胜赖的家臣减少至六十名。

"您万万不可留恋甲斐国！"

真田昌幸充满活力的声音回荡在悄然行走在山路上的武田胜赖耳中。

"您要是想使我们的国家存续，就必须舍弃先祖的国家。"

山林里，春天的气息开始吐露芬芳。

跟随服侍胜赖夫人、胜赖妹妹松姬的十五名侍女气喘吁吁、汗如雨下。她们都是些以前从未走过险峻山路的女子。

碧空如洗，小鸟的婉转啼鸣此起彼伏。这分明是鸟儿宣告春天的声音。

如今，至少在离开了新府城的真田昌幸看来，马背上颠沛流离的武田胜赖无疑会使他错愕："这是少主吗？"

倘若有人见识过指挥精锐的武田军团时那个精悍的胜赖，如今再看见他的话，估计不会相信这是同一个人。

武田胜赖在夫人和妹妹乘坐的轿子前面动作迟缓地策马行进，无精打采的脸色如墙土一般。

一行人费尽千辛万苦、精疲力竭地赶到笹子峰之时，走在队伍前面的三名家臣跑了回来。

他们的神情中充满了浓重的绝望之色。

他们一边往下通过山路跑到跟前，一边拼命地挥手。

"什么事？"

胜赖的重臣迹部大炊介问道。

"不能到山顶！"

家臣大喊道。

"火速、火速返回！"

"怎么了？"

"小山田的兵设了城栅，摆好阵势要捉拿我们！"

事到如今，小山田信茂的叛变对胜赖已是不争的事实。

信茂意欲捉拿少主，将其交给织田军以求得自身平安。不料织田信长极其厌恶他这种叛变之举，日后果然将他杀了。

当时，武田胜赖只说了一句话："撤退！"

第贰话

是夜，武田胜赖一行在山下一处叫做鹤濑的村庄外面的树林中露宿。

不能疏忽大意地燃起火光。

这附近的土民没准儿会结群来袭，必须加以留意，以免被他们发现后密报给织田军。

"给我追捕胜赖！"

在古府中安营扎寨的织田信忠如此命令指挥先锋部队的泷川一益。

恐怕泷川一益的部队已经逼近了眼前。

这天深夜，又有数人逃走。

到了早晨，得知此事的武田胜赖已不再是昨天之前的胜赖。

"是吗……"

听迹部大炊介报告此事时，胜赖若无其事。

"要逃就趁现在吧。"

说着，他的脸上浮现出深深打动对方心灵的微笑。

今天早上的胜赖，双眸里增添了力量。他容光焕发，昨日之前被沉重的铠甲束缚的、看上去气息奄奄的身躯，久违地焕发了生机。

他的焕然一新甚至使得迹部大炊介不由自主地瞪大了眼。

短短一夜之间……

迄今一直和迹部大炊介共同跟随胜赖左右的重臣长坂长闲也觉得回复了生机的少主不可思议。

不，胜赖或许根本就没意识到自己的焕然一新吧？

昨夜，胜赖少见地酣然入睡。

一切希望都彻底破灭了。余下的唯有坚定决心，寻求葬身之所。

剩下的只是为了引导自己走向死亡，必须再活下去！

仅有的……要为活过怕是仅有的今天或明天而努力。求死的意念好歹支撑着胜赖。

迹部和长坂都做好了死的心理准备。不知为何，这两人抛弃主人逃跑的说法竟被当成真事流传下来。那是谬误。

这天早晨，胜赖苦劝夫人，之前也翻来覆去劝过她多次。

"到明天就没机会了，所以，希望你赶紧回去。"

胜赖说的"回去"是指让夫人回娘家。夫人是小田原城主北条氏政的亲妹妹，二人在武田、北条两家结盟时结为秦晋之好。

不言而喻是政治婚姻。

然而，北条氏政如今竟参加了织田、德川联军，即将率三万大军从关东方向攻进甲州。

只要回到了那个地方，胜赖夫人的安全基本就会得到保障。

她的侍女和家臣中有近十名是当初出嫁时从小田原跟过来的。

胜赖打算让这十人跟随夫人，将她送回北条氏政身边。

年轻的妻子只有十九岁啊。

"回去吧，求你了！"

面对反复恳求的丈夫，妻子不断摇头，双眸饱含着发自内心的热情。

最终，胜赖死了心。

尽管不忍让她死，但妻子肯跟他共赴黄泉，还是让胜赖由衷高兴。

"希望你活下去振兴家门。你无论如何要屈尊到上州去求真田安房守。"

胜赖劝说儿子。

"我们断了根脉的好。"

胜赖的儿子信胜对父亲说道，不肯改变决心。

信胜是织田信长的养女由理姬（其生父是美浓苗木的城主远山友胜）十七年前嫁给武田胜赖时生下的儿子。

由理姬生下信胜不久便因病死去，后来胜赖再婚，从北条家迎娶了现在的夫人。

十七年前……

信长刚过三十，好不容易当上美浓岐阜的城主。面对越后的上杉谦信和甲斐的武田信玄的雄厚实力和不凡威风，他绷紧了神经，以巧妙的政治能力努力经营，以求不触怒两人。

信长热切盼望和武田家缔结同盟，渴望养女和他们联姻也是出于这个原因。

武田信玄提出要对方迎娶胜赖的妹妹松姬，信长更是欣然订立了婚约。

“希望她能嫁给犬子信忠。”

不过，由于双方都是幼童稚女，所以约定十年之后正式完婚。

“十年之后，信忠没准不会让武田家的女儿生下孩子。”

据说，织田信长当时曾悄悄对侍臣如此透露道。

言下之意是，十年之后的自己，没必要再和武田家结盟了。

故去的信玄对信长的这一算盘自是了然于胸。

果然，没等松姬成为信忠夫人，两家便陷入交战状态，婚约就这样被废弃了。

松姬时年二十二岁，随兄长胜赖一同来到此地。

她现在已是尼姑，被尊称为“新馆御料人”①。

“阿松，你无论如何都要为我们祈祷冥福。”

胜赖对皈依了佛门的松姬如此说道。她只得应承下来。

当天早晨，松姬由两名侍从护卫，和胜赖一行告别后逃脱。

后来，她以法号“信松尼”活了近三十年岁月。

至此，武田胜赖只剩下寻找葬身之所这一件事了。

“去天目山吧……”

说着，胜赖跨上了马。

同一天早晨，同一个时刻……

向井佐平次从睡梦中醒来。

他在干草和稻秸中埋头大睡。

那里是处三坪左右的小屋。

----

① “御料人”是对贵族人家儿女的尊称。

它不是寻常的小屋——有一半都埋在土中。

埋没的部分被石头围起，还在上面精心涂上黏土。

小屋的上半部分盖着竹编的屋顶，屋顶上覆着厚厚的萱草。

三天前，阿江将佐平次搬到了这处小屋里。

佐平次在阿江的照料下恢复了元气，但侧腹部的深伤口不可能很快痊愈。

从看见高远城熊熊燃烧的山林中到这处小屋，阿江花了相当长的时间，小心翼翼地行动。

"到处都布满了织田军呢。"阿江说道。

他们在山中艰行至此，佐平次也不知道历经了几日。

伤口再次疼痛起来，一时间，佐平次甚至觉得会就此死掉……

醒来之后，他发现前天离开小屋的阿江犹自未归。

第叁话

"一步也不可走出这小屋！"昨天早上，阿江严厉地吩咐他道，"我去看看情况。哪怕今天回不来，也别担心。我必定会回到这里的，佐平次阁下。"

"你要去什么地方？"

"我必须去打探一下织田军的动静，否则难以离开此地……"

"你孤身一人，能做那样的事吗？"

"嗯……"阿江泛起苦笑，"我一个人的话，哪里都能去。我是因为要带上佐平次阁下逃跑，才煞费苦心的呀。"

"你为什么要这般待我？我不明白……"

"幸存下来，你不高兴吗？"

"这、这个……"

"不高兴吗？"

"高、高兴。"

"我只是在做壶谷又五郎大人托付之事。"

佐平次不能理解。

先前，佐平次多次打听亡父向井猪兵卫和壶谷又五郎的关系，可阿江只说"不知道"。

"我和你父亲猪兵卫阁下有着非同寻常的渊源，所以我想救你。"

高远城陷落前夜，说这话的壶谷又五郎的话音里蕴着一股神秘。

不管怎么说，就连年轻的佐平次也能感觉到，又五郎将阿江留在那样的混战中，让她负责佐平次一人的安危，不是寻常之事。

听说又五郎和阿江是效命于上州岩柜城城主、武田家三代侍臣安房守真田昌幸的忍者。

织田信忠的大军逼近伊那谷，武田家派出多名忍者自信忠从岐阜出发时开始一一打探其军容和进军状态，并报告给武田的大本营和高远城。

"可是，尽管我们忍者拼了性命做那样的间谍工作，却依然无济于事啊。不管忍者再怎么活动，武田家都已经不具备战斗能力，只能束手无策了……"

阿江如此说道。

忍者，就是"间谍"。

使间谍工作发挥作用的势力一旦从背后消失，忍者就的确无能为力了。随着武田势力的衰败，信玄时代以"日本第一"的实力引以为自豪的武田家间谍网逐渐失去协调，接二连三地出现了牺牲者。

真田昌幸在织田军攻打高远城时，派出了又五郎和阿江等三名真田忍者。

这既是为了帮助武田忍者，同时昌幸自身也想借他们的耳朵和腿脚，早一步掌握敌军情况。

"如今，派向这边的真田忍者中，活下来的只有又五郎大人和我这样两个人了。"阿江叹道，"敌我双方都派出忍者，此番简直不分胜负……"

这是什么意思？向井佐平次不甚明白。

尽管不甚明白，却能隐约猜知——军团和军团的战斗之外，双方的忍者们必定也展开了激烈的战斗。

"这间小屋位于何处……"

"我们完全是从山中走过来的，所以我自然弄不很清楚。这里离高远城也不怎么远。"

"哎？"

"在木曾山脉驹岳山麓附近吧。"

"驹……岳？"

驹岳是木曾山脉的最高峰。

据说木曾山脉西侧是木曾谷，东侧是伊那谷，阿江将佐平次带进去的小屋位于驹岳东面的权现山山腰。

小屋掩映在冷杉树和松树密林中，却精心修建。佐平次对此很是惊讶。

"这小屋就是所谓的忍者小屋。"阿江笑道，"这是大约三年前为应对这次这样的战斗而建成的呢。"

所以，这小屋眼下就是武田家忍者的基地了吧？

"我想是不会再出那样的事了……不过，我不在期间，万一有什么人出现在了这间小屋里面，你只要告诉他我或者壶谷又五郎大人的名字就行啦。"

吩咐过之后，阿江离开了小屋。

向井佐平次在"忍者小屋"里睁开眼睛之时，武田胜赖一行已经离开鹤濑走向天目山。

他们沿日川河攀行在峡谷间的陡峻道路上。

到达一处被叫做田野的小村庄前面时，一名负责后方警戒的侍从追了上来。

"织田军追上来了。"

侍从报告完毕，立即再次退了回去。

胜赖一行从新府来到此处，一路上看见过他们队伍的人估计也颇有几个。

可以认为织田先锋泷川一益的部队从古府中一路多方打探，掌握了胜赖一行的行踪。

胜赖将人集合到谷川沿岸的一处小台地上，道："女人可以抓紧逃命。"

最后的期限逼来。

胜赖选中天目山，并非为了躲藏到山里。

他为的是得到一处葬身之所。

"这里就挺好的嘛。"胜赖环顾着四周，轻轻说道，继而又劝说从北条家随夫人陪嫁到武田家的四名侍从，"回小田原去吧！"

然而，四人都不答应。

无论是这四人还是胜赖别的侍从，都身处马不停蹄的逃亡之中……这期间要逃亡简直易如反掌。所以，这四人其实早就下了决心。

此时，胜赖的夫人开口说道："请将我辞世一事告知兄长。"

如此，四人才勉强同意回小田原。

　　黑发乱世身未果，思如消逝露珠绪。

这便是胜赖夫人的辞世之句。

武田胜赖不想再挪窝了。

侍从们砍倒山上的树木，开始在台地周围立起栅栏。

为何……

凭借这样的栅栏，当然无法御敌。

可是，倘不做点什么，或许会坐立难安。

"生火吧。"

待到太阳落山之际，胜赖徐徐命令道。

生起火可以煮粥，可以取暖。

但也会被敌人发现。

然而，胜赖和侍从们已不再害怕敌人。

第肆话

"小菜一碟。我一个人的话，现在没准儿都到岩柜城了呢。"

当时，权现山的忍者小屋里——

向井佐平次坠入深沉的睡眠中。

怎么睡都觉得睡不够。

腹部的伤口咝咝啦啦地疼，但那逐渐减轻的钝痛反倒令人舒畅。活动身体时，传来一阵让他不由失声的疼痛，不过只要这样子一动不动地侧身依偎在干草和稻秸里，苦痛便会不翼而飞。

佐平次梦见了姨妈和表弟表妹们。

姨妈他们应该身在古府中小山田备中守长矛队的长屋里守候外出的姨父——坂山市松。

尽管小山田备中守当上了信浓尼饰（长野市松代町东条）的城主，但这座城失去了对武田家的战略意义之后，他基本都在古府中辅佐武田胜赖。

因此，备中守的侍从和大部分家人都搬来了古府中。

在佐平次的梦里，古府中的长矛兵长屋陷入了火海。

熊熊燃烧的火焰中，姨妈茂枝痛苦地挣扎着，即便如此，她依然紧紧抱着昏迷不醒的儿子松之介。

佐平次就这样看着那番景象，表妹阿珠紧紧搂住他哭泣着。

阿珠十五岁，身体日渐丰满。她的身体散发出一种被日光晒过般的浓重体味。

不晓得睡梦中可否存在嗅觉，但后来佐平次确确实实觉得梦中闻见了表妹身体的气味。

姨妈夫妇视同己出地照顾佐平次，佐平次也把松之介和阿珠当成亲弟弟、亲妹妹。和他们在古府中的长矛兵长屋里共同生活时，他从未对阿珠怀有过梦里那样鲜明的感觉。

"救救他们……哥哥，救救妈妈啊……"

阿珠不停地叫喊，一个劲儿地把身体往上蹭，双臂绕上佐平次的脖颈。

于是，神使鬼差地……

佐平次竟一边看着姨妈和表弟在眼皮底下快被烧死一边将阿珠摁倒，扯开她的衣服，把脸埋进她微微鼓起的乳房！

"啊！唔、唔……"

佐平次大汗淋漓地呻吟着，睁开了眼睛。

"醒了吗，佐平次阁下？"

石头围起来的洞穴中生着火，悬着一个小小的铁锅，里面好像煮着东西。

阿江就坐在那些东西前面，看着他笑。

"啊……你几时回来的？"

"很长时间之前。你睡得正香，所以没叫起你来。"

阿江的打扮和离开小屋时不一样了。尽管还是农妇模样，却变得俊俏了，丰密的黑发上积攒的尘土也被清理得干干净净。

"久违了的小米粥。来，吃吧。"

"你去什么地方了？"

"从诹访到古府中……"

"什么？到了古府中？"

"嗯，去了。"

"凭借女人的脚力，孤身一人到那、那样的地方……"

"小菜一碟。我一个人的话，现在没准儿都到岩柜城了呢。"

我有那么累赘吗——佐平次欲言又止。

"古、古府中怎么个情形？"

"布满了织田信忠的大军啊。武田少主好像丢弃了新府城，逃向什么地方了。反正就是这般田地了。"

"少主逃向哪里了？"

"不知道。听说这场战斗打响之前，真田殿下就打算将少主带到岩柜。所以少主丢弃新府城时，他肯定也劝过少主这件事情……可是，少主好像没去岩柜。可能是在领地内东一头西一头地逃窜吧。"

"真田安房守大人也这样吗？"

"哦……"阿江浅浅地笑了，"真田殿下岂能草率地做那种糊涂事……"

这女人看不起少主……

佐平次怒火中烧，闭上了嘴。

如果古府中到处都是织田军的话，姨妈他们之前必定已从城里逃出无疑。虽然不晓得他们的安危，但身为妇孺，应该逃不太远……

佐平次心想。

"为什么生气，佐平次阁下？"

阿江靠过来，想把偎在干草里的佐平次抱起来。

"走开！"

甩开阿江的手臂抬起上半身时，佐平次的腹部一阵剧痛。

"唔、唔……"

"喂，你瞧！"

阿江紧紧拥住佐平次。

"事到如今，一切交给我好了。别不好意思，别不好意思。"

她在佐平次耳边温柔地说，仿佛哄小孩子一般。

"往后我来做佐平次的母亲吧。这样可以吧？噢、噢……"

阿江的手缓缓地摩挲着佐平次绷得僵硬的身体。

佐平次非常舒服。

佐平次情不自禁地把脸埋进阿江的胸脯哭泣起来。

到了早上……

佐平次睡在阿江的怀抱里。

昨天夜里那事之后，佐平次好像吃了小米粥以后很快就滚进干草里睡了。阿江背着很多行李回到了小屋。

"佐平次阁下明天必须换下身上的行头。这副模样是万万不可能从甲斐国逃脱的，是吧……"

佐平次记得阿江对埋头大吃小米粥的自己这样说过。

睁开眼睛时，佐平次看到眼前有一个大大的、丰腴的隆起物。

白生生的隆起物上面生着茱萸果实一样的东西。是乳头！阿江左侧的乳房从敞开的怀里露了出来。

看着那东西，佐平次的呼吸不觉变得局促。

不知道为什么。

和昨天梦里闻到的阿珠那带着日晒味道的体味截然不同，阿江温热而酸甜的体味使佐平次意乱神迷。

接下来……

阿江的手提住闭着双眼的佐平次的手，将其牵到自己的胸脯上。

"啊……"

"佐平次……"

"嗯……"

"请闭上眼睛。来，快一点……"

"这、这样子吗……"

"那样就行。"

刚一说完，阿江的身体随即软绵绵地压到佐平次的身体上面。

不可思议，腹部的伤竟然没有痛。

阿江温热的唇堵住了佐平次的嘴唇。

"让我来……你不要动。没关系，没关系……"

那时，清晨同样造访了天目山山麓的台地。

武田胜赖与尚隐约浮现少女风貌的年轻妻子相互偎依着窃窃私语。

侍从和侍女们特意远离他们，开始准备早饭。

那里是轿子的阴影，看不见胜赖夫妇的身影，就算听得见他们说话的声音也听不清楚话语。

偶尔，夫人的声音高亢起来。

"好高兴！"

"死比活着更容易。"

这样的话传入侍女们的耳中。

还能听见胜赖落寞的笑声。

早饭做好之前，危机逼来。

负责放哨的安田源三郎和皆井小介两人跑了回来，报告说织田的先锋部队已经迫近眼前。

侍女们发出哭声，一名叫土屋惣藏的侍从跑上胜赖夫妇所在的台地。

第伍话

土屋惣藏精于刀术，弓箭也是人中翘楚。他个子倒是寻常，但浑身裹着岩石般的肌肉。

"少主……"惣藏在武田胜赖面前跪下，"我来抵挡一阵子吧。"

他只说了这么一句，抬头看着胜赖。

我抵挡的时间里，请您从容地自行了断——惣藏的眼里饱含着这样的意思。

胜赖面带微笑，同时冲他用力点了点头。

土屋惣藏施了一礼，和三名侍从一起跑下台地。

昨天下午，胜赖一行在这田野村外面的台地处停下不动时，侍从们在稍微离开一点的山崖小路上围了两三重栅栏——哪怕只将追赶来的织田军先锋抵挡住片刻也好。

和惣藏一起跑向山崖小路栅栏方向的侍从中，有一位名叫小畑龟之助的人。

他是个三十岁上下的精悍汉子，自离开新府城至今他几乎没有开过口，默默地跟随胜赖前来。

小畑龟之助丰隆的鼻子下面直至突出的下颏蓄着漂亮的胡须，长着一张颇为俊朗的脸。

他很快便将在这里死去——眼下，我们对他就只有这点了解。

然而，随着本故事的发展，小畑龟之助的名字将会出现在大家意想不到的地方哦！因此，他的事情先就此打住，容作者卖个关子。

却说从后面追赶胜赖一行的织田方先锋，是泷川一益的部队。

他们掌握了胜赖一行的行踪，从鹤濑爬山路赶到了天目山。

土屋惣藏他们设了栅栏的山崖小路只有三米左右宽窄，这是惣藏的主意。

惣藏无所畏惧地笑了，把箭搭在弓上。

起风了。

从山谷里吹来的风出人意料的冷。

敌人出现在栅栏对面。

惣藏他们一齐放箭。

数名敌人惨叫着、哀号着滚落到陡峭的山崖下。

窄窄的山崖小路上挤满了人。惣藏他们兴味盎然地射杀着大喊大叫的敌人。

"武田军！"

"撤退！"

他们叫喊着，然而声音无法到达沿着蜿蜒曲折的山崖小路从下面蜂拥而至的泷川部队后方。

敌人陷入意外的混乱状态，没被箭射中的人也乱了阵脚，从山崖上坠落。

土屋惣藏将箭射光之后，又要过其他三人的箭。

"好！小畑龟之助一人留下！其余两人把这里的情形报告少主！接下来我再顶一阵子，怕是已经撑不了多久了……"

两人跑开。

惣藏再次继续射箭。

"我也来……"龟之助说道。

惣藏阻止了他："你有任务，稍微退后一点看着！"

敌人暂时从山崖小路上消失了。然而，他们将很多树枝捆扎到一起，让小卒背着当盾牌，再次出现在山崖小路之上。

"龟之助！到此为止！赶紧向少主……告诉少主已经没有犹豫的余地了！"

"不，我也要战斗！"龟之助拔出长刀，"死在哪里都一样，就死在少主身边好了！"

"可、可是……"

"走开！还不走吗？"

"啊……那，我去。"

"赶紧！赶紧……"

看到小畑龟之助跑开，惣藏撤到悬崖拐角，拔出长刀。

敌人重重叠叠，将武器从树枝盾牌后面伸出来。他们推倒栅栏，将它推到悬崖下。

铁炮队来到前面，开始射击。

他们看见空无一人，便齐声呐喊着跑上山崖小路。

土屋惣藏从拐角处现身，猛然挥起长刀。

山崖拐角笼罩在敌人的血雾中。

敌军的长矛大刀在朝阳下闪着寒光，很快便将惣藏围了个水泄不通。说时迟那时快，惣藏翻身藏进下一处拐角。

枪声在山谷间回响，敌人越过十具左右的伙伴尸体向惣藏逼来。

惣藏孤身一人，猛扑上去。

敌人的长矛被陆续弹飞，惨呼接连响起。

惣藏扔掉折断的刀，从敌人尸体上抢过一把长刀，再次隐匿到下一处拐角。

敌人疲于应付惣藏一人。

只因是狭窄的山崖小路，直到惣藏的身体累垮之前，敌人都是惣藏的猎物。

他此时的浴血奋战，日后被称为"惣藏只手刃千人"。

然而，孤身一人的奋战总归有所极限。

即便如此，惣藏依然果敢地没有死在敌人手上。

惣藏自知受伤的身体到了极限，便拿短刀刺向咽喉，自尽身亡。

敌人将惣藏的尸体推落崖下，洪流一般涌向了田野村。

武田胜赖一行的身影已从围着栅栏的台地上消失。

胜赖进入一户主人逃散了的民宅，在那里自行了断。

他切腹而亡，结束了三十七岁的生命。

胜赖夫人、十六岁的武田信胜以及陪伴他们直到最后一刻的侍从、侍女们悉数殉难。

那其中自然应该有小畑龟之助，但我想先介绍一下另一位在场的胜赖侍臣——下总守樋口鉴久。

他殉难时的年龄不详，但此人是想让武田胜赖逃走的安房守真田昌幸的妹夫。

樋口下总守迎娶了昌幸之妻"山手殿"①的妹妹久野，他们育有一子，名唤角兵卫。

久野和将满十二岁的角兵卫随着先行回上州岩柜城的真田昌幸一行，一同离开了甲斐国。

从这一点来说，下总守是可以安心辞世的吧？

樋口下总守本打算随后跟随胜赖奔赴岩柜城，谁知事态朝着出人意料的方向急转直下。

"恳请您信赖安房守昌幸！"

恐怕下总守也多次劝过胜赖吧？

言归正传——

武田胜赖、信胜父子的首级，当天就被送到了织田信忠面前。

于是，一度拥有即将称霸天下的实力、势力迅速扩张、以无敌强兵引以为自豪的武田家的光荣，就此灰飞烟灭。

---

① "殿"是对贵族女性的敬称。

第陆话

武田胜赖在天目山的山麓自裁之际……

从天目山向西北大约八十公里，越过甲府盆地、赤石山脉和伊那盆地，在位于对面的权现山山腰的忍者小屋里，也正发生着非常事件。

被女忍者阿江引导着，向井佐平次度过了神魂颠倒的时刻。毕竟，这对向井佐平次来说是第一次。

在他僵硬地闭着的眼睛深处似乎有火花迸散，从天而降的冲击接踵而来。

"给我出去！"

出于无地自容的羞耻，佐平次说道。

"哟，说什么呢？"

"走！出去！"

"生气了吗……"

"没生气。"

"可是明明生气了嘛。"

"没生气。出去！"

佐平次抬起上半身。

"啊……啊……"

腹部的剧痛使他的面部扭曲了。

"瞧你，看看。"

"唔……"

只能听凭阿江摆布了。

佐平次死心了，筋疲力尽地闭上眼睛。

阿江顺便剥下佐平次的衣服，给他换上不知从哪里弄来的、洗褪了色却纤尘不染的内衣及和服，帮他处理好伤口，嘴对嘴地喂给他嘴里嚼烂的草药。

就在那时。

阿江突然捂住刚张开口要对她说什么的佐平次的嘴。

阿江眯缝起双眼，发出针一般的光。

阿江左侧乳房的一部分从敞开的胸部高高耸起，在采光的小窗户射进来的光线下面，那乳房看上去就像什么别的活物。

"不要出声！"

阿江男人一般厉声低语，站起身关掉采光窗户，左手紧紧抓住一个皮囊样的东西，从设置在部分墙板上的"瞭望孔"往外张望。

她好像察觉到有什么人靠近了小屋。

佐平次敛声屏气，注视着阿江。

接下来……

阿江打开小屋的门，跃到外面。

不知名的山鸟的叫声听上去尖锐刺耳，山中清冽寒冷的空气灌进了小屋。

阿江很快返回。

她肩上扛着一个男人返回。

将男人放倒，阿江关上小屋的门。

"勘五，没人跟着你吧？"

她问。

被唤作勘五的男人点了点头。

他似乎单单点下头就已拼了全力，之后他精疲力竭。阿江一直没有开口，直到她把上次那药嚼烂给他吃下。

男人脸上糊着血和泥，甚至连模样都看不大清楚。

这小个子男人身上散发着奇臭。他的身体也受重创，好像化了脓。

"水、水……"

男人刚说了句和那时的佐平次相同的话，便遭到了阿江的斥责。

"说什么呢，勘五！"

佐平次背过脸去。

他看到阿江像对待自己一样，嘴对嘴地将药喂进了那肮脏男人的口中。这让佐平次颇为不悦。

为什么要和对我一样……

他想的是这个。

"我以为勘五已经不在人世了。"

佐平次背后传来阿江这样的话语。

"阿江，你怎么没跟着壶谷又五郎大人去岩柜……"

"晚了一步啊。"

“我做梦都没想到你会在这忍者小屋里。”

“那之后你怎么样了？”

“这个年轻人是谁？”

勘五问道。

“壶谷大人的相识。好像他在小山田大人的长矛队里干得不错。”

“是、是吗……”

一边说这话，阿江好像还在一边为勘五处理伤口。

“哟，不得了。”

“这样的伤竟然能来这里。”

佐平次听着她说这说那。突然间，只听阿江断言道：“勘五大人，这个不中用了，看来是没救了呢。”

佐平次简直听不下去了。那种事情，哪有直接说出来的？

“果然啊……”

接着，勘五也若无其事地说。

“伤口太宽了，血都流尽了。”

“嗯……血，是吧……”

看来，勘五是全凭毅力支撑着来到这里的。

这男人看样子亦是效忠武田家的忍者，却不像是阿江和壶谷又五郎的上司——佐平次如此判断。

“啊，不可以动。”

阿江继续不遗余力地处理伤口。

“那天夜里……我们……”

“嗯，嗯？”

“打算偷袭织田信忠的大本营……”

“就凭五个人？”

“不，是七人，集合起来……”

“嗯，嗯？”

“我们失败了……”

“那很困难的，勘五大人。”

“敌方忍者的眼睛在四面八方闪烁，我们毫无办法……”

“所以我和壶谷大人才那样阻拦你们的嘛。”

“可是，阿江……到了这一步，除了趁敌军统帅不备时干掉他之外，已经无计可施了……”

“嗯，嗯……啊，别动、别动……”

“水、水……”

“还不行！”

“我想如果来这间小屋的话会有药，能处理伤口……”

“活下来的只有您一个吗？”

“或许吧……”

“瞧，这不挺坚强的吗？”

“水、水……”

勘五的喘息变得剧烈。

奇臭无比。阿江开始处理伤口，所以脓血味儿充斥着方寸小屋。佐平次不由自主地把脸埋进身体下面铺着的干草中。

就连阿江似乎也不堪忍受，她打开小屋的门，想把外边的空气放进来。

打开门的瞬间。

“啊……”

传来阿江低沉却紧迫的声音。

与之同时，一种异样而尖锐的声音飞进小屋里。

好像有什么锐利的刀具破空飞了进来……当佐平次惊觉之际，阿江已关上了门。

"佐平次阁下，无论发生什么事，都绝对不可以动！"

她说道。

佐平次没有作答。

他感觉自己的胃被阿江的声音抓住了。

"说'我不动'！"

于是，阿江呵斥般地催促道。

"我不……动……"

"好！"

话音刚落，阿江的身影就从小屋里消失了。

她没有从门那里出去。门依然关着。

勘五痛苦的呻吟声戛然而止。

第柒话

向井佐平次蜷缩在干草中，屏住呼吸。

他一心以为阿江还在忍者小屋里面。

佐平次感觉过去了一个时辰、两个时辰，小屋内外过于鸦雀无声，所以他轻声呼喊："阿江……喂！阿江……"

没有回音。佐平次抬起头来，游目四顾。

——阿江不在。

然而，小屋的门关着。

——怎、怎么回事？

抬起上半身的佐平次的视线捕捉到一动不动仰卧着的勘五。

啊……

那姿势已经不是勘五刚才的模样了。凑近一看，勘五已然死了。

"阿、阿江……"

佐平次的声音大了起来。他心下惴惴，忍不住爬向小屋门口，想要将门打开。就在那一瞬间……

小屋的门从外面被拉开了。

"啊……"

"呔！"

佐平次的惊呼和从外面打开小屋的汉子的怒喝儿是同时响起。

那汉子百姓打扮，手里却握着刀。汉子的脸上污秽不堪，模样都难以分辨。那闪闪发光的利刃和汉子锐利的目光使佐平次心生怯懦——他被震慑了。

在高远城的攻防战中，在冲到人数众多的敌人当中时，佐平次舍身忘我，几乎没觉得害怕，但此刻他觉得恐惧。

这许是因为出其不意地迎头相撞吧。然而，莫如说打开门意欲闯进小屋的汉子那超乎寻常的彪悍身姿及野兽一般的目光，使佐平次意识到会被杀死……

事实上，汉子闯进小屋就是要杀佐平次。

或许可以说，那可怕的杀气在打开门的瞬间便击中了佐平次。

即便如此，佐平次还是拼命抬起半截身体，双膝跪地，将上半身向后仰倒。这在此刻的佐平次来说是拼尽全力的防御姿势。可以说，他连扭动身体逃到小屋角落里的余地都没有了。

佐平次闭上眼睛。

接下来的瞬间，汉子的刀便会砍到他的头上。

接下来——

只听那汉子发出了怪鸟般的叫声。

佐平次一边横着倒下，一边睁开了眼。

汉子猛然转过身去，发疯般奔向小屋外面。这时，有温热的东西溅到了佐平次的脸上。是汉子转身时从他身上洒下来的血。

怎、怎么回事……

佐平次猛然间晕头转向，赶紧爬向门口，忍着恐怖，向外看去。

茂密的树林里，有东西一闪而过。

佐平次觉得那人影像是阿江。

汉子倒在离小屋不远处的腐叶土中。

佐平次看见汉子的脖颈和后背周围流了很多血。

"阿江……"

佐平次抑制不住地叫道。

阿江这才在对面的冷杉树树林中现身。

"阿江，赶紧……"

阿江跑到冲着自己大喊的佐平次面前。

佐平次茫然不知所措。

阿江没有从路上跑来。她应该是从只有野兽通行的树林中跑过来的。话虽如此，佐平次的眼睛却没能捕捉到阿江跑来的身影。她身手如此敏捷，竟让佐平次忍不住怀疑她是不是乘着吹过林间的阵风而来。

而且，阿江的模样变得非常骇人。凌乱的头发下面，从脸一直到喉咙、胸脯周围都溅上了血花，握在右手里的短刀沾满血污。

阿江用惨白的眼睛直勾勾地瞪着佐平次。

"为什么要出来？"

她用沉重嘶哑的声音问道。

"不是说好了不动的吗？"

"可是……一个男人打开了门……"

"打开门又怎样？"

"他要杀我。"

"你被杀了吗？"

"没有。要是被杀了怎么还能这个样子呢……"

"所以我说不让你动。"

"那男人为什么突然往外……"

"我把他杀了。"

"哎？"

"我在等那男人靠近小屋，正因为如此，我才对你说不许动。"

"哦……"

那么，竟然是阿江从要进小屋的汉子背后袭击了他吗……

并且，阿江击中汉子之后再次跑回了树林。这意味着什么呢？

"还有别的敌人。"阿江说道，"勘五被织田军的忍者跟踪了。他身负重伤，没察觉此事。来这小屋的话，既有药也有干鹿肉——想必他是想躲开敌人，慢慢养伤吧。"

确认了勘五的尸体之后，阿江用短刀剜出数个刻在小屋柱子和壁板上的刀状物。

那东西长短粗细和食指相仿，顶端尖锐，根部附近刻着两三处抓握的凹痕。

敌人在阿江打开小屋门的瞬间从外面投进了这种兵器。

阿江默默地看着手里的那个东西。

阿江眯缝起双眼，发出针一般的光。

"阿江，那是什么？"

阿江对着发问的佐平次把手伸进怀里，取出一个小小的皮囊，递了给他。

佐平次看看里面，叫了声："啊……"

因为皮囊里面放着三个和敌方忍者投过来的兵器形状相同的东西。阿江的比敌人的略小，但要长一点。

"忍者就投这样的东西吗？"

阿江没有回答，却咂咂嘴，把敌人的兵器扔掉。

"阿江……"

"啰唆！"

受到呵斥，佐平次垂下了头。

阿江和之前不一样了。那是种任何人的心灵和语言都无法接近的冷冰冰的斥责声。

"懂了？想活命的话就不要再违拗我的吩咐！如此一来这小屋也危险了。你的伤也在恢复，我必须让你没有我的帮助也能行走。我们马上离开这里。明白了吗，佐平次阁下？"

"哦……"

"明白了吗？我在问你！"

"明、明白了。"

"我再说一遍。你不要再违拗我的吩咐！"

阿江利落地整好装束。

按下小屋埋在土中的一角，那个一米见方的正方形空间竟然"啪"地张开了口，而那看上去不过是个用黏土从石头上面封住的东西而已。佐平次对此瞠目结舌。

"来吧，跟我来。"

阿江说完，爬进了那处洞穴里。

"刚才你就是从这里出去的？"

“没错。”

“我不知道竟然还有这么个机关……”

“身体不要紧？”

“嗯。好像都忘记疼了……”

“呵呵呵……”阿江这才抿着嘴笑了，“因为接二连三发生意想不到的事嘛……”

爬进洞穴后，他们很快就到了外面。

悬崖下面的这个地方掩映在树林里，白天尤为幽暗，甚至让人觉得窒息。爬出来看时，武田方的忍者小屋无处可寻。

“来，挂着这根拐杖，先一个人走。在树林里径直往前走就行。”

“阿江……你呢？”

“往后即便看不到我也绝不要担心。按照我说的行动就好。那处忍者小屋一旦被敌方忍者发现，今后我们还能不能逃回真田安房守大人的岩柜城……这个，我心里也没底了。”

“是、是吗……”

“是的。要死的话，我们抱在一起死吧！”

听见她这样说的瞬间，向井佐平次只觉得堵在心头的东西骤然消失无踪。

“如果是被阿江大人抱着的话，我就敢去死了！”

“不可以撒娇哟！”

“可是……”

“嗯。我也是，对这世界已别无留恋……”

小声说着，阿江笑了——有点落寞的笑。

第二章　岩柜城

第壹话

上州的岩柜城，就位于今天的群马县吾妻郡吾妻町。

乘坐国铁上越线，自涩川转乘向西穿过吾妻高原的吾妻线，约三十分钟便可到达"乡原站"。

在乡原站下车之后放眼一望，便可看到岩柜城的城址。

一条道路沿着吾妻川向西行进，其北面至西侧皆耸立着屏风般的岩壁。这就是岩柜山，海拔七百八十八米。岩柜城就建在山腰处。岩柜城的东南面，吾妻涧的彼端，耸立着上州三山之一的榛名山。

有人称盛赞此城是"关东三名城"之一，到底何时落成，已然无法查考。有一种说法是建久六年（1195 年），自称藤原秀乡后人的豪族吾妻太郎行盛来此建了居馆，其子孙不久后修建城池。

进入战国时代后，这一带属于管领①上杉家的势力范围，但随着管领家的衰败，诸方豪强势力纷纷开始争夺。

---

① 室町幕府的职称，旧称"执事"，后改称管领。名义上负责辅佐将军管理、支配领地，执掌许多中央机构，将军对地方守护的命令皆须通过管领来传达，故可说是幕府中央的最高行政官。

不久，日本诸国的弱小势力被几个大势力吞并。最终，甲斐的武田信玄开始攻打上州。

当时，岩柜城的城主是一名号称吾妻行盛子孙的武将——越前守斋藤宪广。

"我一定要把岩柜城尽早弄到手里。"

根据信玄的意向，当时臣服武田家的真田幸隆攻陷了岩柜城。

幸隆是安房守真田昌幸的父亲。

然而，一度被武田家掌控的岩柜城，三年后又被斋藤宪广夺了回来。

当时，宪广求来了越后的上杉谦信的援兵。

永禄年间，上杉谦信和武田信玄角逐的白热化程度，只要看看那几场"川中岛决战"便可了然。因此，从信州、上州至关东，加入这两股势力的武将和豪族们的疆界与领地分布得不清不楚。他们彼此接近，相互竞争。

譬如，区区一处岩柜城，上杉和武田都想方设法要据为己有。斋藤、真田两军作为他们的代表，展开了不知厌倦的反复争夺战。

斋藤宪广死后，其子基国得到越后上杉军的援助，前来攻打岩柜，而真田幸隆也和武田援军共同迎击。

关于这件事，真田昌幸后来感慨道："那个时候，父亲大人的容颜简直恍若他人啊。当时我叫源五郎，十四五岁。我很早便离开父母身边，成为古府中主公的侍童……父亲大人也曾有一两回到古府中来，见到父亲的容颜时，就连生性倔犟的我，也忍不住潸然泪下。"

如此说来，马不停蹄地连续征战，这种万分辛苦竟使得真田幸隆的容颜看上去如同鬼魅。

真田昌幸少年时代之所以生活在古府中武田信玄的身边，是因为父亲将三子昌幸充当"人质"，交给了信玄。

"我们能有今天，完全是托父亲大人的洪福。和父亲大人成就的事业相比，我的所作所为就像小孩子摆弄玩具一样啊。"

真田幸隆为了武田信玄……为了自家弱小势力的存续而日夜操劳，尝尽辛酸。对此，昌幸说他"一天都不曾忘怀"。

八年前，他的父亲幸隆去世了。

"只有这个人才是……"

幸隆万分信赖、挺身而出为其尽忠的武田信玄，在梦寐以求的上洛之日指日可待时一夕暴卒。翌年，幸隆病亡。

据说信玄在信州驹场的阵地上死去的时候，真田幸隆一蹶不振，七天六夜没有进食。

幸隆死时六十二岁。之后，长子信纲继承了真田家，却在翌年的三河长篠战死。

不光信纲，幸隆的次子昌辉一样阵亡。

三子昌幸就这样成了真田氏的当主。

昌幸是三子，压根儿没料到竟会继承家业，所以武田信玄说把无人继承的甲斐名门姓氏"武藤""给你吧"时，昌幸便领受了，取名"武藤喜兵卫"。

结果，父亲和两位兄长陆续亡故，真田家后继无人了。

武田胜赖遂让武藤喜兵卫重返真田家，命他"守护上州"。

言归正传……

为迎接武田胜赖到上州岩柜而先行一步的真田昌幸，曾留下这样一段逸闻。

昌幸带着家人好不容易赶到草津街道时，军粮刚好吃光，他们又饥又渴、举步维艰。幸得汤本、镰原等地的吾妻武士出来迎接，方才捡回条命。还有一说是中途遭遇乡野武士结群袭击，九死一生……类似这些说法都不足为信。

织田军攻陷高远城、从诹访进军古府中之前，甲府和上州间的交通可以说一直保持着信玄以来的便利。

真田昌幸一回到岩柜，便加固四面八方的要塞和边城，着手笼城。

正当此时，胜赖的死讯传来。

最先把这消息带到岩柜城的，是效力于真田家的忍者壶谷又五郎。

武田胜赖在天目山山麓自行了断那天是三月十一日，又五郎早在十五日傍晚便赶回了岩柜城。

又五郎留在古府中附近，得知胜赖的首级被送到了织田军，便即刻沿着笛吹川逆流而上，翻过雁坂峰，赶往武州的秩父地区。

而后，他横越关东平原，经厩桥（群马县前桥市）奔向岩柜。

"竟然、竟然……"

听了这消息，真田昌幸一时目瞪口呆，久久不语。

"托这件事的福，我好像卸下了肩头的重担呢……"

少顷，他浮现出饱含复杂意味的笑容。

"少主（胜赖）年轻时也不这样……"

他低语道。

第贰话

　　岩柜城内的城主居馆，位于被称做"中城"的曲轮之内。

　　想当年，这毕竟是安房守真田昌幸这样的武将居馆，却跟后世大名的所谓"御殿"等华丽形象相去甚远。

　　或许，该说这是一座战争时具有防御效果的大"民宅"才比较合适吧。

　　建筑固若金汤，建在中城曲轮内较高地段的居馆周围环绕着空壕沟。

　　"二丸"和"本丸"落成于屹立在中城曲轮西北面的山上，一旦有敌人袭来，城主便进入"本丸"进行指挥。

　　现在，真田昌幸和壶谷又五郎谈话的地方，位于居馆内一处被称为"地炉间"的房间。房间五坪左右，铺有地板。

　　昌幸面对着前面大大的地炉，蜷缩着小小的身体。

　　他根本让人想象不出是一名三十六岁的精悍武将。他的模样看上去直有五六十岁。

壶谷又五郎坐在稍远处自斟自饮。

地炉间里只有他们两人，这情形设若给别国的大名或武将看到，恐怕会难以理解，觉得"这算怎么回事"吧。

壶谷又五郎是"忍者"——间谍。

间谍要彻底隐藏在黑夜的最深处寻找敌人、斩杀敌人。

就算他们走在朗朗白昼的阳光中，也"必须融化在黑暗里"。

说到底，这份工作在常人眼里被看成"卑劣的活计"。

这不单纯是秘密工作，因为有时甚至连伙伴都要避讳，有时更必须欺瞒至亲骨肉。

因此，像壶谷又五郎这样一介忍者，竟四平八稳地坐在城主面前随心所欲地自斟自饮，这情景不能不说相当奇特。

昌幸要来酒，二人独处之后，对又五郎道："又五啊，自斟自饮吧，边喝边说。"

昌幸在其他家臣面前并不如此行事。

当然，对又五郎亦是如此。就算是重臣，也不可能被容许在主人面前一边自斟自饮一边谈话。

真田昌幸如此这般对待壶谷又五郎，只是对拼死工作、给自己带回珍贵情报之人的亲切犒赏。

关于武田胜赖一行在天目山的覆灭，又五郎带来了相当详细的报告。

又五郎一边喝酒一边讲述。

"嗯、嗯……"

真田昌幸一边点头一边侧耳倾听。突然间，他抬起手。

"且慢！"

他制止了又五郎，沉思片刻之后，又催促道："然后呢？"

少顷，昌幸歪倒在地炉前的熊皮上。又五郎讲述完毕时，他叹了口气。

"樋口下总守随少主一起切腹身亡，没有搞错？"

他用沉重的声音追问道。

"是的。"

又五郎的回答斩钉截铁。

"不让他随行去那里就好了……"昌幸轻轻地咂咂嘴，继而眼珠一转，对沉默不语的又五郎问道，"下总守为人正直，终归要那样的。"

"对吧？"他催着又五郎回答。

又五郎默然不语。

显然，他不知道该如何回答。

在这位主子面前，又五郎大可放下一切戒心。

"喂……不对吗？"

"……"

只怕随时都会浮上苦笑——但是，又五郎忍住了。

"久野暂且不论……"

昌幸欲言又止，再次咂咂嘴。

久野是昌幸妻子山手殿的妹妹，下总守樋口鉴久的妻子。

因此，下总守算是昌幸的妹夫。

"角兵卫太可怜了，是吧？"

"是。"又五郎答道。

角兵卫是下总守和久野夫妇唯一的儿子。

快满十二岁的角兵卫正和母亲一同等待着理应跟随武田胜赖从甲州归来岩柜的父亲——下总守鉴久。

眼下，带来武田胜赖在天目山自尽的消息者，除了壶谷又五郎再无一人。

而听取了又五郎报告的，则只有真田昌幸。

"又五郎从甲斐回来了！"

看见又五郎回到岩柜的侍从们议论纷纷，也并非无人把这消息告知重臣们。每个人都想知道甲斐国的情况。

"我那般费尽心思地向少主（胜赖）谏言，以为少主必定会来岩柜。既然如此，小山田越前（信茂）这厮何以要节外生枝？就算进了越前的城，一样无济于事呀，越前不可能不知道这……"

昌幸说到一半，忽然坐了起来，凝思道："如此说来……如此说来，小山田越前竟是暗通了织田一方，想要暗算少主？"

壶谷又五郎没有回答。

他尚未确认这一点。

"所有人都变得意志薄弱，置自身于万劫不复之地。唉，这样的话，一败涂地自是难免。"

说罢，真田昌幸站起身来。

"又五郎，夜深以后再来这里一趟。"

"是……"

"总之，我是必须要完成一项令人不快的任务了呀。"

"您辛苦啦！"

"又五真是体谅我啊。"

昌幸微微苦笑。

第叁话

"这等大事，难道竟要越过妻子，先通知妻子的妹妹？"

"把三十郎叫来！"

走出地炉间的真田昌幸如此吩咐等候在长廊一隅的侍臣大久保弥兵卫，同时用下颏指了指背后，又往里面走去。

三十郎是矢泽赖康的乳名。赖康是昌幸的表弟，现任岩柜城的城代①，其父萨摩守矢泽赖纲则担任上州沼田城的城代。

矢泽赖纲是真田昌幸的叔父，换言之，就是真田幸隆的胞弟。

他们不仅是血脉相承的亲戚——对昌幸来说，矢泽父子乃是"足以托赖"的人物。

现在，真田昌幸把上州的岩柜、沼田二城以及信州的砥石城变成了自己的城寨。

这三座城中哪一座当我的本城②呢——当真田昌幸考虑到这个问题时，便会觉得远远、远远不能让人满意。

---

① 城主不在时，代替城主守城和发号施令的人。
② 主将驻扎的城堡。

真田昌幸把这三座城的每一座都设置了城代，让他们守城。

在那块地上建本城吧！

其实，昌幸在数年前就有了寄予厚望的地方。

这件事他也曾向武田胜赖请求过，但尚未得到许可，主家便灭亡了。

此时，昌幸的妻子亦在岩柜。

不必说，这是因为要迎接武田胜赖，备战织田、德川两军的进攻，所以才姑且让岩柜充当真田昌幸的“本城”。

眼下，昌幸正在赶往既是妻妹又是死在天目山的樋口下总守之妻的久野和角兵卫母子居住的房屋。

在昏暗的小走廊上拐了几拐，昌幸在那个房间前立住，打开板门。

候在套间里的两名侍女慌忙将昌幸迎了进去。两人都是跟随久野母子从甲州过来的侍女。

昌幸故意用待在里间的久野也能听到的声音，对两名侍女说道：“少主身故了，武田家灭亡了。”

侍女们面面相觑，面色苍白，悄然缩成一团。

“到外面去，不许让任何人进来！”

只听得昌幸如此说道。

“是……”

“听见了吗？一会儿就好。”

“遵、遵命。”

武田胜赖死了，理应跟随着他的樋口下总守恐怕也出了意外。侍女们似乎都明白昌幸是来告诉久野这件事的。

侍女们出去了，昌幸刚要进入里间时，里间传出了哭声。

是久野。

昌幸苦着脸，做出一副不得已的表情。

"你听见了啊……"

他打了声招呼，便打开拉门，进到里间。

拉门随即被合上。

此时，樋口下总守的遗儿角兵卫不在里间。

十二岁的角兵卫到昌幸次子源二郎信繁的房间里去玩了。

被合上的拉门对面，传来久野的阵阵啜泣。

安房守昌幸低声对她说着什么。

过了一会儿……

久野的哭声里增添了一种奇怪的音律。

像是昏厥过去了，又好像甜蜜蜜的，听上去仿佛是男女在幽会……也就是说，正在变成那样的哭泣声。

昌幸的话音里似也多少有了变化。

"山手殿来了！"

这时，一名侍女打开板门，进入套间，用窘迫的声音冲着里间说道。

真田昌幸惊慌失措，登时从里间冲了出来。

不知何故，他满脸涨得通红。

里间，久野的哭声戛然而止。

只见一个白色的身影沿着敞开的走廊飘然而至。

那正是昌幸的妻子——山手殿。

山手殿昂首挺胸，身量高挑苗条，身着白色和服罩衫，带着两名侍女突然出现。

"你来这里做什么？"

她无疑是责备丈夫昌幸。那一双细长的秀目在昏暗的走廊中熠熠生辉，紧致的双唇仿佛没张开便发出了声音。

她纤挺的鼻梁像是在威压丈夫，来到昌幸旁边，造成身材矮小的昌幸仰视妻子的景象。

"少主亡故了，武田家灭亡了！"

昌幸突然说道，几近喊嚷地说道。

果然，山手殿似乎也很震惊。一瞬间，她倒吸一口凉气，但转瞬便横眉冷对。

"这等大事，难道竟要越过妻子，先通知妻子的妹妹？"

"哦……"昌幸咽了口唾沫，"只因下总守随少主切腹而亡，所以我……所以我才先告知久野。"

话音未落，昌幸就撞开了山手殿，冲到走廊上对侍女们说道："马上告诉孩子们，都到地炉间来！"

话音一落，他便沿着走廊一路小跑离去。

山手殿亦不相送，径直走进套间。

"喂……喂，妹妹！"

"来了。"久野一副无奈的样子，从里间出来，"夫人，里面请……"

"可以进去吗？"

"啊？"

"我问你呢——可以进去吗？"山手殿的嘴唇冷笑得都扭曲了，"男人的余香还袅袅缭绕吧？"

被这样一说，久野垂下了头。

侍女们在走廊上缄默着。

久野再次嘤嘤哭泣起来。

这两个女人是亲生姐妹，她们的父亲是今出川晴季，如今还住在都城，是侍奉天皇左右的侍从。

今出川氏是闲院家（亲王藤原氏）的分支，到今出川兼季那一代，因在位于京都的今出川宅邸里栽培了大量菊花，世间遂以"菊亭"称之。

今出川晴季是兼季的第十二代传人，他的名字将多次见诸本故事中，鉴于随后时不时便会称呼他"菊亭晴季"，特此提前说明。

而山手殿的芳名呢，则是"典子"。

再说妹妹久野，她跟姐姐不同，身材小巧却体态丰盈，一双漆黑的大眼睛总是水汪汪的，红艳艳的唇带点地包天。从正面看，她明显地鼻孔外露，鼻梁也扁塌塌的。

总而言之，从模样上看呢，姐姐才是美人。当时，山手殿三十四岁，比丈夫昌幸小两岁。久野三十岁。这两姐妹据说都不是今出川晴季的正室所生，而是晴季和一位女官的孩子。

今出川晴季颇有几个庶出的女儿，不独独只有她俩。

"妹妹，你听着。"

"是……啊？"

"下总守亡故，你和角兵卫还要在我们府邸生活的吧？"

"啊……"

"或者，你要回京城？"

"啊……这……"

"不愿意呀？"

"请您宽恕我……"

“既然这样，你听好了———”

一句一句地，山手殿摆足了架子。

她为的是不使自己威严扫地。

“既然你要留在真田家，就不能再对我有什么隐秘的事情。”

“是、是的。”

“是隐秘的事情哟！”

她说道。尽管声音很低，久野却觉得有刀子戳进胃里一般。

“明白就好，明白就好。”

对跪倒在地的久野如此说完，山手殿裙裾翻飞地去了走廊。

久野的侍女们目送着山手殿，直到她的身影消失，才跑进来。

“夫人！”

她们叫了一声，便紧紧抱住久野的身体，低低哭了。

这是无论如何都不会被山手殿的侍女们容许的事情。

久野用双臂环抱着一名侍女，哭泣着。

主仆一同为武田家的灭亡叹息、进而悲伤樋口家厄运的情景，洋溢着难以名状的亲密之情。

片刻之后，久野好像终于重新振作了起来，说道：“把角兵卫带过来吧。”

侍女们刚要出去，板门打开了，角兵卫回来了。他的身材让人难以想象是名十二岁的少年，纵和真田昌幸站在一起怕都不逊色。

“出什么事了，母亲？”

角兵卫问道。

尽管是少年，他却下颏突出、相貌堂堂。浓密的眉毛和挺拔厚实的鼻子都不是寻常面相。

第肆话

久野哭泣着告诉角兵卫武田家灭亡一事和樋口下总守随少主自杀的事情。

于是，十二岁的角兵卫既没有哭也没有喊，而是这样嘟囔道："我要是跟着的话，父亲就不用死了……"

"嘿……"后来，听说了这件事情的真田昌幸高兴得眉开眼笑，"是吗？是吗……角兵卫这小子就快长成个飒爽的男子汉了哟。我会好好照顾他，你可得把他给我培养成出色的男子汉哟！"

据传，他对久野如此说道。

"殿下说得没错。角兵卫公子会成为前途不可限量的大将呢。"

据说侍从们无意中听说之后也相互议论纷纷。

话说回来，樋口下总守的儿子角兵卫老早以前就有评价很高的传言。

这件事情发生在他只有九岁的时候。那时，他和父母一起住在古府中城里面……

有一天，角兵卫带着樋口家的两名侍从走在城邑外的田间小路上时，一匹受惊的马从对面狂奔而来。

"啊！"

"少爷，危险！"

侍从们带着角兵卫暂且躲到路边的树荫下，可角兵卫用让人难以想象是个孩子的气力挣脱侍从们的胳膊跑到田间小路上，冲向就要跑到眼前的疯马前面，迅速张开两臂挡住。

马用后蹄站起来，想把少年踢得一命呜呼。

说时迟那时快，角兵卫的身体鸟儿一般斜着飞将起来。

马嘶鸣着落下前蹄，继而又是一扬，转向角兵卫，想重新踢他。

角兵卫把身体压低。

疯马又一次踢了个空。

那马的前蹄刚要落地，角兵卫跳将过去，手臂劈向马的前腿。

他只是靠手臂的力量劈了过去，但那马许是蹄子刚要落地的缘故，竟然一下子訇然倒地。

角兵卫压到上面按住疯马。

看见这件事的，不仅仅是跟随角兵卫的两名侍从。

据说武田家的家丁也有数人目击，所以角兵卫的所作所为必是事实无疑。

听到这件事情，母亲久野得意地微微一笑，心满意足地点了点头。血统是不容置疑的啊——她想。

"血统不容置疑"是怎么回事呢？

久野用这句话来解释儿子为何小小年纪便有出人意料的非凡力气和胆量。

丈夫樋口下总守诚然是军人无疑，但在武田家，他还算不上是值得被称赞"勇武"的人物。

说到底，他性情温和。但是，作为侍奉性格暴戾的武田胜赖左右之人反倒颇有效果，胜赖好像也给予他深厚的信任。

如此说来，久野那"血统不容置疑"的感慨，莫非是暗指儿子的"勇猛"不是继承丈夫下总守的血统而来？

哎呀呀，她到底是说角兵卫继承了谁的血统呢……

"角兵卫……喂，角兵卫……"

听闻父亲死去，少年角兵卫果然陷入沉默。

"我对你说父亲亡故了，你不悲伤吗？"

久野问道。

角兵卫沉默着，一双漆黑的大眼睛里连一滴眼泪也没有渗出。

"喂，角兵卫……"

"母亲！再怎么为父亲悲伤，事情也不可能从头再来了。"

角兵卫突然对话没说完的母亲斩钉截铁地说。

"这……"

久野目瞪口呆。

"你这个硬心肠的孩子。"

"不……"

角兵卫摇了摇头。

"你要说什么？"

"我感情脆弱，所以才故作坚强。"

"这……"

"请您原谅我！"

角兵卫起身来到走廊上。

他沿着昏暗的走廊七拐八拐，尽头处有间"盐部屋"。

"盐部屋"是一种类似于储藏室的地方，并排有两间五坪左右的铺地板的房间。

这里是收藏居馆内宅物品的盐部屋，厨房附近的盐部屋里收放着相应的物品和粮食。

角兵卫进了盐部屋，合上沉重的板门。

漆黑的昏暗将角兵卫庞大的身躯包裹住。

角兵卫慢吞吞地来到摆放器物的隔板下面蹲了下来。

须臾，角兵卫的啜泣声填满了黑暗。

父亲樋口鉴久在古府中的住宅里时，是个几乎不对妻子开口说话的人，唯有对角兵卫，他从不吝啬自己无言的微笑。

"他很疼爱我呢。"

后来，角兵卫感怀道。

细细想来，樋口下总守给予角兵卫的，似乎是饱含爱怜、温暖而感人肺腑的微笑。

"角兵卫，你张开双臂站在疯马前面堵截之际，不害怕呀？"

他问的正是那次制伏疯马时的事情。这真是罕见的开口。

"迅速地站在马前，出其不意地张开双臂，马就不会踢。马绝对不会从我胳膊下面钻过去。它会从上面飞跃过去。可是，如果眼前被出其不意地堵住的话，它想飞跃也飞跃不了，所以便会停下来。"

当时，九岁的角兵卫如此回答。

"哦……"

身为武将的父亲自然是知道这些事的。然而，下总守只是欣然点了点头，给了角兵卫一柄短刀。

这样一个威风凛凛、力大无朋的角兵卫，从少年时代起前途便被寄予厚望，在武田家无人不晓。

"下总守适合剃了光头念经去。"

据说，真田昌幸曾对妻子山手殿如此吐露道，却招来妻子的严厉责备："您应该少说这样的话！"

昌幸躲开了山手殿的目光，一边站起一边喃喃自语："不过，有了角兵卫这孩子，樋口家也该太平无事了吧。罢了，罢了。"

没有人会料到，数年之后，这个樋口角兵卫政辉果然完成了令人意想不到的转型，度过了光怪陆离的一生。

第伍话

事情虽然失控，但这以后就不必再为武田氏这一"主家"枉费心机了。

角兵卫离开盐部屋的时候，但马守矢泽赖康赶到了城内。

岩柜的城代矢泽赖康的居馆位于南面的山脚下。

"殿下，您召见我？"

赖康走进地炉间。

"突然间出了件急事啊——少主亡故了。"

昌幸对他说道，然后又回头看着此时正恭恭敬敬等候在地炉间一角的壶谷又五郎。

"又五，对三十郎和孩子们再讲一遍吧。"

"好。"

又五郎开始讲述。

昌幸在地炉后方中央的熊皮上盘腿而坐，矢泽赖康和昌幸隔着地炉，稍微离开一点，跟昌幸面对面地端坐着。

两个儿子端坐在昌幸左侧。

长子源三郎信幸十七岁。

次子源二郎信繁（日后的真田幸村）十六岁。

哥哥叫源三郎，弟弟却叫源二郎，这种取名方式多少让人觉得怪异。

取名字的是父亲昌幸，为何如此取名，怕也唯有昌幸自己才晓得了。

不过，真田家的人都能理解，据说因为真田家代代长子相继夭亡，昌幸搁不下这个因由，想着不能让自己儿子那样，便给长子取名源三郎。

当然，昌幸从未承认过是那么回事……

长子源三郎信幸完全继承了生母山手殿的品貌，那细长的双目、挺秀的鼻梁、昭显坚强意志的紧绷的嘴唇等处，均可说是酷似生母。

不过，源三郎的双眸里少却了生母的好胜和强势，时常含着温和与润泽。

源三郎的相貌中像父亲的地方是宽阔的额头，无论举手投足和庄重的语气都是从容不迫。

"源三小子乃一介蠢物！"

源三郎年幼时，有个侍臣曾听昌幸扔下这样的话。

如今，昌幸自然不提此话了，或许他已认可儿子卓尔不群的资质了吧？

"源三小子，竟然都不肯让我这当父亲的捕捉到他的心思，这可恨的小子……"昌幸倒是有一次对沼田城代萨摩守赖纲这样评价他沉默寡言的长子。

矢泽赖纲目不转睛地盯着既是主子又是侄子的真田昌幸，责备他道："殿下，您不要胡乱猜忌了！"

这位叔父身上的某些地方，甚至连昌幸都不敢等闲视之。

再说说次子源二郎信繁吧。

他着实像极了父亲昌幸。与其说他们眉眼相像，莫如说信繁矮小的身躯、行动敏捷的模样、充满活力的口吻以及无心间的举手投足……凡此种种都"和殿下一模一样"。

侍从们亦如是评论。

信繁眯缝着的眼睛里时常盛满了欢快的笑，他肥头大耳，按照十六岁的年龄来说体态也算肥胖了。如此的容貌特征可以说和父亲昌幸大相径庭。

尽管如此，他们依然酷似。

无论是谁见到，都会了然他们是父子。

那么，若问在源二郎的相貌中能否寻出和母亲山手殿的相似之处，答案是"不能"。

山手殿极少对源二郎开口，源二郎也不愿亲近她。

"角兵卫真可怜……"

"角兵卫……"

这对相差一岁的兄弟听闻樋口下总守的死讯之时面面相觑，异口同声。

或许是因为兄弟俩始终以看待亲生弟弟的目光在关注樋口角兵卫吧？

"角兵卫的事以后再说。"昌幸说道，"我若能将少主平安无事地迎接到岩柜，自会考虑相应的对策，可如今万事休矣！"

"是。"矢泽赖康道，"无论如何，我想即刻将此事告知沼田……"

"确实如此……"

"那我即刻着手准备……"

"且慢！明天早晨吧。"

"可是，殿下……"

"估计织田大军明日一早还不会攻入上野国。"

昌幸笑道。他仿佛知道主家的属国会被清剿。

不过，连少主武田胜赖都认为绝不会送命，留在了敌人大军不费吹灰之力即可一拥而入的甲州。

单单这事儿失控了。

事情虽然失控，但这以后就不必再为武田氏这一"主家"枉费心机了。因之，一切事都变得可操作了。

不过，昌幸需要考虑这事儿对自己的家族有无裨益。

说到底，提起上、信二州，尽管真田家以勇武、谋略和实力名噪天下，但时逢乱世，他们无法特立独行。

"听着，三十郎。"昌幸对矢泽赖康说道，"少主虽已亡故，但我们现在必须考虑武田家中诸人前来投奔我们一事。"

"确实如此……"

但马守矢泽赖康此时三十岁。

赖康少年时代恰似当今的樋口角兵卫。

他不仅个子长得高，而且虎背熊腰。

武田家和真田家的渊源着实不浅。

武田信玄起用真田家作为攻打信州和上州的先锋，而真田家也得以作为武田家的军事力量，在上、信二州构筑地盘。

由于真田昌幸被武田信玄授予甲斐名门"武藤"一姓，真田家的亲属在甲斐为数不少。

例如……

真田昌幸的长女、源三郎和源二郎兄弟的姐姐松村殿，就在这年正月嫁给了武田家的家臣小山田壹岐守。

小山田壹岐守是在信州高远攻防战中阵亡的小山田备中守的长子，他驻守信州佐久郡的内山城，应该已在那里吃了败仗。

另外，真田昌幸身下紧挨着的弟弟真田信尹也受武田信玄之命，继承了甲斐名门加津野氏的香火，号称"加津野市右卫门"。

不过，他在武田家灭亡之后随即回归真田姓氏，我以后想以"隐岐守真田信尹"之名来称呼他。

信尹老早就看清了武田家的前途。

信玄死后，看着胜赖，他推测大势已去……

于是，信尹暗通德川家康，在此番织田、德川两军的甲斐攻夺战中，他肯定给家康做了些暗地里的活动。

真田昌幸当然对此事了如指掌。

第陆话

今年以来，织田信长和德川家康便开始整备万无一失的甲州攻略。真田昌幸对此了然于胸。

弟弟信尹那里也多次派密使赶往昌幸身边。

"哥哥，少主（胜赖）已经无药可救了。已经失去了战斗力，而少主还要背水一战。为了打胜仗……只有有希望打胜仗时才能去打。"

信尹力劝道。

无须他苦口婆心，昌幸心里明镜似的。

"所以，哥哥……"弟弟信尹劝他私下里和德川家康修好，"我认为可以修好，我来从中斡旋。"

当弟弟如此劝他之时，昌幸颇为踌躇。

据信尹说，德川家康对武田家有种特别的情感。

德川家康于永禄五年和织田信长结为同盟以来，约有二十年始终"坚持效忠"信玄。

信长席卷了尾张和美浓，借助属国硕果累累的经济实力和当时日本诸国中交通最发达的文明地带，同时推进战争和建设这两大轮毂，进而侵入近江，开拓进军天皇与将军栖身的首都（京都）之路。其间，家康为其断后，始终坚守后方。

信长瞄准京都，放眼天下霸权向前推进，而终于具备了充实的战斗力的武田信玄则从其背后赶杀而来。

在苦战恶斗中不断对信玄进行堵截防守的便是德川家康。

昌幸亦察知家康的辛劳与艰苦殆非语言和纸张所能穷尽。

家康失去最信赖且寄予厚望的长子三郎信康也是因为信长。

十年前的元龟三年十二月。

五十二岁的武田信玄率三万余人的大军现身东海地区。

在怒涛般的侵略进攻中，当时的家康被逼退到远州浜松，信玄以绝对优势侵入三方原。

德川家康的地盘和几个要塞俱被武田军团掠夺、割裂。三十一岁的家康难抑血气方刚，率一万军队前来攻打三方原。哪知却正中了信玄下怀。顶着风雪的激战之后，德川军一败涂地，退回了浜松城。

当时的德川家康跟数年后完全不同。他亲自操起长枪，策马浴血奋战。撤退之时，他在家臣们后面殿后，一时间为武田大军团团包围，危在旦夕。

与之同时，织田信长也正处于最为艰苦卓绝的恶战之中。

信长业已打通大本营岐阜和京都之间的连接，积极准备逐鹿天下，却又不得不防备在姊川战斗中败北的近江浅井长政和越前朝仓义景的蠢蠢欲动，而近畿及大和的大名、豪族们也渐渐不安分了。

"为了坚决保卫京都……"

他不得放手片刻，只好捎信说道——

"且忍一忍，待在浜松城里别出来，捺住性子忍一下吧。"

然而，家康忍无可忍，主动出击，结果一败涂地。

不过，这次败北给家康带来了丰硕的成果。

据说，因"家康驻守三河国"一事大大鼓舞了士气，各国大名及家康的家臣们都把家康看做"足以信赖的大将"，对家康的气度刮目相看。

进而，意想不到的好运造访了信长和家康。

武田信玄突然发病，翌年春天，信玄在与大军同返甲斐的途中死在信州驹场。倘若信玄再活十年……不，哪怕再活五年，恐怕日本的历史便会改写。

对信长和家康来说，信玄的暴亡简直就是"恍然如梦般的极佳馈赠"……

正因为如此，武田家所遭受的打击之沉重，只要看看昌幸的亡父幸隆便可了然——幸隆悲痛之余，七日六夜粒米未进。

"惟其如此，最最懂得信玄公伟大之处的人便是我呀。"

正如因精悍无敌的武田军吃尽了苦头的德川家康多年之后所言，莫如说家康似乎一直怀着尊敬之心在眺望信玄。

真田信尹说，家康好像背地里在用善意的目光关注走向灭亡的武田家。

"如果是将哥哥引荐给德川家康一事的话，我来……"

这位伶俐的弟弟满怀自信地展开行动，不断邀约兄长，问他意下如何。

对此，昌幸没有给他明确的答复。

他无法答复。

说到底，以昌幸的心境，无论如何都无法抛弃少主……

然而，他无法让武田胜赖向德川家康折腰。

这些外交策略若到了胜赖跟前，他定会觉得武田家明明尚不至被迫到这般田地。

于是，真田昌幸盘算着："我要以自己的方式……"

他要想方设法尝试解决问题。

那便是刺探小田原的北条家。

北条家与武田家曾经密切合作，顽强地阻止了越后的上杉谦信对关东的侵略。而且，北条家的前主人——左京大夫氏政——的嫡亲妹妹，正是武田胜赖的夫人。

如今势力均衡已被打破，北条氏政协助织田、德川两军。

不过，昌幸认为，一旦少主离开甲斐国来到自己的属城，北条氏政便会为武田家命运的存续进行斡旋……

是年正月，木曾义昌背叛武田家，为织田信长充当内应，少主暴跳如雷，下令征讨此人。当时，昌幸感觉时机已到，即刻从沼田城遣密使去钵形城主北条氏邦跟前。

他要传达的大概是自己意欲投奔北条家伞下。

北条氏邦乃氏政之弟，曾与昌幸交好。

北条家的当主自两年前换成了氏政的长子氏直，氏政虽然隐退，依然实权在握。

北条氏邦看到了昌幸的密函，却没有回复。

"武田家落得这般境况，我深感遗憾……事已至此，望阁下效忠小田原……"

一封密函被送了来，落款日期是武田胜赖死后的第三天。

壶谷又五郎抵达岩柜的翌日午后，这封密函被交到昌幸手里。

究竟还是得到了北条氏政的指示，遣词却很巧妙。

他说的是真田家在胜赖灭亡之后——"要想办法。"

就算是北条氏政，在武田家灭亡后亦须以某种形式辗转归附织田、德川。平定甲州之后，织田信长就只剩下跟中国地方[1]的毛利之间的对决了，日本的天下大权基本上都由他一手掌控了。

北条氏政虽无意跟那样强大的信长对敌战斗，但为了贯彻自身的主张，如果有具备实力的大名或武将加入自己的势力范围，哪怕多出一人，应该也足以使自己受到鼓舞。

"所以，他们想要我……"真田昌幸苦笑道，"如此一来，我也无计可施了。说到底，又回到了原点……"

他一吐为快似的说道。

---

[1] 日本本州岛西部地区的旧称，范围上大致包括鸟取县、冈山县、岛根县、广岛县和山口县。

第柒话

昌幸和矢泽赖康一直密谈到昨天深夜。直至带着北条氏邦密函的使者抵达岩柜城，昌幸都把自己关在地炉间里，不肯露面。

地炉间里头是昌幸一人的就寝之所。

昌幸一直躺在那里。

他连早饭都没吃。

昌幸命矢泽赖康向沼田和砥石两城派出使者。

这些使者应该于今天一早便骑马疾驰离开岩柜城的城门了。

武田胜赖自杀身亡、武田家灭亡之时，有将领正在守卫别国城塞，不在甲斐。

昌幸说其中有几个人"或许会来投奔我"。

于是，心意已决、打算将这些人悉数接收的昌幸派出使者，以便将自己的意旨明确传达给沼田、砥石的城代。

这是第一步棋。

关于真田家今后的进退，昌幸尚有举棋不定之处。

时至下午，北条氏邦的密函送到。读罢，昌幸吃了开水泡饭。

然后，他回到下榻之所，再次躺下。

他的下榻之所是间铺了榻榻米的小房间。

下榻之所和地炉间之间用两道厚重的板门隔开，里面没有一处采光的窗户。

昌幸平时另有就寝的地方。但是，一旦他需要苦思冥想什么事情，便会将自己关进地炉间。

这与已故武田信玄的习惯不无相似之处。

信玄曾经生活过的、位于古府中（甲府）本丸曲轮的居馆，是一处有着倾斜达四十五度的人字形屋顶的建筑，其西侧便是信玄被称做"御休憩所"的起居室。

真田昌幸的"地炉间"便是模仿这个而来。

并且，与"御休憩所"相连接的还有一处"读经间"，信玄在这间佛堂里面供奉着先祖的牌位，诵读经文。

读经间后面是专用的厕所，这厕所有六坪之大。

信玄早晚各有一次雷打不动地去这处铺了榻榻米的、十二张席子之大的厕所，进去之后便数小时不见出来。

从领国的政治到战局的研究、与他国的外交等，他所有的思考都在厕所里进行。

担任贴身侍从时的昌幸深得信玄宠爱，他甚至进过"御休憩所"，却唯独不曾见识过读经间与厕所。

那恐怕不单纯是厕所。

那里面肯定不光铺着榻榻米、设有几案，只怕连桌子和笔纸都一应俱全。

另外，信玄在那里"出恭"恐怕也是事实。

在那焚着信玄喜爱的熏香、万籁俱寂的厕所里，孤身一人的武田信玄是副什么样的表情呢……

那厕所到了真田昌幸这里，即变为狭小的下榻之所。

尽管昌幸没有亲眼验证过……

但信玄厕所的地板下面似乎不是单纯的地板下面。

"御休憩所的地板下面住着人呢。"

武田家的家臣们私下里议论纷纷。

"怕是如此。"

真田昌幸而今亦是深信不疑了。

据说信玄只要在厕所里想起什么或发生十万火急的秘密事件之时，便会对不间断地藏身于地板下面的忍者们发出暗号，下达隐秘的指令。

昌幸一样喜欢玩这套把戏。

实际上……

真田昌幸读完北条氏邦的来信，沉思片刻之后，便走向了卧房一隅的粗柱子。

只见他弯下腰来，把手搭在了柱子下方。

手到之处，柱子上的某处"刷拉拉"剥离了。

那柱子上赫然现出了一个黑洞！

昌幸将手里的小铅球轻轻投进了那个洞里。

铅球落下之后，洞穴底下仿佛响起轻微的水声。

昌幸略一思忖，又投下一颗铅球，继而合上了柱子上的机关。

然后，他再次躺回了卧具上。

　　前文有言，昌幸位于岩柜城内中城曲轮的居馆四周，环绕着空壕沟。那空壕沟有一部分贯通着昌幸地炉间的地板下面，而且唯有此处总是贮满了水。

　　居馆建在中城曲轮的台地上面。

　　因此，地炉间的地板下面位于同一曲轮的台地下方。

　　有人听到了昌幸将铅球投进地板下方水池的声音。

　　只要昌幸身在岩柜城，就会有人在某个地方不分昼夜地听候昌幸的暗号。

　　投下铅球的个数决定着昌幸召唤人员的人数。如今，昌幸召唤的是壶谷又五郎。

　　想要召唤又五郎，按说是没必要使用这般神乎其神的行径，但昌幸似乎对这样的行径乐此不疲。

　　"直到如今，殿下兀是童心未泯呢。"

　　昌幸夫人山手殿曾蹙着眉头说道。

　　言下之意，昌幸总是"玩心"十足。

　　山手殿的这一评语，到底适不适合投铅球的昌幸呢？

　　在壶谷又五郎出现在地炉间之前，好像有人没打招呼就擅自进来了。

　　能不和昌幸打招呼便进入地炉间的，应该只有一人。

　　昌幸在二重板门的对面感觉到人的动静，便坐了起来。

　　"喂……"

　　有声音从板门对面传了过来。

第捌话

"父亲……父亲……"只听那声音唤道。

这正是昌幸容许擅自进入地炉间的那个人的声音。

"我这就过去。"

昌幸应道，打开二重板门进入地炉间。

冲着后院的板门尽管关闭着，春日黄昏的光还是透过窗户浅浅地照射进来。

忽明忽暗燃烧着的地炉对面，坐着昌幸的次子源二郎信繁。

源二郎从怀里掏出两片圆形年糕埋进地炉的热灰里。

"已经黄昏了吗……"

"父亲，我想起一件事来。"

"你有事？"

"是。"

十六岁的次子一脸的煞有介事，口气俨然成年人，这并不稀奇。

"你想到了什么？"

"给织田信长……"源二郎说到一半便停了下来，抬起含笑的双眼，"给信长送匹马如何？"

"马？"

织田信长会收下真田昌幸馈赠的马吗……

如果收下，其时又会作何反应？

"试试看如何？"

年少的次子劝足智多谋的父亲姑且不论这些。

"嗯……"

昌幸亦如此，他绝不会表现出"你个小孩子说什么呢？"这样的态度。

"嗯……"

他欣喜且满怀信任地看着源二郎，再次冲他点点头。

"一匹马可以吗？"

"没错。这反而能揣摩出信长的意思吧？"

"嗯……"

"如何？"

源二郎一边用手指摸索灰里面的年糕一边抬眼观察父亲的反应，感觉上有点以不同凡响的军师自居的派头。或许有人会认为"没规矩"，但昌幸反倒觉得这种时候的源二郎令人欣慰。

毕竟这是自降生以来，昌幸"捧在手心里都怕吓着"般疼爱的小儿子。由于昌幸过于溺爱小儿子，看不下去的萨摩守矢泽赖纲说"不利于源二郎公子"，在源二郎八岁那年强行从昌幸身边将其带离，直至年将十二岁才送还昌幸。

连昌幸都对矢泽赖纲这位真田家的重臣兼叔父另眼相看。

"言之有理……"

据说昌幸乖乖听从了矢泽赖纲所言。

源二郎似乎受到赖纲严格的教养。

据说，早在源二郎十岁时，赖纲便让他操枪、骑马。赖纲亲自教他马术和刀枪之术。

昌幸后来听说源二郎被赖纲打得一塌糊涂、浑身是血跌落马下的遭遇数不胜数。矢泽家的侍卫们甚至于"不忍目睹"，背过脸去。

这话并非出自回到父亲身边的源二郎之口。

源二郎对这些事情只字未提。

源二郎回来之后，昌幸继续老着脸皮溺爱他。

不过，据说矢泽赖纲风闻此事之后胸有成竹地笑道："没关系，今后少主无论怎样对待源二郎公子都无所谓。"

昌幸曾因过于溺爱源二郎而和山手殿争吵不休。

对待山手殿所疼爱的长子源三郎信幸，昌幸倒也没有失去分寸，但说到底，他看待两个儿子的眼神大相径庭，对他们说话的言辞和声音也截然不同。

对待长子的威严到了次子那里便化作"心旷神怡"的笑脸。

话虽如此，昌幸对待源三郎却并不冷酷。虽然并不冷酷，但也可以说几乎没有表露过父爱的脉脉温情。对待长子，昌幸展露威严的同时还会流露出类似于难为情且不方便的表情。总之，昌幸似乎自始至终就没有关心过源三郎的养育问题。

源三郎自十二岁起便被送到矢泽赖纲手里。

当时，源二郎亦在赖纲身边，兄弟二人同在"叔祖"身边生活。源二郎信繁回到父亲身边两年后，源三郎也回来了。

　　萨摩守矢泽赖纲对既是侄子又是主子的真田昌幸的两个儿子到底进行了怎样的教育——随着故事的推进，这自然会在源三郎和源二郎兄弟的言行中表现出来。

　　且说源二郎拖出炉灰中膨胀起来的年糕，掸去灰烬，递给昌幸一片。

　　"嗯……"

　　昌幸点点头，将年糕送入口中，眉开眼笑。

　　"好香。"

　　"我想着您从早上就没吃东西……"

　　"你很孝顺。好吃。"

　　"父亲。"

　　"嗯？"

　　"送一匹马……"

　　"知道。谁给信长去送呢？"

　　这回，换成昌幸一脸严肃地问源二郎了。

　　"但马大人。"

　　源二郎毫不迟疑地回答。

　　矢泽赖纲的儿子但马守矢泽赖康（三十郎）担任这岩柜城的城代，昨晚亦与昌幸密谈到深夜。

　　"好，让三十郎去吧。把三十郎给我叫来。"

　　"是。那……"

　　"嗯……让他约一刻钟之后来这里。"

　　"明白。"

　　"阿角怎么样了？"

他说的是樋口角兵卫。

"今天早上他和哥哥一起驯马了，看上去精神不错。"

"嗯……"

谈及长子，昌幸难说没有刻意装作漠不关心……

源二郎信繁离开之后，壶谷又五郎转眼之间便影子一般出现在地炉间里。

神不知鬼不觉地，他已经无声无息地伏倒在昌幸面前。

源二郎朝着兄长源三郎的起居室走去。

"哥哥，我回来了。"

"怎么样？"

"父亲似乎饿了，我从盐部屋拿了年糕……"

"吃了吗？"

"是的，大口大口地……"

"嗯……"

源三郎脸上浮现出苦笑。

"那，一匹马的事情呢？"

"按照哥哥说的准确无误地转达了。"

"说是我的话？"

"不，我的……"

"那就好。父亲对你的话言听计从。"

"是的。"

源二郎满不在乎。

"那么，使者呢？"

“按照哥哥说的，但马大人去。”

“嗯……这很好。”

“哥哥，今后天下会变成什么样子呢？”

“不知道。矢泽叔祖不是说过吗？人生的后事难料，早一日都无从知晓……”

“所言极是。”

“源二郎！”

“在。”

“该吃晚饭了。”

“说得没错。”

“我们事先喝一杯吧？去盐部屋偷些酒来！”

“是！”

第玖话

"歇过乏了吗？"

真田昌幸对来到地炉间的壶谷又五郎说道。

又五郎住在位于居馆东侧的三栋建筑里。

真田家的人称这建筑为"草堂"。

住在"草堂"里面的，全部是效忠真田家的忍者。

草堂紧挨着与中城曲轮接壤处修建的高大防御墙建成，草堂自身成为一处独立的"曲轮"。

不过，这处小小的曲轮环绕着高大的防御墙和树木，从外面几乎弄不清里面有些什么。

而且，据说家里所有人都被禁止闯入草堂曲轮。

草堂里面似乎有个锻冶场，从外面时而可以听到铁锤的声音。

就连草堂到中城曲轮的通道位于何处，大家都不甚清楚。

总之，壶谷又五郎无疑是穿过这处秘密通道出入主人居馆的。

昌幸对又五郎讲了试着送织田信长一匹马的事情。

“你意下如何？”

“我认为不错。”

“是吗？好吧。”

“主公……”

又五郎和昌幸二人独处之时，便会换作亲密无间、没有顾虑却又不失尊敬的口吻。昌幸对此也不苛责。

“何事？”

“其实我还有件未了之事，我想回趟甲斐……”

“什么未了之事？”

“算是私事吧……”

“哦……”

昌幸定睛打量着又五郎，那双黑且大的双眼宛若聚起光来。以前被其直视的人，事后都说觉得“身体里的力量从眼睛里溜走，被吸入殿下的眼中”云云，但壶谷又五郎并未退缩，而是对视昌幸。

“所谓私事……不能对我讲吗？”

“因为我把阿江留在了敌人中，只身起程返回……”

“阿江……噢，那个在草堂之中也堪称翘楚的人……”

“没错。”

“你没和她一起回来？”

“是的。”

“嗯……”

昌幸扬扬自得地微微一笑。

“又五，在阿江身上得手了吧？这可不像又五，因此你才意乱神迷的吧？”

“怎么会……”

又五郎的苦笑里没有一丝阴翳。

“难道是我在胡思乱想？”

“正是……”

“总之，你是说你如此急切地想确定阿江的安危吧？”

“是的。草堂里不可缺少这个女人。”

“这是私事吗？算不得吧？”

“我有事拜托给了阿江。”

“拜托了何事？”

“不说为妙的事情。”

“女人？”

“又五郎和主公您可不一样。”

“竟然这么说话，你这家伙……”

被又五郎不留情面地揶揄了一句，昌幸倒不恼火。岂止是不恼火，他简直有点享受和又五郎这样谈话。

“我不晓得是什么事……不过，罢了，你去吧。”

“谢主公！”

“那之前，你先要把我的事情了结了才行。”

“您要我去哪里？”

“我想说的是去甲斐……他现在在什么地方呢……”

“您要我去何人之处？”

“隐岐守那里。”

隐岐守信尹是真田昌幸的弟弟。

“这……”

壶谷又五郎双手伏地低下了头。

他称主人胞弟为"何人"，所以用这个动作表示歉意。

昌幸也知道，隐岐守信尹早就暗通德川家康了。

昌幸离开新府城匆匆赶往岩柜之时，隐岐守信尹想必应该还在古府中的宅邸里。

大部分家臣都跟随武田胜赖转移到新府之后，古府中是否空无一人了呢？

当然不会如此。

古府中里有信玄以来的居馆、有家臣们的宅邸，这里是武田家的城邑。何况，城里的百姓们没有都跟着胜赖去往新府。

敏锐的他们有所预感，一旦随城主去了新府，不久的将来势将受到织田、德川联合大军的进攻，新城邑将陷入战火之中。

武田胜赖下令百姓们强制搬迁，但古府中的百姓最终只有三分之一左右搬到了新府，据说其中还有很多人将家人留在了古府中。

仓促之间倒是好歹建成了一座城，但新府尚不具备城邑的格局。

胜赖从古府中搬到新府城是去年的十二月二十四日。年关刚过，木曾义昌便早早地谋反叛变，勾结织田信长。

武田胜赖被迫准备出征，根本顾不上新城邑的建设。

因此，留在古府中的家臣们立即赶往新府，但隐岐守信尹仍然留在古府中。

隐岐守有无违抗胜赖的命令呢……或者，胜赖对隐岐守下达守卫古府中的命令了吗？这些事不甚清楚。

不过，真田昌幸从岩柜赶到新府城之时，武田胜赖倒是没说隐岐守"混账"。

关于弟弟之事，昌幸几乎没有从家臣那里听到过谣传，他也无意专门打听。

肯定是弟弟太善钻营——昌幸心想。

话虽如此，织田军占领古府中之时，隐岐守信尹和他的家人及侍从们都不见了踪影。又五郎也亲眼见过此事。

"不管怎么说，我要你找到隐岐守的住所，把我的信送到。我这就写信，又五也要读一下。"

"明白。"

壶谷又五郎站起身，动手准备笔墨纸张。

第拾话

真田昌幸给弟弟隐岐守信尹的密函内容大致如下：

少主自戕于天目山一事，我亦有所耳闻。

听说少主离开新府，竟听从出乎我等意料的小山田越前之劝，决定入驻岩柜城。但事态难料……这部分详情我亦不知。总之，少主为织田军追逼，于天目山自戕。我总是觉得，少主之所以向天目山进发，是希望尽可能地翻越山岭抵达信浓，他的目的地就是我的岩柜啊！

我虽然要将少主接到岩柜，但绝非打算和织田、德川兵刃相见。这一点，想必你早已心中有数。

倘我稍事喘息，织田、德川大军不远千里逼近岩柜，我便打算偕少主决一死战，让他们瞧瞧我也不好欺负。但甲州既然在我手中，想来信长与家康势必暂时退兵。我为此绞尽脑汁。

所以，为了谋求包括少主在内的真田家的前途，我打算依托北条或德川其中之一。然而，如今少主自戕，武田家灭亡，我只消保全自家即可，心头遂多少如释重负。

此事望你三思。切记，切记！

我已与小田原（北条家）联系过，思今后天下大势所趋，小田原恐难以让人放心，倘使老城主（氏政之父北条氏康）时代则另当别论，如今小田原衰颓之势已现，窃以为不足为靠。

论及此事，你不可忘记祖辈以来真田家如何浴血奋战，保全上、信二州之事。望你了解此等事情，凡事酌情处理。

这是一封相当长的密函。

壶谷又五郎将其读完。

按常理，如此重要事宜不该付诸笔墨。

必须考虑到密函为敌人所夺一事。以口传口最好不过，但如此一来，对方必须予以使者深厚的信赖。

之前，又五郎曾经两度作为昌幸密使拜访隐岐守信尹的宅邸，拜谒过信尹，但昌幸认为此次的情形还是有必要使用他的亲笔信。

况且，壶谷又五郎有自信将信函万无一失地送到隐岐守手中。

"那么，又五啊……"

"啊？"

"今后，我和隐岐守之间的秘密联络就拜托你了。"

"我明白。"

又五郎考虑恐怕需要从草堂中带四名忍者前往。

他认为事情不好办……

撇开对武田家寄予同情的德川家康不提，织田信长会容许真田家存在吗？

这虽是又五郎的推测，如今却正如昌幸让他读的密函内容所透露，真田昌幸绝不会放手当今上、信二州的地盘，那可是祖父和父亲浴血奋战、历尽艰辛构筑而成的。

如果织田信长要"吞并"他，昌幸必会抱定决心，破釜沉舟地决一死战。

在又五郎看来，德川家康曾经是织田信长绝无仅有的同盟，而且因为他的忠义，信长屡次得以化险为夷，而织田信长却害得德川家康长子三郎信康自尽。

三郎信康之妻德姬乃信长之女。

天正七年夏……

德姬向父亲信长告密说信康之母筑山殿（家康之妻）勾结武田胜赖，意欲拉三郎信康下水。

另有一说是此乃德姬与筑山殿之间纷争不断，德姬怀恨在心，故诉诸其父，然而家康重臣酒井忠次被信长传唤，当信长问他"此事当真"时，酒井忠次回答"是真的"，以致德川家康失去了为儿子开脱的余地。

筑山殿为今川家族所生，嫁与德川家康为妻，但这女人性格倨傲，动辄庸人自扰，所以诞下三郎信康之后便与丈夫家康不铆分居，内心苦闷。

筑山殿与三郎信康夫妇住在冈崎城，家康则在浜松城。

平地起风波就在那时。

有关筑山殿秘密联络武田一事，真田昌幸不甚了解。

但他觉得那未必没有可能……

不过，三郎信康不可能参与此等阴谋。

"三郎信康交给你处理了。"

信长知晓此事之后，严厉责成家康。

家康与信康父子确也惊讶，但最吃惊的恐怕要数德姬。与自己交恶的婆婆欲将丈夫拉下水，引诱他忤逆。可以想见，德姬曾向父亲撒娇，求父亲饶过丈夫。

到了这种时候，哪怕是女儿的夫婿，信长也会疑虑重重，直截了当地作出决定，将其斩草除根，坚决处置。

德姬不清楚父亲的为人，她毕竟是女流之辈。

然则，酒井忠次缘何不管不顾地作出对自己少主人不利的回答呢？昌幸对此亦是不解。

"或许忠次和三郎信康彻底反目，为此心怀不满……"

壶谷又五郎曾对草堂里的人这样透露过。

并且，如果武田信玄活到那会儿，武田家威风不减的话，德川家康想必会毅然背弃信长，驱马投奔信玄伞下。

"必会投奔无疑。"

又五郎对昌幸如此说道。

真田昌幸笑道："倘使信玄在世，信长又何至于出那样的难题刁难家康……"

德川家康深谙织田信长暴烈的脾性。信长害自己儿子自尽之时，家康肯定有和信长开战的思想准备。

最终，家康决意让自己最器重的长子切腹自杀。

家康先将妻子筑山殿带到浜松附近一处名为富塚向谷的地方，了结了她。

二十一岁的三郎信康被从冈崎带到二俣城。

"我对天地诸神起誓，我没有丝毫过错，这一点父亲也应该清楚！"

信康大义凛然地说完便切腹而亡。

据说三郎信康死后，家康很长时间心灰意懒、卧床不起。

德姬被带回父亲身边，而家康对信长的忠诚和勤勉如故。

"真是个意志坚强的人啊！"

真田昌幸目瞪口呆。

"换了是我可不杀我儿。灭亡也罢，我会和信长决一死战！"

说这话之时，恰好山手殿在他身边。

"'我儿'恐怕是指源二郎吧？只怕不是源三郎呀。"

据说昌幸被妻子反唇相讥，一脸无奈地站起身来，嘀咕道："太像了，太像了……"

想必他说的是妻子太像德川家康的恶妻筑山殿了吧？

在这一点上，山手殿不愧为都城出身——豁达雅量的她，似乎难以领会昌幸所嘀咕的意思。

第拾壹话

到了胜赖这一代，统帅和间谍的维系居然疏离到这等地步。

过了一会儿，壶谷又五郎回到草堂。

屋顶虽为板棚，三栋房子却建得十分牢固，其中有两栋好像住着女人。

岩柜城的"草堂"对真田家而言并算不得正宗。

在真田家的发祥地——信州的"真田庄"里，莫说草堂，还有专门由忍者们建成的村庄，那里可谓"草堂"的大本营。

岩柜的又五郎住在没有女人居住的那栋房子里。

一间大土屋兼做厨房，地面切开砌了地炉。以土屋为中心，阁楼和楼下合起来共有七个房间。

"把甚八和弥五兵卫给我叫来。"

回房间前，又五郎对待在土屋地炉旁的年轻汉子吩咐道。

又五郎的房间位于楼下最里面，板墙约有三坪大小，里面几乎没有放置任何道具。

烛台上点着火。

但地板上铺着不知是何名堂的兽皮，又五郎躺在那里。

“打扰了！”

须臾，有两个汉子打着招呼走了进来。

其中一人叫姊山甚八，尚不到三十岁，看模样十分精悍。

另一人叫奥村弥五兵卫，可能已过三十。这人性格沉稳、举止安详、不失温和。

“来，坐吧。”壶谷又五郎取出酒瓶与木质酒杯，让二人喝酒，“刚才我去主公那里了。”

“有什么指示吗？”

“是的，弥五兵卫。我们得走一趟隐岐守那里。不知隐岐守离开古府中后，身在何处？”

“我想应该是撤退到浜松之类地方了。”

远州浜松是德川家康的城邑。

“嗯，我和甚八去浜松，弥五兵卫另有托付。”

“何事？”

“昨晚所说的阿江之事啊。我想让你确认一下她的消息。”

“明白。”

“我不说你们二位想必也明白……往后会有很多困难。主公握住我的手，对我说：‘就靠草者了。’”

弥五兵卫和甚八对视了一眼。

尽管没有说话，但二人脸上明显露出感动与兴奋之色。

真田家将忍者——从事间谍活动的人——称做“草者”。

“草者”的确切语源不甚明了，但似乎不难理解。

我们都知道“草莽”这词吧？查阅手边的词典，该词有两个意思。

（一）青草葳蕤之处，草原；（二）在野、民间。

另有一词"草莽之臣"，指没有官职、身在民间之人。

真田家的"草者"也好，"草堂"也罢，大概都包含着这层意思。

"草者"的意思并非说他们是如人脚随意践踏、被人无缘无故割除的青草那样的东西。至少在真田家……

据说，真田家的"间谍网"在真田昌幸的父亲幸隆时代便得到扩张和完备。

自不待言，这恐怕是受了武田信玄的影响——幸隆心悦诚服地臣服于他。

迄今为止，争夺周边势力、相互攻城略池等战国小势力间的战争周而复始，主人和家臣们的谋略及间谍活动自然大有用处。

然而，如真田家这样的小势力逐渐被武田、上杉、织田等大势力吞并。随着大小势力间的冲突加剧，以日本首都京都为中心，处处酝酿着战乱的波动。

如此一来，即便是像真田家这样的小势力，也不能单纯放眼于自己所臣服并追随的大势力了。

武将们调动草者，让他们探取从京都至近畿一带、从近江至尾张和东海道地区的诸国情报，应对危机的策略也自然而然地应运而生。

真田昌幸继承家业之后，格外深刻地认识到整备间谍网的必要性。他倾注了大量的精力，就是想要完备间谍网。

特别是得到壶谷又五郎之后，真田家的间谍网眼见着充实起来。

又五郎即所谓的"伊那忍者"，从信玄在世时便效命于武田家。昌幸向武田胜赖讨来了他。

真田昌幸攻陷上、信二州之时，胜赖任命昌幸为沼田城代，说道："你有什么愿望，尽管说出来吧。"

父亲信玄扩张至东海地区和美浓国的上洛进军之路和基地，在织田、德川军的反扑下被一一夺了回去，就在此时，昌幸确保了武田家绝对必须的关东要塞——上州沼田城，胜赖对此十分满意。

尽管胜赖没说要把沼田赏给昌幸，却放言要赏赐昌幸甲斐国内他看好的领地。武田胜赖频频催促他快些表态，昌幸只得说道："既如此，我有一小小的愿望。"

"什么？"

"求您将一个人赏赐与我。"

"一个人……谁？"

"一个叫壶谷又五郎的人。"

"壶……什么？"

胜赖脑子里一时间似乎想不起又五郎的名字。

昌幸露出苦笑。

到了胜赖这一代，统帅和间谍的维系居然疏离到这等地步。

"忍者说的话嘛……"胜赖对此总是不屑一顾，"卑贱的东西。"

胜赖仅凭主观判断来指挥军队作战。

真田昌幸再次解释说希望得到攻克上州之前便从武田家借走的壶谷又五郎。

"小事一桩。这种奖赏就行了啊？"胜赖觉得颇不过瘾，皱眉说道，"真没劲。"

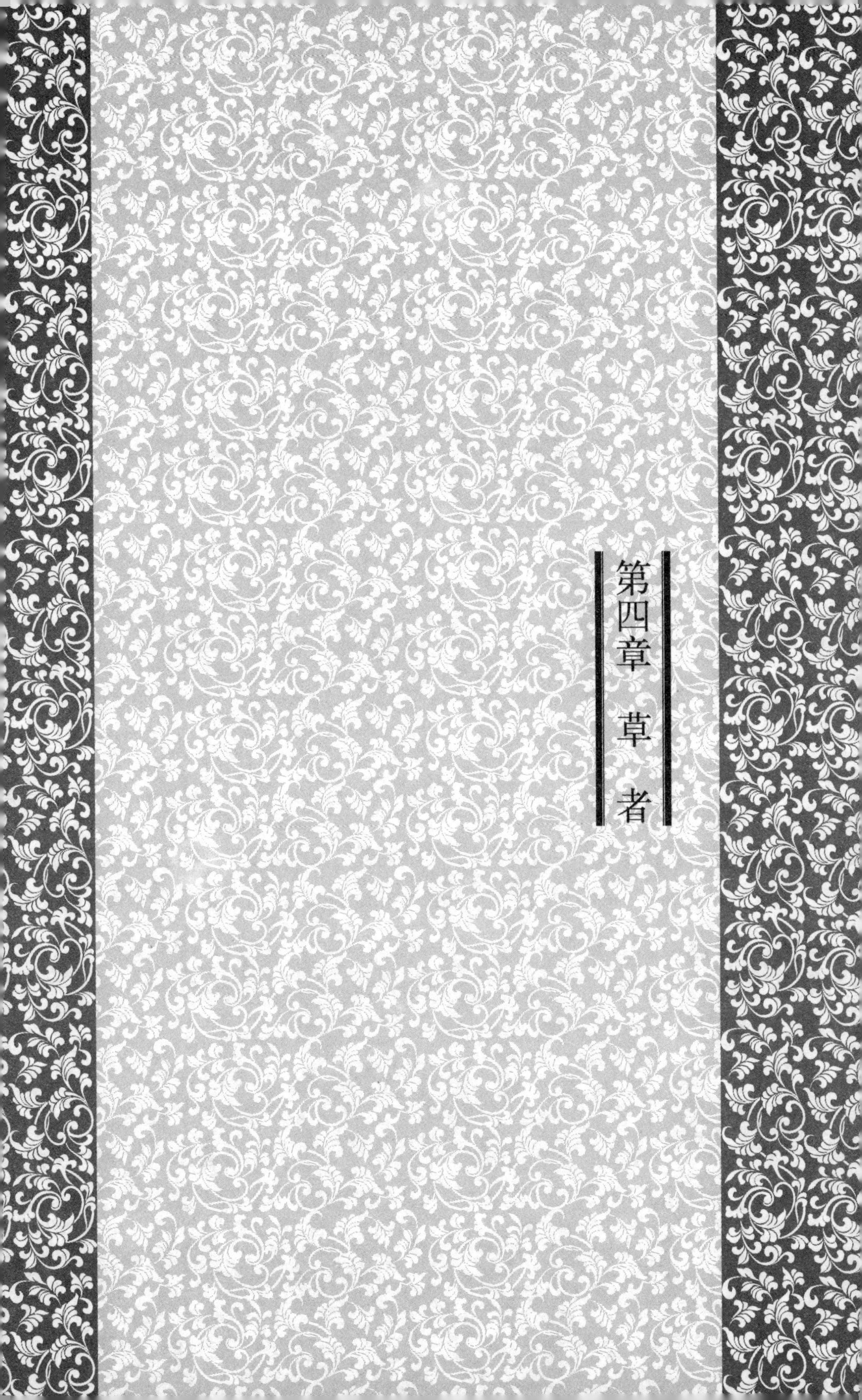

第四章　草者

第壹话

真田昌幸为武田家拿下上州沼田、平定周边之时，作为武田忍者将生命注入昌幸谋略中的人便是壶谷又五郎。

我要让又五郎那样出色的男人来训练我手头的草者——昌幸心想。但是，这在当时仅限于心中所想。实际的情况是，他认为这"很不容易"，根本就不抱希望。

倘若信玄在世，想得到又五郎一事绝对是没希望的。昌幸甚至觉得，就算是不太看重间谍活动的少主胜赖，都一定不会允准。

虽说都是自己人，但又五郎是熟谙主人家间谍网与秘密的忍者，将他让给属臣的话，日后会不会有何不测？

毕竟时逢乱世，经由又五郎移植了武田家军事秘密和间谍组织的真田家，难保不会背叛武田家吧。

按常识来说，昌幸不能提出这样的请求。

而且，万一昌幸跟又五郎私底下有所约定，又五郎自身便希望调换到真田家的话，又将如何……

这简直相当于仁科盛信背叛了武田家！

其他的"武田忍者"不可能对壶谷又五郎身为忍者却违逆行规袖手旁观。

前年夏季，真田昌幸驱逐了沼田周边的北条势力，攻进了沼田城。

壶谷又五郎的任务就此告一段落。因为又五郎是昌幸为确保沼田而借来的人，昌幸遂道："又五郎，你是我恳请少主借来之人，必须赶紧返回古府中了。"

"是……"又五郎略加思忖，道，"但事情恐怕尚未结束。"

"你说什么？"

"小田原（北条氏）不会就此乖乖罢休，而且……"

"这倒是实情……"

诚如他所言，昌幸今后不得不跟北条氏撕破脸皮了。

"我非常想把你留下来，但又不能永远……"

"嗯，没事，暂时先让我留下来吧。"

"不要紧？"

"嗯。"

"不过，少主……"

"少主……"又五郎话未说完便微微一笑，"怎么会将我这种人放在心上呢？"

当时，昌幸凭直觉认为又五郎对自己颇有好感……

或许可以说二人第一次在情感上取得了默契。

话虽如此，昌幸还是不知该如何同训练武田忍者的市兵卫柏木高忠交涉。

"我该如何对他说？"

“实言相告即可。”又五郎答道。

“当真？”

“是的。”

柏木市兵卫不过是武田家的一名部将，却统辖了为武田家效命的全部忍者。不过，市兵卫自身既非忍者又不精通忍术，起用他担任该职务的人是已故的武田信玄。

昌幸也曾在古府中见过柏木市兵卫两回。

市兵卫高忠年过半百，性情温厚，在昌幸看来只是一名再普通不过的部将。

“你能留下来，我也就踏实了。不过，往后再有事也挺麻烦。”

“我来负责。”

“行吗？”

“我认为您不必多虑。”

“嗯……也罢，现在就暂时留下来吧。”

又五郎肯留下不走，简直太好了啊！

翌年……说来已是去年之事了，一股出乎昌幸意料的敌军突如其来地袭击了沼田城。

那是去年三月。

当时，身在岩柜的真田昌幸火速与又五郎赶往沼田迎敌。

与其说当时的又五郎何等了得，莫如说二人心有灵犀。总之，在昌幸决意将又五郎纳为己有一事上，又五郎的留守得到了好结果。

第贰话

上州沼田城位于赤城山北麓。

这座城修建在片品、利根、薄根三条河流交汇之处的丘陵上，将北面狭长盆地中绵延的各个村庄作为谷仓。

这一带常年处于沼田氏的统治之下，是连接关东与越后、直至东北地区与信州的要隘。

关于上州沼田氏的兴起有形形色色的传说，确切事宜不详。

据说他们的远祖是侍奉平清盛[1]的大友经家。

平家灭亡之后，经家随源赖朝迁至上州，统治利根、势多二郡，自其子实秀时开始以大本营利根郡沼田的地名作为姓氏，遂有了"沼田氏"。

沼田氏第十二代的沼田万鬼斋在沼田台上修筑了新城，号称藏内城。这便是沼田城的前身。

---

[1] 平清盛（1118—1181），日本平安时代的武士，在平治之乱中击败源氏，掌握了日本政权，是日本武家政权的鼻祖，后为源氏所灭。

这座建在薄根川断崖上的城十分气派，彰显了沼田氏在该地区积蓄的实力。

当时，战国时代终于趋于终结，开始呈现白热化局面。

永禄元年，沼田万鬼斋臣服于越后的上杉谦信。这或许也是出于他孤身一人无法摆脱战乱的残酷现实吧？

七年后，万鬼斋宣布隐居，将位置让给了弥七郎朝宪。

永禄十二年正月初五。

万鬼斋受爱妾唆使，图谋将爱妾所生之子平八郎景义立为沼田城主。

然而，万鬼斋年事已高，或可说他对这事带来的后果失于算计。

弥七郎朝宪刚被杀害，弥七郎夫人之父——上州厩桥城主北条弥五郎——便率兵向沼田杀来。

沼田的家臣们和北条弥五郎一哄而至，拥向川场，攻打先主沼田万鬼斋。由此可见万鬼斋已经威望扫地。

万鬼斋带着爱妾夜眉与儿子平八郎于暴风雪中逃脱。他们徘徊于山中，历尽艰辛来到会津黑川城主芦名盛氏那里。

万鬼斋与盛氏结成同盟。

爱妾在这次逃亡中死了。

也有传言说她肩上被沼田军射中一箭身亡。

这段故事后来在真田昌幸与又五郎的谈话中出现过。

“大人，这事不可当做耳旁风啊！”

又五郎单刀直入。

“嗯……”

昌幸展颜一笑。

“你是说这是我自己的事情？”

“确实。”

“我明白啊。”

“包括子孙后代之事吗？”

“是啊。”昌幸信心满满，“我和万鬼斋可不一样哟！”

“我和他不同，女人也不一样。”

他如是说道。

“女人”指的是谁？——昌幸还未提及这一层，但短短数年间，真田昌幸和壶谷又五郎便达到这样的关系。

他们虽为主仆，却是城主与“草者”的关系。草者不享受正式俸禄，真田家的“身份簿”和“侍从簿”亦都未录上他们的名字。

因此，他们不能指望以武士的身份出人头地。

“我想让你来训练草者。”

每当昌幸提出此事，又五郎便会回答：“不可。”

昌幸询问缘由，又五郎答称自己没那资格。昌幸遂再问他那种资格具体是什么。

“我也不能说得太过血腥。那血腥味儿不露形迹便罢，一旦明朗化了，起用我这样的人做侍卫，将给真田家抹黑。”壶谷又五郎如此说道。

“没关系，就说说那些血腥的话题如何？”

“不行。”

“我开诚布公地告诉了你很多事，因为我认为必须事先让你知道……”

“不胜感谢。”又五郎对昌幸的信赖表示感谢。

“所以，我希望你谈谈你的身世。”

“不说也罢。”又五郎倔犟地不肯答应，但耐不住昌幸的软磨硬泡，只得说道，“我有一个孩子。”

“男孩子？”

“嗯。”

“他身在何处？”

“甲斐国……”

“甲斐国哪里？”

“这……”

这已是极限。所以，又五郎像贝类一样闭上了嘴，任凭昌幸怎么撬也不肯再开口了。

关于壶谷又五郎的过去，真田昌幸直到如今也只知道他有个儿子。

去年三月意欲兴兵夺回沼田城的，便是沼田万鬼斋爱妾之子沼田平八郎。

父亲万鬼斋在会津黑川病亡之后，平八郎得到芦名氏和上州金山（群马县太田市）城主由良国繁等人的庇护。

由良国繁臣服于织田信长。

当时，武田胜赖还没有灭亡。

信长似乎认为让由良国繁夺回效命于武田家的真田昌幸的沼田城一事未尝不可。

织田信长知道沼田平八郎投靠了由良家。

“等你夺回沼田，我把上州送给你当属国。”

信长给由良国繁送去了誓文。

国繁摩拳擦掌。

他打算利用沼田平八郎来进攻沼田。

不消说，平八郎也将自己的一生押在了夺回父祖之城——沼田城。

由良国繁给平八郎两千五百名士兵。

沼田平八郎去年三月一日从金山城发兵，转眼便在赤城山北麓阿会山断崖上布好了阵。

从这处断崖可以俯瞰沼田城。

这次进军宛如一阵疾风。

真田昌幸对此瞠目结舌，心知不可大意。

沼田平八郎发起进攻，他成功地策动了旧沼田众臣和当地土豪，甚至得到了当地农民们的援助。

沼田属地内南部的属民们似乎对传承了旧主沼田氏血脉的平八郎卷土重来感到欢欣鼓舞。

昌幸不能漠视领地内这等气氛——战争并非只靠兵力武器便可取胜，他对此再是清楚不过。

昌幸知道沼田平八郎投靠了由良国繁，但这支队伍依靠属民们的带领和援助，神不知鬼不觉地抄赤城山近路，突如其来地出现在断崖上。这样的事实引起了昌幸的重视。

沼田平八郎在芦名氏那里曾多次征战沙场，昌幸对其骁勇有所耳闻。

当时，沼田城内有大约五千兵力。

初试锋芒，真田方的骁将海野能登守便在泷棚原被打得个落花流水。

"什么？能登守竟然……"

真田昌幸一副难以置信的表情。

只因这次溃败实在惨不忍睹。

沼田平八郎乘势一举击溃藤田、塚本等多支真田部队，完成了自沼田城南至城北的大转移，在将沼田城尽收眼底的户神、高尾两山布阵。

"这可糟了。"

就连真田昌幸也狼狈不堪。

捷报频传，沼田平八郎的兵力随之不断增加。沼田的旧属下、当地豪族以及属民们纷纷加入了他的队伍。

从金山出发时的两千五百人的队伍，膨胀至近四千人。

"大人，我有事报告。"

壶谷又五郎来到昌幸位于沼田城内的下榻之所，将详细打探到的沼田军阵容报告给昌幸。

"麻烦了哟，又五郎……"

"是。"

武田胜赖也正苦于织田、德川军的进攻自顾不暇，不可能随便出兵沼田。所以，昌幸无法向武田家求援。

于是，壶谷又五郎对昌幸献上一计。

"难啊！"昌幸听罢叹道。

"或许如此吧……"

"难啊，太危险了。"

"若论危险，现在也是一样。"

"这倒也是……"

又五郎说想利用沼田平八郎的外祖父金子新左卫门。

金子新左卫门乃平八郎生母夜眉的生父。

自从女儿当上沼田万鬼斋的爱妾，新左卫门便从利根部追负村的望族摇身一变成为沼田家的长老。

似乎就是这位金子新左卫门同女儿一起唆使万鬼斋，结果反倒招致沼田家走向灭亡。

不过，新左卫门在沼田家灭亡之后依然巧妙周旋，效命于上杉、北条两家，从而留在了沼田城。

真田昌幸入主沼田城之时，金子新左卫门巴结承奉，得以投身真田伞下。

昌幸晓得个中原委，却觉得老迈的新左卫门不足挂齿。

——倒不如利用一下这位通晓沼田领地内四十年来政治状况的新左卫门吧。

壶谷又五郎献计利用这新左卫门，不折一卒地击败强敌。

这计策颇为大胆，就连工于谋略的真田昌幸都瞠目结舌。说到底，昌幸要赌上性命，却未必看得到成功的希望。

第叁话

真田昌幸以武田胜赖的"城代"身份入驻沼田之时，原封未动
地接收了旧沼田家侍臣作为自己的侍臣。

但那些沼田氏旧臣竟然不屑于此，纷纷主动离去。

"由他们去吧。"

当时，昌幸酌情分发给他们金银。

"想回沼田时无须顾虑，回来即可。"

昌幸爽快地将他们打发走了。

只怕昌幸是希望尽可能缓和他们对自己及武田胜赖的反感吧。

当时出城的沼田氏旧臣大都参加了沼田平八郎的这次起兵。

"新左卫门，我呀，我可是没有半点讨伐平八郎的想法。"

真田昌幸压低声音对金子新左卫门道。

曾经为了将女儿所生的平八郎扶为沼田城主而穷尽阴谋诡计的
新左卫门也已年逾七旬，老迈昏聩。

"说我征讨平八郎云云纯属无稽之谈。"

"啊？"

"如果我征讨平八郎，沼田城黎民百姓的人心便会彻底舍我而去。你可明白这事儿，新左卫门？"

"是、是……"

新左卫门老泪纵横。

他上了年纪，身心的衰老使他遇事便会潸然泪下。

自沼田平八郎发动进攻以来，金子新左卫门以及留在沼田城的少数旧沼田部将便被隔离在沼田城的二丸。关于战况，他们一无所知。

他们无论如何都难以相信沼田平八郎的战果正在不断膨大之类的事情。

"我希望与平八郎阁下联手。"昌幸说道，"我想和他联手，共同效力于武田胜赖公。如果能得到平八郎阁下的首肯，我宁愿把这沼田城拱手奉上。"

"您说什、什么？"

新左卫门愕然道。

"没什么好吃惊的，对吧？新左卫门？"

"啊？"

"你想啊。这城是我替武田家保管的。我这个真田安房守是武田胜赖公的城代，这城非我所属，我的城在上州的岩柜和信浓，对吧？难道不是吗？"

"是，正是。"

"你瞧，所以说即便是平八郎阁下来当城代不也一样吗？平八郎阁下在这里比我更合适。这样一来，旧沼田的家臣们也愿意回来，属民们也将欢欣鼓舞，简直没有比这更好的了。"

其间，真田昌幸冷静地关注着屡屡想取悦自己的新左卫门。

在昌幸炯炯有神的双目注视之下，新左卫门唯有战战兢兢，甚至说不出话来。

那昌幸眯缝着双眼，声音活像从被爱抚的猫咪嗓子眼里发出来的一般，温柔地与新左卫门进行磋商。

"您这话让我不胜惶恐。"

新左卫门并不拭去溢出的泪水。

"新左卫门，想必你也疼爱你的外孙平八郎吧？"

"是、是……"

新左卫门连是否疼爱平八郎也不晓得了。他泪水涟涟，一味沉浸在这眼泪所酝酿的情绪里。

"但平八郎必须效忠武田家，我就是要和你商量这件事。"

"是、是……"

"你能否出使一趟平八郎阁下那里？"

"让老朽？"

"事情办妥了，我赏你利根西部价值千贯的土地，如何？"

真田昌幸如此和自己磋商，金子新左卫门忘乎所以。

"我愿意效劳。"

"要出使吗？"

"是。"

昌幸立即取来笔，起草了盖有胜赖朱印的誓文。此乃昌幸派使者快马加鞭、昼夜兼程从武田胜赖处得到的许可。

一来二去，金子新左卫门被允许回到自己沼田城外的宅邸里。

第三天早晨，新左卫门决计奔赴沼田平八郎的军营。

于是……

翌日午后，真田昌幸召集重臣们召开军事会议。

金子新左卫门也被邀入席。

新左卫门诚惶诚恐地列席。

至此，新左卫门才了解了沼田平八郎的军容以及骁勇的作战情形。

"老实说就是这样，我对付不了平八郎阁下。"

"啊？"

"而且我也不想打这场徒劳无益的战争了。"

"确实……"

新左卫门蓦然间心潮澎湃。

是夜，回到自己宅邸的新左卫门酣然入梦。

是夜三更……

在壶谷又五郎的指挥下，城兵们开始在沼田城城门前宽阔的道路两侧挖掘深横坑。

这是一种类似战壕的东西。

这样的横坑挖了有十几处之多，上面盖上木板，覆上土，栽好草。

城门前的风景复原如初，无人看得出来。

这项作业一直持续到天色泛白才完成。

就连挖坑的城兵都对为何要做这等事情不明就里。

天明之后，一无所知的金子新左卫门只带了三名家臣，就奔赴将营寨转移到户神山的沼田平八郎处。

时隔十二年，祖孙二人即将重逢。

第肆话

"倘若有何不测，又五郎定会舍身救回大人，请大人不要担心。"

"这……您还在沼田吗……"

迎来老迈的外祖父，沼田平八郎着实吃惊不浅。

"好久不见了，平八郎……"

金子新左卫门再度老泪纵横地向平八郎转述了真田昌幸所言。

平八郎自不会立马相信。

更何况，在由良国繁和织田信长的援助下，平八郎即将拿下沼田。背叛这些庇护者，和真田家一道效命武田胜赖，无疑是件匪夷所思之事。

平八郎感觉昌幸如今是不得不舍弃沼田了。

初战告捷给他以这样的感觉。

一旦有个风吹草动，莫说沼田——倘若织田、德川的大军攻进了甲斐国，真田昌幸肯定会率兵投奔他们。

昌幸提出条件，说让出沼田城之后，沼田周边的几座边城和城寨依然要"归真田家所有"。通过这件事，平八郎感到了"可靠性"。

或者真田家果真陷入困境也未可知，他拿我束手无策了吧——
平八郎心想。

"一旦进了城，投靠武田家还是归顺织田方就全由咱们来做主
了。或许我会作为人质暂去岩柜……但这绝对不成问题，我会逃回
沼田的。"

金子新左卫门有着十足的自信。

这老者或许正在因地制宜地运筹帷幄。

事情是否会如外祖父所言那般进展顺利……总之，这听上去相
当不错，所以沼田平八郎决定试着开出条件。

关于出让沼田城一事，平八郎说希望昌幸出城去一趟观音堂，
随从仅限二十骑，所有人都要着便装。

"平八郎，这是万万行不通的。"

金子新左卫门一脸错愕。

"总之，请您就这样转告真田安房守。"

"可是……"

"不要紧。"

"嗯……"

无奈，新左卫门只好带着平八郎那极端苛刻、超越战场上常识
的要求回到沼田，将其转告昌幸。

果然，昌幸展颜一笑。

"那样的话，我的脑袋会无端搬家哟，而且沼田城也将陷入险境。
平八郎阁下似乎信不过我安房守。没有搞错吧？我并非请降，而是
要将沼田让给平八郎阁下，这一点你务必要转告平八郎阁下，请他
再度和我磋商，不致有辱我的体面。"

昌幸所言天经地义。

新左卫门当日再次奔赴平八郎阵营，转告了昌幸的答复。

平八郎的答复为："否。"

他一口咬定如果不听从自己，便会立即攻打沼田。

新左卫门回到沼田，傍晚时再度赶赴平八郎的大本营。

"不行。"沼田平八郎的回答依然斩钉截铁，"如果真田安房守今夜还不答复，我明早便要攻打沼田！"

在三番五次的交涉过程中，平八郎终于对昌幸的困惑信以为真，同时也激发了他寸步不让的斗志。

夜深之后，金子新左卫门带来了真田昌幸最终的答复。

新左卫门用得胜后扬扬自得的声音嚷道："他认输了啊，安房守认输了啊，平八郎！哎，他一副走投无路的表情呢，他会按照你说的去做。安房守说明天一早会只带二十名侍从到观音堂呢。"

那个早晨来临了。

那是天正九年三月十五日。

真田昌幸和壶谷又五郎尚都没料到武田家会在一年后的春天灭亡。

按照和平八郎的约定，昌幸带着包括壶谷又五郎在内的二十名侍从出了沼田城。

"我似乎是被你的巧言所动，开始了一件覆水难收之事。"

昌幸苦着脸道。

又五郎的马首赶到昌幸的马侧之时，又五郎道："可是，非常完美地咬钩了哟。"

"我吗……"

"不，是沼田平八郎。"

"我将如何？"

"真田大人，"壶谷又五郎招呼道，目光直愣愣对着昌幸，"倘若有何不测，又五郎定会舍身救回大人，请大人不要担心。"

又五郎耳语道，甚至像是斥责。又五郎的低语里透出对昌幸的爱护。

"嗯……"

昌幸和又五郎取得了默契。

"无论如何，我都要让又五郎归我所有！"

这一瞬间，昌幸决心已定。

从沼田平八郎位于户神山的大本营到沼田城之间，隔着一个沿岸为薄根川的小盆地，半径约有一里。

平八郎戌时从大本营出发，约五百名全副武装的将士护卫着他。

从昨夜至今晨，平八郎不断派出间谍哨探沼田城的动静。

后来，他得到报告称沼田城内的战旗消失殆尽，城内城外万籁俱寂。

会见之所观音堂位于出了沼田、渡过薄根川的地方，为葱茏的树木所包围。头天夜里，平八郎也往此处派出约二百名士兵进行警戒。

并无半点异常。

第一眼见到昌幸，平八郎颇感意外。

平八郎听说昌幸尚不到四十岁，但他看上去却有五十开外，老气横秋且身材矮小。看到冲着自己露出笑容的昌幸貌似慈眉善目，平八郎消除了戒备。

平八郎估计昌幸彻底怕了。

昌幸对平八郎的骁勇赞不绝口。

"罢了，我把沼田城交给你，来吧……"

昌幸邀道。

平八郎并不打算就这样进城，他打算改日率全部兵马开进沼田，然而昌幸水到渠成般自然，并不见丝毫的心存芥蒂，平八郎也觉得那样做理所当然。

"那么……"

平八郎跨上马，派出两名传令兵返回户神山大本营，命全军下山赶赴沼田。

紧接着……

真田昌幸与沼田平八郎策马并行，抵达沼田城正门前。

城门敞开着。

对面，真田家的武士们身着礼服，正准备迎接平八郎。

平八郎身后，五百骑人马全副武装。

不过，此地并非旷野，城门前的路虽然绝对算不得狭窄，但毕竟有限，平八郎的侍卫们恐怕需要排成四列纵队跟随其后。

"大人，我好想您啊！"

这时，城里跑出一人，对平八郎喊道。

这汉子是沼田旧臣，名唤山名弥惣。

"噢，是弥惣啊……"

平八郎没有忘记他。

"大人，我盼这一天盼得好苦哇……"

说完，山名弥惣抓住平八郎的马辔，大步流星地将他带进城内。

真田昌幸随即策马进城。

突然，真田家的铁炮队出现在对面护城河曲轮的石垣上，一齐朝平八郎开火。

与之同时……

城门外提前挖好的暗沟盖子与泥土、青草一并被掀开，武装好了的真田兵齐刷刷地向平八郎身后准备进城的沼田军放箭。

一场出其不意的突袭。

前来迎接的真田家臣多半满心以为要开城投降，并没有察觉这是主人的计谋。

这可能是因为昌幸与又五郎事先的手法太过巧妙了吧。

第伍话

真田昌幸痛切地体会到，最可怕的敌人相继病亡使得信长和家康的好运如日中天。

踏上城门前大路的沼田军陷入了难以名状的混乱。意欲跟随平八郎身后进城的侍卫们被藏身在多处暗沟里的真田军狂扫猛射，跌落马下，烟尘弥漫。

马也中箭狂奔，摔倒在地。

弓箭准确无误地射中了落马的沼田军。

城门将沼田平八郎一人吞没后迅速合拢。

平八郎的命运如何呢？

遭遇出现在护城河曲轮的铁炮队的伏击，平八郎的坐骑哀鸣着倒地。这时，平八郎大叫："我被暗算了！"

被马甩落到地上的平八郎并未中弹。

"算你明白！"

说时迟那时快，但见山名弥惣一跃而起，拔出短刀，猛然刺向正欲起身的沼田平八郎。

弥惣的短刀深深刺进平八郎的咽喉。

"啊……"

平八郎咆哮着站起来的瞬间，将弥惣的身体甩了出去。

弥惣的身体活像被抛出去的皮球一样浮向空中，弹飞到对面。

沼田平八郎的脸上糊满从咽喉处喷涌而出的大股鲜血，五官一片模糊。即便如此，平八郎依然抽出长刀。

又有数支箭射中平八郎的躯体。

平八郎巨大的身躯訇然倒地，不再动弹。

"剩下的交给你了。"

真田昌幸和壶谷又五郎对望着点了点头，若无其事地丢下这句话，转身奔向护城河曲轮。

城门外的沼田军被暗沟里的箭射得动弹不得。

"撤退！撤退！"

"赶紧救大人……"

"不，先撤退要紧！撤退之后再进攻吧！"

他们叫嚷着，调整队形后再度发起反攻。眨眼之间，三丸的城门被打开了。这一次，有约四百名真田兵横扫袭来。

这一回合的战斗中，跟随平八郎前来的五百沼田军阵亡半数。

败退的织田军折损统帅，只能作鸟兽散。

却说金子新左卫门完全没有察觉真田昌幸的阴谋。变故突发之时，他错愕至极。

然而，面色苍白的新左卫门跟跟跄跄地挪动着形销骨立、老态龙钟的身子，走到断了气的外孙沼田平八郎身边，在真田家众臣的注视之下，用簌簌发抖的手拔出小刀给了外孙尸体一刀，声音微弱地喃喃道："你这小贼……"

或许他急中生智，想表达对真田昌幸的忠诚吧。

然而，真田家诸臣投向新左卫门的目光里，除了鄙视别无他物。

山名弥惣彻底被壶谷又五郎收买，参加了阴谋。

弥惣飞奔出来，高喊着"我好想您啊"，不管三七二十一抓起平八郎的马辔把他引入城内，对时机把握得天衣无缝。而平八郎见到这位旧臣，亦必定不由自主地放松警惕。

是年岁暮，山名弥惣暴亡。

身体健康的他如何会暴病而亡？所有人都不得而知。

金子新左卫门莫说从昌幸处得到价值千贯的土地，昌幸只一句："滚！"他便被赶出了沼田。

其后，据说新左卫门投奔了住在吾妻山里的亲戚一场太郎左卫门，不久病亡。

沼田平八郎三十而殁，沼田家从此断了根脉。

真田昌幸下令厚葬平八郎遗骸，应沼田城僧人行芝请求，平八郎的遗体交由他埋葬。行芝将他葬于沼田氏的旧城址（小泽城），在此地建一僧庵，取名号为法喜庵。据说行芝是受已故沼田万鬼斋庇护的僧侣。

如此，真田昌幸得以确保沼田城，他没有料到一年之后主家武田家便灭亡了。

"你不要效仿乃父所为，重要的是联手越后的上杉家，将力量向内地转移，保住家业即可。"

武田信玄临死前将儿子胜赖叫到跟前，留下遗言。

然而，当家做主后的武田胜赖野心勃勃，意欲继续传承伟大亡父的雄风，不断勉为其难地发动战争。

不过，在长篠设乐原一败涂地之后，胜赖似乎进行了反省。他想，时至今日，除了与上杉家联手之外无路可走了。既如此，干脆也和远方的毛利家联合，再度拥立足利将军，势必会打败织田和德川。

胜赖派老臣弹正[1]高坂昌信前去拜见身在越后春日山城的上杉谦信。谦信愉快地接见了高坂昌信，接受了胜赖的请求。

其时，上杉谦信脸上浮现出难以捉摸是苦笑还是自嘲的复杂笑容："到了这般田地……若和晴信（信玄）大人从一开始便联手该多好啊……那样的话，信长、家康之辈早已不能见存于这世上了。"

谦信的话里少有地带着牢骚。

他或许是在发牢骚，但此话并不夸张。具备战国末期首屈一指的军事实力的武田、上杉两家相互牵制，两个伟大的统帅之间战争频发，几无间断。他们徒然消耗了宝贵的岁月。

哪怕上杉谦信独自再活五年，天下大局便会不可预测——这是安房守真田昌幸的牢骚之语。

上杉谦信与武田家结盟不久便告骤亡，年仅四十九岁。

信玄与谦信……真田昌幸痛切地体会到，最可怕的敌人相继病亡使得信长和家康的好运如日中天。

"高坂弹正大人的离世，亦是因谦信公故去，心灰意懒所致。"

昌幸甚至如此放言。

谦信亡故之后的上杉家，上演了景胜、景虎两位养子间的继位之争。为使二人和解，武田胜赖费尽了九牛二虎之力，但两人最终还是交了火。

---

[1] 弹正是日本战国时期的中央官职之一，独立于朝廷之外，负责管理风俗，揭发左大臣以下不正行为。

接下来，景虎被景胜击败，自杀身亡。上杉家由景胜继承，但已不具备昔日攻上京都的实力。

就是这样一个上杉景胜，却想在武田家灭亡后的第一时间里，把旧武田属国信州和上州等地钉上上杉家的"楔子"。

不消说，织田信长和德川家康都不会对此袖手旁观。

上、信二州的武将和豪族，定会对眼下这场新的势力转移一片哗然。

如此一来，无论对上杉景胜还是对织田、德川两家来说，安房守真田昌幸的存在都应该变得"不可草率染指"了。

这其中也有真田昌幸的算盘。

作为武将，昌幸在上、信二州的实力"将其纳为伙伴或许不见得能指望得上，但转化为敌人的话，没准儿会留下无可追回的懊悔"。

尽管昌幸对此佯作不知，但这确系实情。

欲将兄长昌幸迎至德川家康伞下的隐岐守真田信尹了解到兄长的实力与立场之后，或许也打算帮家康从中斡旋。

第陆话

“统帅要率兵作战，我们则要进行关系错综复杂的战斗。这或许便是忍者造下的孽吧。”

壶谷又五郎带着姊山甚八和奥村弥五兵卫离开了岩柜城。

又五郎将真田昌幸写给弟弟信尹的信揣在怀里。

三人出城之后兵分三路。

又五郎和甚八奔赴上州沼田城，他们决定向城代矢泽赖纲传达昌幸的意旨之后再向真田信尹处进发。

看来，分布在美浓、近江至关东各司其职地从事间谍活动的真田草者现已悉数撤回。

他们或许正在一边搜集情报一边踏上沼田、岩柜两城的归途。

另外，他们中应该有数人留在事先敲定的地方等候壶谷又五郎的指令。

奥村弥五兵卫向西穿过吾妻高原，翻越鸟居岭进入信浓，在真田庄的草堂里稍事休息后，便带上那里的三名草者，从上田平翻越和田岭进入甲斐国，打探阿江的行踪。

奥村弥五兵卫消失在浓重的晨雾里。

当天早晨，真田昌幸一睁开眼便走出寝室进入地炉间，命侍臣道："喊三十郎！"

须臾，岩柜城代但马守赖康便赶到了。

"但马在此。"

"三十郎吗？进来吧。"

"打扰了。"但马守矢泽赖康进入地炉间，"向信长公进献的马……我认为在沼田城内挑选为上。"

"嗯，嗯……"

"殿下，壶谷又五郎又走了吗？"

"你知道了？"

"风言风语听到一点。"

"哦，哦……"

"我也必须尽早着手准备了……"

"噢，算了。"

"啊？"

"给信长送马之人不是你也罢。"

"这……"

"我托又五郎告知沼田了。"

昌幸的意思好像是说：所有事都交给矢泽萨摩守了。

"更要紧的是必须让三十郎留在我身边。你要随时做好战斗准备。不，对手不是织田和德川。万一这一带的人有个风吹草动，这一仗无论如何都非打不可了。"

"您说得是。"

"部署就交给你了。"

“明白。”

“关键是要保持这里和沼田之间的通风。”

若要保持岩柜和沼田的联络，交通就必须完全由真田家掌控！

事情发生在壶谷又五郎离开岩柜后的第三天下午……

真田家的草者阿江和向井佐平次出现在连接信州上田平和同为信州的深志（长野县松本市）的路上。

这日是二人逃离高远城的第十七天。

就在同一天……

织田信长率大军进入诹访，德川家康正离开古府中（甲府）向信长大本营进发。

阿江和佐平次俱为汗流浃背、风尘仆仆的平民打扮。

佐平次拄着长长的竹拐杖，阿江背着小包裹。

二人并非从深志赶到这条路上。

之前一连五日，阿江带着佐平次一点一点地走过深山中无路可走之处，好不容易来到通向上田的路上。

佐平次背部的伤开始痊愈，但侧腹部被敌人的枪尖挑出来的伤很重。

“你慢点走吧，又不是着急赶路的旅程……急了反倒危险。痛的时候你就休息。难受的话，我抱着你给你取暖。”

佐平次不禁觉得，如果没有阿江的鼓励和安慰，自己必死无疑。

山中露宿时的朔风冷气，令人难以想象春天已经到来。

“不可点火！”

进山之后，阿江说道。

自从在权现山小屋遭遇敌人忍者袭击以来，再没遇上过那么可怕的事情。

然而，阿江每一刻、每一天看上去都很紧张。

"特别是我和壶谷又五郎被人索命……"

"被敌方忍者？"

"统帅要率兵作战，我们则要进行关系错综复杂的战斗。这或许便是忍者造下的孽吧。"

"怎、怎么会呢……"

"哈哈哈……"

"有什么好笑的？"

"佐平次阁下不会明白。噢，不明白也好。"

倒也的确是这么回事，但阿江的戒备可是非比寻常。

特别是进入人迹罕至的深山中以后，该走什么路？怎么走？佐平次完全弄不明白阿江的所作所为。

"佐平次阁下，我叫你之前，你只管在那个深水潭的向阳处睡好了。"

阿江从山腰的树林里指着山溪的潭水说道。

"为什么？"

"没有为什么。如果你不听我的，咱俩都得死。你忘了吗？"

被阿江厉声呵斥了一通，佐平次拄着拐杖下到溪流岸边，在阿江吩咐的地方躺了下来。

而阿江似乎正在树林里的某个地方俯视着他。

如此过了四五个时辰，阿江下来了。

"喂，走吧！"

他们又一次爬上好不容易走下来的斜坡。

阿江道："在权现山的时候，我让一个敌方忍者逃掉了，这很可怕。若是我一个人倒没什么好怕，但为了将佐平次阁下安然无恙地交给又五郎大人，我必须对敌人有所忌惮。"

被她这样一说，佐平次无言以对。

第柒话

武田家如今土崩瓦解，参加了这场战争的真田忍者中活下来的人自然要返回真田家的根据地。

所以，身处权现山忍者小屋里的阿江往后会走哪条路进入信州在敌方忍者眼里应该一清二楚。

正因为他们彼此都是忍者，所以才会相互钻空子，相互追踪——到了这一带，向井佐平次也察觉了。

话虽如此，佐平次不明白的事情仍然有一大堆。

"这里究竟是什么地方的山？"

阿江冲着发问的佐平次嫣然一笑。

"说出来的话，佐平次阁下肯定会吓得魂飞魄散。"她答道，"嗳，这山的对面，织田大军黑压压一片呢。"

到了夜里，山中寒气冻得佐平次簌簌发抖，牙齿打战。阿江紧紧抱住佐平次，她的身体异常温暖。

佐平次觉得这事极其不可思议。

“阿江，你为何会如此暖和？”

佐平次问道。

“女忍者的身体既可以变冷也可以变热。”

“嗬……”

“自由自在。”

“真的吗？”

“真的。不过，其代价是不能长寿。”

“为什么？”

“不能说。”

进山之后，阿江的身体开始散发出野兽样的气味。

这与女人的体味相去甚远。

可能是因为她浑身沾满汗水和油脂吧。

这时，阿江道：“来，我背你……”

阿江背起佐平次，沿着山脊飞奔起来。

她宽阔的后背让人难以想象是个女人。

“可是……你为什么对我如此之好？我不明白。”

“我是受了壶谷又五郎大人所托，才这样做的。”

“难道要豁出性命吗……”

“没错。”

“你身为女人，却要对我这样一个素昧平生的人舍身相救……”

“是的。”

“我不懂。”

“这事儿你过几天问壶谷又五郎大人吧。”

“他和我父亲有何瓜葛？”

“我不知道。”

就这样，二人来到了可以遥望七里之外的上田平的路上。

这条路便是后来的松本大街。

“啊……”到了路上，阿江深深舒了口气，“到了这里，好歹……”

“这里……这条路通向哪里？”

“从盐田平到上田平……然后便是真田庄……”

“就是真田家的……”

“真田家的发祥地。”

“噢……”

“那里还有我居住的小屋。”

“真的？”

“对，真的。”

“我们要去那里吗？”

“前面有个歇脚的地方。”

“哪里？”

“很快你就知道了。”

走在蜿蜒攀升的山路上，阿江的双眸刹那间熠熠生辉。

阿江的脸上明显看得出“切断”敌方忍者追踪的安心。

拄着拐杖的向井佐平次脚步也变得轻快。

“阿江……”

“哎？”

“已经放心了吗？”

“可以这样认为。”

“是、是吗？”

“再有一里左右我们就爬到地藏岭的山顶了。到了那里也就等同于到家了。”

“是吗？是吗……”

“累了吧？”

“没，不要紧。”

山路掩映在树林中。

从陡峭的山崖下传来淙淙的溪流声。

不知名的山鸟此起彼伏地啼鸣着，阳光里已经春意盎然。

“佐平次……”

阿江将丰腴的胳膊伸进佐平次腋下，抱住他的后背。

帮助这个负伤的年轻人行走之余，她问道：“往后，愿不愿意给真田家效力？”

“我？”

“嗯。”

“我能效力吗？”

“没问题的。”

“阿江会为我从中联系吗？”

“可以。不过，壶谷又五郎大人可能会比我更好地为你筹划吧？”

“是吗……要是那样就好了……”

“当然会的。”

“我也能当忍者吗？”

“别当的好。”

阿江斥责般答道。

"为什么？"

"别当的好。"

"我想当当看。"

"别当的好。"

用刻板的声音屡次重复同一句话的阿江突然停下脚步。

"阿江……"

"别出声！"

"哎？"

"嘘——"

阿江抱住佐平次的后背伫立在山路上，她的侧脸眼见着失去了血色。

阿江静默的双眸里闪动着蓝光。

"怎么了？"

佐平次忍不住小声问道。

阿江一边抱着佐平次走起来一边说道："后面好像有人跟上来了。"

"哎？"

"不可停下脚步，稍微快点儿！难受吗？痛吗？"

"不要紧。"

"刚才好像只差一点就要被发现了。"

"你怎么知道的？"

阿江脸上浮起苦笑，没有回答佐平次的问题。

"和佐平次阁下在一起，根本无法金蝉脱壳……"

"金蝉……脱壳？"

佐平次全然不知此为何物。

山路蜿蜒直上，通向地藏岭。

向井佐平次上气不接下气，汗如雨下。

"难受吧？"

"嗯……不，不要紧……"

"不、不行，不能勉强，你的伤还没有痊愈……"

"喂，走吧，阿江。"

"我不能把你丢下……但若就这样和你一起走的话，恐怕就会成为敌人的口中食……"

"既然这样，你丢下我走吧。"

"被杀掉也无妨吗？"

"这不是没有办法的嘛。"

"喂，你不要恼。"

"可是……"

这时，阿江再次停了下来。

"有了。"

阿江开始环顾右侧树林，眼睛里刹那间充满生气。

"对了，记得这附近……"

"怎么？"

"应该有一条通向地藏岭的逃生小路。"

阿江边说边冲着佐平次弯下腰。

"快点！到我背上来！"

"行吗？"

"快！快点！没准儿能得救呢。"

阿江背起佐平次，飞奔着跑进了黑松林里。

茂密的树林里好像有条不成样子的路——至少佐平次这样认为。

因为阿江开始如履平地般飞奔起来。

很快，佐平次也明显感觉到背后有人追赶上来的动静。

他从阿江背上扭头回望，却什么都没有发现。

"有……"

阿江道。

有什么呢……

"别大惊小怪！不要出声！"

阿江压低声音道。佐平次点点头。

阿江在林间拼命奔跑。

"抓牢了……"

话音未落，她再次加速。

接下来的一瞬间，佐平次紧紧趴在阿江背上，跌落到地面之下。

第捌话

那里挖着一个洞。

阿江知道这个，她主动跳进了洞里。

之所以这样，正是因为她知道这片树林里的这个地方挖了一个洞。

真田家的草者称这个洞为"逃生穴"。

洞的边缘做了手脚，立着拴了细绳的板子，周围堆着厚厚的土。

跳进洞里的人在跳进去的瞬间拉动拴在板子上的细绳，板子便会盖住洞口，板子上的腐叶土则会散开来盖住洞穴。

这是为了蒙蔽追踪者。忍者小屋附近必定会设计这样的东西。

伊那权现山的忍者小屋附近也应该设有两处这样的"逃生穴"。因为阿江没有利用过，所以佐平次不知道。

那个叫勘五的武田忍者之所以会让敌方忍者追踪至权现山，或许就是因为不认得"逃生穴"。

阿江将佐平次从背上放下来，扔掉行李。

佐平次感觉到有人从昏暗的洞穴上方走过。

之后直至入夜，二人一言不发地潜伏在洞里。

好像有外面的空气不知从哪里灌了进来，并不觉得憋闷。

"咱们要在这洞里待到几时？"

夜深之后，佐平次忍不住问道。

"不知道。"

"啊……"

佐平次呻吟道。

"你怎么了？"

"阿江，小、小、小便……"

"我还以为什么事儿呢……"阿江笑道，"没关系，去那边解决吧。"

"行、行吗？"

"没事儿，我实在憋不住时就那样。"

"啊……已经……憋不住了……"

"我都说了没事儿……"

"原、原谅我。"

佐平次终于在洞中解了手。

洞中充斥着臭气。

"阿、阿江……"

佐平次毕竟年轻。

他声音颤抖，似乎忍受不了在女人面前如此失态。

"哈哈哈……"

"不要笑了！"

"可是……"

“我要恼了，我……”

“声音太大了！”

说完，阿江站了起来。

洞挖得有阿江的个子那么高。

“你要去什么地方？”

“到外面看一下。”

“我也去。”

“不行。”

“敌人已经不在了，他们肯定走了。”

“反正你不懂，所以，就别多嘴了吧？佐平次阁下，我回来之前，不要出这个洞。”

“又要这样？”

“不想死的话，就别出去！”

“好吧……”

“哪怕我今晚回不来，你也不必担心，老老实实地等我！”

“嗯。”

阿江从行李中取出鼓囊囊的皮囊，系在腰上。然后，她轻轻打开洞穴的盖子，来到黑魆魆的树林里，盖上盖子，覆上了土。

阿江似乎很长时间就那样一动不动地猫在洞穴上方。

佐平次拼命找寻头顶上方阿江的动静。

很快，阿江便神不知鬼不觉地消失了。

向井佐平次睁开眼睛时，一缕早晨的阳光射进洞里。

许是太过疲惫，佐平次在洞里睡熟了。

由于憋闷，他醒了。

洞穴的墙壁上凿了一个通风孔，这孔通向远离洞穴的地方，用旋掉竹节的竹子贯通进来。

外面清冽的空气就是从这里灌进洞穴。

不过，仅靠这个东西度过一昼夜，自然会觉得憋闷。

伤口的疼痛奇迹般感觉不到了，佐平次冷彻骨髓。

阿江还是没有回来……

佐平次再也无法忍受蜷缩在洞中了。

与之同时，他想：万一阿江被敌方忍者杀掉了呢?

佐平次战战兢兢地掀开盖子。盖子意外的重。

辛苦的逃亡和伤痛夺走了年轻的佐平次大部分的体力。

前天下午，阿江一边走在树林里一边说："佐平次阁下的身体要想复原，还得半年之后。"

当时，佐平次还觉得或许没那么严重，可阿江一旦离开，自己需要单独行动，他便知道自己的体力已然衰弱得可怜。

一点一点地揭开盖子，抖落盖子上的腐叶土，佐平次终于爬出了洞外。

茂密的黑松林遮蔽了阳光。

从密林的缝隙里看得见响晴的碧空。

那从仅有的缝隙里洒下的阳光，在到达地面之前就已被气势汹汹的密林枝叶晕染得暗淡下来。

是早晨……不对，或许已经快到中午时分了。

佐平次盖上洞穴的盖子，铺好土。

然后，他爬到离洞穴稍远的黑松树的树荫里蹲下来。

他竖起耳朵倾听周围的动静。

密林里万籁俱寂。

春天的树木和泥土弥漫着冲鼻的香味。

不知名的山鸟尖锐的鸣叫声不知在何处响起。

阿江……

佐平次在心里呼喊道，他惴惴不安、如坐针毡。

不知不觉之间，佐平次从原地挪动开了。

但他还是边挪动便不断回头张望，不想迷失洞穴的位置。

忍者们的世界，是佐平次无缘的天地。

但佐平次似乎不明白这一点。

这时，他尚不晓得武田胜赖已于天目山的山麓自尽。阿江虽也一样，却清楚武田家已然一败涂地，永无东山再起之日了。

敌方忍者何必要这般锲而不舍地追杀阿江呢……

佐平次弄不明白这一点。

第玖话

佐平次一边一点点地挪动一边找寻阿江的身影。

听阿江的口气，那个叫"地藏岭"的山头似乎离得很近了。

而且，听她的弦外之音，只要到了地藏岭便可脱离危险。

阿江说过，这树林里应该有条通向地藏岭的小路……

那小路到底在哪里呢……

这可不成，我最好听阿江的，返回洞里——佐平次一边在树林中爬行一边暗暗思忖。

树林太深了，佐平次陷入不安之中，感觉像漂在深海的海底。

于是，佐平次折了回来。

他以为自己折了回来，却无论走多久都无法找到"逃生穴"了。

也许他已经从那里爬过去了。

黑松林里连个目标参照物都没有。

佐平次本以为自己找到了相应的参照物，如今却连身在何处都不晓得了。

糟、糟了……

即便是在可以轻而易举找到多种目标物的大街上，往程和返程所看到的景物也大相径庭。

更何况是在举目四望到处都是黑松林的树林里——佐平次迷失方向，可谓情理之中。

惟其如此，阿江才严厉地留下话说在自己回来之前"不许走出洞穴"。

麻烦了……这可如何是好？怎么办呢？

佐平次焦急起来，来来回回地反复往返。

就这样……

佐平次透过左边树木的空隙看见对面闪耀着太阳光。

随着离得越来越近，佐平次已经无法抵御那光的明亮。

或许正因为佐平次全身包裹在危险和不安中，他才会本能地找寻光明吧。

树林渐变渐浅，空间变得开阔。

佐平次终于爬出了树林。

他来到一处陡峭的山崖。高耸的山崖之下，溪流湍急，激起泡沫。

崖间的峡谷约有二十米之深，对面的山崖也覆盖着葱郁的树林。

——这是什么地方？

佐平次环顾四周，却不明就里。

峡谷上方是湛蓝的万里晴空。

总之，他似乎来到了距离"逃生穴"相当远的地方……

啊……怎么办？怎么办……

佐平次在空地上漫无目的地徘徊着。

他的视线捕捉到了什么。

——啊？

他似乎感觉看见山崖下面的溪流中有东西在动。

溪流积水潭的岩石缝隙间，仿佛有人影一闪而过。

——莫不是……阿江？

佐平次趴在山崖边上专心致志地凝神察看。

那周围的阳光被遮住了。

再怎么说，这里距下面也有三十米。以佐平次如今衰退的视力，自是看不真切。

然而……

依然在动。

佐平次看见岩石缝隙里有人的脑袋，是女人的脑袋。

是阿江！

惊喜交加的佐平次刚想喊她，却又打消了念头。

因为他感觉事情并不寻常。

阿江藏身于岩石之间，蓦然动了起来。

这时，佐平次看见溪流岸边的树木间出现了另一个人的身影。

那是个男人。从相隔三十米远的山崖上往下看去，佐平次的眼睛看不清楚那人的模样。

男人好像没发现阿江。

因为佐平次是从高处俯瞰，两人的行动才尽收眼底。若是到了三十米下面，状况自然会发生变化的吧？

只见那男人一脚踏入溪流，伸长脖颈，似是在观察周围动静。

阿江依然躲藏在岩石的缝隙间。

湍急的溪流声似乎迷惑了男人的听觉，阿江正是利用这一点在慢慢地接近他。

那男人就是昨日追杀我们之人吧——佐平次屏住呼吸，目不转睛地盯着看。除此之外，他没有一点办法。

男人把身体浸入了溪流。

他似乎想要渡河。

也就是说，他想来到佐平次所在的山崖下面。

水漫到了男人的胸口，他开始渡河。

男人沿着汹涌的激流逆流而上，即便如此，他依然保持着平稳的身姿，来到溪流的腰部地带。

这时，岩石间跃起一条大鱼。

刹那间，佐平次觉得那就是鱼。

人的身体，况且是女人的身体，如何能那样腾越……

然而，那竟是阿江。

阿江从藏身的岩石间扑向溪流中的男人。

阿江扭动着身体，划了个大大的弧线跳起，落到男人身后。刹那间，男人回过头来，宽阔的脸庞上嘴巴大张。不可思议的是，他那白色的牙齿竟清晰地闯进了佐平次的瞳孔。

两个人的身体淹没在溪流中。

"啊！啊……"

佐平次不觉探出身体大叫道。脚下的土塌了，他险些滚落山崖。

"哎呀……"

佐平次抓住了树木的藤蔓。

挣扎了几下，他终于站稳了脚。

阿江呢？

佐平次向溪流中看去。这时，溪水溅起飞沫，阿江的上半身从水中一跃而出。

阿江手里，短刀样的刀具闪着寒光。

佐平次依稀在溪流的泡沫里看到了红色的东西。

血！佐平次感觉那是血，但湍急的水流转眼便将那东西冲走了。

佐平次看见男人俯卧着的躯体在岩石间磕磕碰碰地被水流冲走。

阿江胜了……

阿江把刀衔在口中，大幅度地摆动着双臂，在溪流中艰难前行。

这时，从刚才那个被阿江杀掉的男人现身的树林里再次走出一个男人。

又来了一个……

佐平次的血液凝固了。在极端恐惧心理的驱使下，他不由自主地叫道："阿江！危险！"

阿江似乎注意到了他的喊声。

她爬上岸，回头仰视佐平次的方向。

"危险！危险！"

男人也一边踏进溪流中一边向这边仰望。

"危险！后面……后面危险！"

阿江看见了男人。

男人也看见了阿江，但二人都没有惊慌，仿佛商量好了似的仰望着佐平次。

"待着别动！"

阿江冲佐平次喊道。

第拾话

得知那人像是自己人，佐平次放下心来，紧绷的神经一下子松弛了。

接下来，仿佛全身的血液一瞬间被抽干一样，佐平次倒在了山崖的地上，不觉间失去了知觉。

虽说昏厥过去，佐平次依然记得自己在想"或许我要死了"。

事实上，佐平次流了很多血。

血从尚未完全愈合的伤口中不断渗出。佐平次在树林间拼命爬行期间，出血量增多。

"喂……喂！佐平次……"

被摇醒时，有两张脸正在注视着佐平次。

是阿江和那个像是自己人的男人。

"啊……"

"醒了吗？太好了，太好了！"

"对不起。我从洞里出来了……"

“好了。事情结束了。”

太阳斜下来了。天空依旧湛蓝耀眼，阳光却从佐平次躺着的地方撤走，落往高山彼端。树林里寒冷昏暗。

“哦……身上变冷了。”

“哎？”

男人拿起佐平次的手腕，试了试脉搏。

“很虚弱。”

他自言自语道。

阿江嘴对嘴地喂佐平次吃下丸药样的东西和水。

她的身体出人意料的温暖，而且散发着浓烈的汗和油脂的味道，带着浓郁的泥土香。

阿江的衣衫被水浸透，所以她裸着上半身将佐平次揽入怀中。

“喂！佐平次！”

“哦，哦……”

“这位是咱们自己人，壶谷又五郎也认识他。”

“嗯……”

“他叫奥村弥五兵卫，明白？”

“明、明白……”

“喂！你怎么了？坚强点儿！”

“困、困……”

“这可不成。”

奥村弥五兵卫道。

几天前和壶谷又五郎一起离开岩柜城的弥五兵卫，出人意料地和阿江早一步不期而遇。

后来，佐平次也了解到阿江将他藏在洞中之后便赶往地藏岭的忍者小屋了。

然后，她和小屋里的奥村弥五兵卫会合，结果一路追杀而来的两名敌人转眼便反过头来变成被追杀者。

小屋里有三名真田家的忍者，他们全都来协助阿江。

这三人并非弥五兵卫从岩柜出发时带出来的人。

岩柜的草者应已进入甲斐国，正在寻找阿江的行踪。

"后天我也打算离开小屋从深志去甲斐。"

昨天晚上，弥五兵卫对来到小屋的阿江说。

地藏岭是连接上田、盐田与深志的交叉点，可以说越过山岭进入盐田平便进入了真田家的势力范围。

因此，地藏岭的忍者小屋对真田家的草者来说，既是重要基地又是联络站。

"我想，阿江如果平安无事，必然会走这条路过来。"

弥五兵卫道。

正因为如此，他才整整两日在小屋里伺机而发的吧。

"喂！听好了，佐平次！"

"困……困……"

"我这就必须回去了。"

"哎？"

"因为让一个敌方忍者给逃掉了……"

"阿江……你要去追？"

佐平次吃了一惊，如梦初醒般紧张。

"没错。"

"为什么要做这种事儿？"

"佐平次阁下不会明白的。"

阿江闭上眼睛，轻轻摇了摇头。

弥五兵卫定定盯着阿江的侧脸。

"这事儿因我一人而起，所以须由我自行了结。"

"怎样了结……"

"怎样都好。佐平次阁下往后就跟弥五兵卫同行吧。我没事的。有弥五兵卫照顾你，那就再没半点好担心的了。"

阿江的声音仿佛在颤抖，带着莫名的哀伤。

"非去不可吗？没有别的办法可想了吗？"

奥村弥五兵卫似乎也不同意阿江只身一人追赶敌人。

"这是我自己的事情，弥五兵卫！"

阿江再次说出同一句话。

"嗜，固执……"

"有不固执的忍者吗……"

弥五兵卫脸上现出苦笑，没有作答。

接着，弥五兵卫从阿江手中抱过佐平次，让他仰面躺下，开始查看伤口。

"怎样？"

阿江也把脸凑了过来。

"嗯，好像没有化脓。可以说这是因为阿江你照料得好。"

"因为伊那权现山的忍者小屋里有上好的药，所以才得救……"

弥五兵卫撕下自己的两只和服袖子给佐平次包扎伤口，然后将佐平次的衣带重新系好。

剧烈的疼痛痛彻全身。

"啊……"

疼痛难当，佐平次叫道。阿江紧紧攥住佐平次的右手。

"弥五兵卫，他不要紧吧？"

"反正是必须赶紧把他弄回地藏岭的小屋了，能不能轻轻把他弄到我背上？"

"明白。"

阿江抱起佐平次，将他移到弥五兵卫的背上。

"好了。那我去了，阿江。"

"佐平次就交给你了哟！"

"不用担心。"

好像这就要和阿江分开了。

"阿江……阿江……"

佐平次像小孩子一样发出撒娇的声音，从弥五兵卫的背上伸出右手。

"噢，好了，好了……"

阿江也用佐平次亡母般的语气说道，握住他的手。

"要乖哦！"

她对佐平次耳语道。

"你非去不可吗？"

"如果活下来，咱们还会见面的吧？"

"你不要死，阿江……"

奥村弥五兵卫走向树林。阿江的手离开了佐平次的手腕。

"啊……"

佐平次扭着身子想要回头，却被腹部的疼痛弄得难忍哀鸣。

"别动！伤口会绽开的。"

弥五兵卫责备道。他停住脚步，将身体掉转方向。

能看到阿江的身影了。

阿江的身后是盛满黄昏之光的峡谷，她伫立在那里，化为一个黑影。

那身影无助而落寞，不属于片刻前兀自凶悍得不输男性的阿江。

第五章　真田庄

第壹话

在高远城嗅到的春日泥土的清香连接着佐平次的"死"，而如今，肺里面吸得饱饱的空气则直接维系着他的"新生"。

从穿透岩壁的洞中涌出的温泉毫不吝惜地溢出浴池。浴池四坪左右，用木板与圆木拼制而成。

浴舍的木板屋顶用粗柱子支撑着，十分朴素。但这温泉的丰富与优质足以让佐平次瞠目。

佐平次虽听说过，却从未泡过温泉。

这便是从地下涌出来的……所谓温泉？

佐平次一日泡两次温泉。温泉这东西可真够奢侈的——每逢此时，他便情不自禁地感慨万分。

在前线作战时自不必说，哪怕是住在古府中城下的长矛队营地时，一月中也只有三四回能烧水入浴。到了夏天自然是在河里洗澡。而在这个地方，不管有人与否，温泉都昼夜不分、经久不息地冒溢着。

温泉硫黄的气味和水汽混合在一起，笼罩着浴舍。

阿江如今身在何方呢——佐平次没有一日不想这事儿。每当泡温泉、每当吃饭、每当睡觉、每当起床，他都会想到阿江。

和阿江分别已有十日。

那之后，奥村弥五兵卫背着佐平次向东走下地藏岭，来到鞍部的忍者小屋。

那里有三名草者。他们立即着手护理佐平次的伤。

极度的疲劳袭来，甚至淹没了痛楚，佐平次昏昏沉沉地睡着了。

佐平次坠入梦乡，感觉仿佛被人拖入昏暗的深洞洞底。

搞不好我会就这样死了吧……

"我要去趟甲斐，今晚之事，请报告给岩柜的城代大人。"

处于半昏迷状态的佐平次记得自己听见了奥村弥五兵卫对草者说话的声音。

实际上，草者小助后来告诉佐平次说，接下来的三天他"还不知道能否顺利救得活呢"。

小助是个壮年汉子，身材修长，单独负责佐平次的康复。其余二人则各自来来回回地出没在小屋里。

除了这三人，还有数名汉子进进出出，也有人住一晚便离开了。

他们无一不是百姓或樵夫打扮。

掩映在杉树密林中的忍者小屋与权现山的小屋不可同日而语。

这小屋五坪左右，阁楼上也可睡人。

等佐平次睡了一大觉醒来之时，奥村弥五兵卫的身影已从小屋里消失。

"你昏睡了整整两天。"

小助说道，那宛如树木果实般的双眼中蓄满温和的光。他定定看着佐平次，面露得意之色："若非得到草者的治疗，你或许再也不会从睡梦中醒来了哟。"

一连六日，佐平次一味在忍者小屋中昏睡。

"这样便没事了。"到了第七日早晨，查看伤口的小助使劲点了点头，"佐平次阁下，去别所①的浴舍吧，在那里休养一段日子。"

"别所的浴舍？"

"就是温泉呀。"

"噢……"

尽管被告知是温泉，佐平次依然没有实感。

是日早晨，小助背着佐平次离开了忍者小屋。

小助修长的后背坚实有力，给佐平次以木板样的感觉。

在那样的后背的挤压下，佐平次瘦弱不堪的胸部和腹部甚至觉得疼痛。

沿着逶迤的山路往下走，小助却并不气喘吁吁。

"佐平次阁下是壶谷又五郎先生的熟人？"

"不、不是……"

小助称又五郎为"先生"。

那里面饱含着敬爱之情。

"无论如何，只要是又五郎先生重要的人，都不可疏忽大意。"

"对不住了。"

"什么话！什么话……"

"其实我也弄不懂。"

"弄不懂什么？"

"壶谷又五郎大人为何这样重视我？这事儿……又五郎大人似乎跟先父交情不浅……"

----

① 日本有名的温泉地。

"他们同为武田家效命，光这一点不就够了？"

就在这几日之内，群山的面貌焕然一新。

它们仿佛身披浅绿色的薄雾。

不只是泥土的清香，万物萌芽的浓烈气息笼罩着山路。

不知名的草花绽开了花朵。

啊！我还活着……

佐平次不禁发自肺腑地想。

在高远城嗅到的春日泥土的清香连接着佐平次的"死"，而如今，肺里面吸得饱饱的空气则直接维系着他的"新生"。

"在地藏岭的小屋里，我从小助那里听到少主在天目山自尽一事。虽然觉得悲惨，但因已知道了武田家的覆灭，所以倒不如何吃惊。更重要的是，我捡回了濒临死亡的一条命，体力正在一天天地复原，饭食也很甘美，我清楚地知道手脚肌肤的颜色正在不知不觉地恢复。

"这样一来，我还是认为活着的好。尽管前途未卜，而且一片混沌，但从又五郎大人和阿江的口吻中可以有所察觉，我想今后他们会让我效力于真田安房守大人，会让我再次加入长矛队。只要我元气不减，便希望继续效力。我总觉得这样的话，阿江便会活着回来……而且，我觉得有那么一天我还会邂逅下落不明的茂枝姨妈和阿珠。"

多年以后，向井佐平次这样描述当时的自己。

第贰话

别所有一座名叫安乐寺的禅院。

小助将佐平次带进这座寺庙。

安房守真田昌幸从未间断过对安乐寺的布施，所以寺里为真田家大开方便之门。

从稻草屋顶的黑门走进去，尽头处是依然稻草屋顶的正殿。

这安乐寺的创建者，相传乃是镰仓时代从宋朝留学回到日本的留学僧人——樵谷惟先。

"据说寺内那时的院落更为宽敞，还有很多殿堂，后来失了火，遂没了往昔风采。但后山有座相当漂亮的三重塔呢，只有那座塔还是往日的模样哪。"

小助给佐平次讲解道。

佐平次被安排进一间僧房，由小助护理。

"谢谢你一直陪着我……不要紧吗？"

"我吗？当然不要紧。"

“这往后我该怎么做才好呢？”

“不知道。反正我已经将佐平次阁下在这里一事报告给岩柜城了，很快便会有指示的吧？”

“我明白了。”

草者小助尽管不说一句废话，但一点一滴的护理中都包含着亲切之情。小助似乎对佐平次也有好感。

佐平次也是一样，比起跟小助谈话，他更多的时候是在昏睡。

“你可真能睡呢。”

小助惊叹道。

佐平次吃过饭便睡，每次睡醒时，他便会感觉体力充实了。

“这附近有座盐田城，那里好像也是真田家的属城，你放心好了。以前在这一带还发生过激烈的战争呢。战争平息之前，武田的先主（信玄）和真田的主公都煞费苦心哟。对了，我的兄长还是在那场战争中死去的……”

小助半睁半闭着眼睛，淡淡地讲述。

有时，小助会说“你老老实实地睡吧”，之后离开安乐寺。

小助离开后，太阳下山之前便会回来。

“你去哪儿了？”

佐平次问道。

“去了趟真田庄。”

“有那么近吗？”

“七里地吧……”

“小助你的腿脚可真够快的。”

“我的腿脚在草者中算慢的了……”

“我也会去真田庄吗？”

“我这样的人可不知道这个。”

话虽如此，佐平次也看得出来，真田家非常重视“草者”。

草者即“忍者”——佐平次如今十分清楚。

佐平次只凭着以往的浅显经历，便足以想到忍者在大名和武将那里受到的是何种待遇。

在高远城内也是一样，对他们的间谍活动，武士们一概不屑一顾。

“潜伏在地底下的家伙……”

尽管他们的活动不可或缺，但在高远城内，佐平次多次见到有将士们如此轻蔑地说。

城内法憧院曲轮里有武田忍者的简易小屋，哪怕是在战争期间，将士们也反感地看着忍者们进进出出。而忍者们也绝对不接近其他将士。尽管他们被彻底孤立，却理所当然地卖命效劳。

但看看阿江、弥五兵卫、小助等人，不可否认，他们悠然自得，与佐平次所见到的武田忍者截然不同。

佐平次听说忍者不受封地，不领俸禄，不被看做家臣。但他也听说，取而代之的是，他们的报酬丰厚。

真田家的草者是怎么回事呢……

“哎，明天去后山，让你见识一下三重塔吧？”

就在刚才，小助背起佐平次，带他来到浴舍。

“我来接你之前，你尽管放松地入浴好了。等回到寺里再吃晚饭吧。”

留下进入浴池里的佐平次，小助不知去了何处。

别所的温泉除了佐平次现在洗的这个浴舍，尚有另外三处。

这一带的村民自不必说，据说知晓温泉功效的人们也从上面（指京都）和中国地方一带不远万里前来"汤疗"①。

温泉的功效既对佐平次的伤口有好处也有利于他身体的种种病痛和脏腑里的病。

这里没有客栈。

"汤疗"者在附近的农家或寺庙里住宿。

虽说别所很晚才被开发出来，但自远古时就号称"七久里之汤"。位于天神岳山麓的别所，在天神岳和女神岳两座山下静静冒着水汽。

看着明亮的窗户将水汽吸了进去，让人不禁以为白色的水汽不知何时便会封住窗口。

黄昏降临了，浴舍里变得昏暗。

——小助这是怎么了？

佐平次从浴池里出来，走近窗户。

黑暗浓得惊人。

迄今为止，佐平次入浴时小助必定会和他一起泡温泉。

——这么晚了，他不会出什么差错吧？

佐平次突然惴惴不安。

也许正因为和阿江的逃亡中屡次品味过这样的经历，佐平次才会深信不疑地认为："好事之后便是坏事……安心过后必有忧虑……"

浴舍窗外不远处便是山崖。水汽飘向那块空地，在外面的冷空气中散开。向井佐平次凝望着这番景象，眼睛莫名其妙地热了。

---

① "汤"指温泉，"汤疗"即利用温泉的保健功能治疗疾病。

他毕竟才十九岁，年纪尚轻。

同是十九岁，仁科盛信做了高远城的守将，战斗到最后时刻，直至在本丸居馆的大厅里切腹，挑出肠子掷到墙上。

佐平次没法和盛信相提并论，他的身心尚残留着少年的痕迹。

这时，有人无声无息进了浴舍。

浴舍冬天也没有房门，无论谁都可以自由出入。

出入的门口就在佐平次此刻露出脸的小窗户对面。

有一个男人从那里进来了。

浴舍光线昏暗，加之水汽缭绕，所以看不清楚男人的脸。

佐平次背对着男人，全然没有察觉。

男人随意束着头发，连和服裙裤也没有穿，腰上挎着长短刀。他赤着脚走进来，麻利地脱下和服。

男人虽然是小个子，身子骨却很健壮，让人不禁想到路过别所的浪人。

男人无声无息地将身体浸入温泉，凝望着窗前悄然垂首的向井佐平次的背影。

时间过去了很久。

"喂……"

男人似乎忍不住了，开口招呼道。

"啊！"

佐平次回过头来，惊呼道。

"你这是怎么了？"

"小助！小助！"

佐平次连声呼唤，弯下腰去。他一丝不挂，更没有任何武器。

"怎么？叫小助来……"

"小助！快来啊！小助……"

"别慌，我不是你的敌人。"

男人的声音朝气蓬勃。

"来，快进浴池里吧！虽说到春天了，但这一带傍晚后总归是挺冷的呢。来，进来吧，快进来吧。"

"你是旅行的人？"

佐平次问道。男人在水汽中冲佐平次点了点头。

"没错。"

"唉……"

佐平次不由得松了口气。

"有敌人追赶你吗？"

"不……不是。"

"那你为何惊慌？"

"太突然了……"

"不突然。我从刚才便在这里看着你。"

"哎？"

男人抿着嘴笑了。

"就你一个人？"

"是的。"

佐平次一点一点地进入浴池。

不知何处传来了马的嘶鸣。

佐平次吓了一跳，从浴池里站了起来。

男人愉快地笑了："是我的马。"

第叁话

"你刚才在喊小助的名字？"

小个子浪人问佐平次。

他的声音出人意料的稚嫩。

尽管浪人的说话方式沉着冷静、盛气凌人，口吻却光明磊落。

透过水流，佐平次看得见浪人胸部隆起的肌肉。

却依然看不清浪人的脸。

"喂，再往这边来一点！"

"啊……"

"你是怎么认识小助的？"

佐平次一不做二不休，反问道："他是阁下的熟人？"

"噢。确实。"

"阁下不是旅行中人？"

"嗯，没错。"

浪人点点头。

"哈，对了……"

突然，浪人像是想起了什么，从浴池里站起，向佐平次靠拢过来。

"啊……"

佐平次本能地想逃开，搅乱了水汽，手腕却被浪人抓住。

"唔……"佐平次不禁呻吟出声。

浪人的手劲儿大得骇人。

"呀，对不起了。"

"唔、唔……"

"痛吗？"

"什、什么……"

"我好像明白了……"

话说到一半，浪人开始打量佐平次的模样。

佐平次这才第一次近距离地看见浪人的脸。

可以说那只不过是张少年的脸。

佐平次虽也依稀残留着少年的风貌，心里却想：什、什么呀！竟然比我的年纪还小……这不就是个孩子吗……

至少在佐平次看来是这么回事。

要是这样，或许不能称他做"浪人"。

"你是从地藏岭来的吧？"

少年道。

"不、不知道。"

"呵呵呵……"少年恶作剧般笑了起来，"放心吧，好像我和你是自己人。"

"自己人……"

"嗯……"

少年依旧盛气凌人。

什么呀！我竟然被这么个孩子捉弄了……

佐平次虽然着恼，却身不由己地钻入少年的圈套。

"那么，你是小助的熟人？"

"嗯，嗯。"

"你是谁？"

"真田源二郎。"

"哎？"

虽不晓得这名字，但佐平次知道"真田"这个姓氏。

这么说，这孩子……是真田大人亲戚家的孩子？

佐平次顿时狼狈不堪。

"今天在砥石城，我听说草者阿江从甲斐带回一个孩子，就是你吧？对了，你叫什么名字？"

声音虽系少年，态度却盛气凌人。佐平次当过长矛足轻，还上过战场，他不禁感觉这孩子的出身非同一般。

被比自己年纪小的少年称做"孩子"，佐平次不知所措地垂下了头。

"我叫向井佐平次。"

"嗯，我知道了。哎哟，你腹部的伤是怎么回事？"

"啊……是那个……"

"那个？"

事已至此，没办法了——

佐平次索性横下心来："这是在伊那高远城的混战中受的伤……"

“什么？你说你在高远城打过仗？”

真田源二郎目瞪口呆。

“是的。我参加了小山田备中守大人的长矛队。”

“嗬！备中守大人的……那可够了不起的哟！”源二郎的声音变得充满怜恤，“你干得很好，我要对你表示感谢。”

“这、这成何体统……”

佐平次想流泪了。他低下头，很久没有抬起头来。

“好了，好了，泡温泉吧。”源二郎温和地摁住佐平次的肩膀，把他的身体摁进浴池，“还好，你活下来了呀。可喜可贺，可喜可贺。”

源二郎不断地抚摸着佐平次的肩膀。

被比自己年少的少年温柔地抚慰体恤，十九岁的佐平次莫名其妙地泪眼婆娑。

“我这样的人……真是个不争气的男人啊。”

佐平次由衷地这样认为。此时，他情不自禁感觉比自己年少的源二郎是个比自己大十岁甚至十五岁的男子汉。

然而，这少年当真是真田源二郎？

他就是安房守真田昌幸的次子——源二郎信繁？

千真万确。

不久，小助走进了浴舍。

“呀，佐平次，我来晚了，抱歉。我去地藏岭的小屋了，就你今后的安身之计商量了很多……”

小助边说边开始脱衣服，突然吃了一惊："咦？什么人！"

他厉声盘诘源二郎。

"小助，这人的安身之计落实了哦。"

源二郎给小助看自己的脸。

"啊！这不是公子吗？"

"好久不见了！"

"确、确实……"

"你神采奕奕，这比什么都好。"

"实在不敢当……可是，您的随从呢？"

"没带。"

"您竟、竟然……"

"一个人。我想来这里泡温泉，就悄悄溜了出来。上次和哥哥一起来时还是五年前的秋天……"

"您打哪里过来的？"

"昨天我来砥石了。就是待在岩柜也没劲。"

源二郎若无其事地说。

"喂，佐平次……"小助一边合上和服前襟一边说道，"哪有人在公子身边泡温泉的？你在干什么？快上来！上来！"

"啊……"

佐平次惊慌失措，斜扭着身子想爬上来。源二郎"啪、啪"地拍着佐平次的屁股，道："不必出去。"

"公子……"

"小助，你也进来吧。不要紧，我让你进来你就进来嘛！"

"是、是。"

最终，小助也脱光衣服浸入同一个浴池里。

当真有这种事吗……佐平次瞪大眼睛。

若论家世与身份，高远城城主仁科盛信自然不能和真田源二郎同日而语。

对真田家来说，盛信是主公武田信玄的第五个儿子，是高远城主。倘若源二郎跟盛信一同进浴池洗澡，自是匪夷所思的吧？把这事儿照样套到眼下的源二郎和佐平次身上，继而再以此对比盛信和源二郎的立场，佐平次的地位显然要更卑微一些。

在源二郎的劝说下，草者小助竟满不在乎地进了浴池……

这便是真田大人的家风吗——此刻的佐平次百思不得其解。

佐平次在高远城内见过仁科盛信两三回。无论怎么想，佐平次都无法相信他是和自己同龄的统帅。

全副武装的仁科盛信蓄着胡须，略带茶色的双目炯炯有神，带着侍臣从容不迫地踱着步子。佐平次唯有诚惶诚恐地跪倒在地，等候他从眼前走过。

然而，城主安房守昌幸的公子竟然只身一人随心所欲地前来洗温泉。他也不穿和服裙裤，撩起衣服下摆跨上马，天马行空地驰骋于周边地区……佐平次觉得不可思议。

不仅如此，他还毫不介意地招呼武士中身份最低微的佐平次和草者小助入浴。

这是事实。现在，佐平次用眼睛确切无疑地验证了这件事。

"我喜欢这个向井佐平次。我要把他留下来——好了，这事儿我来和父亲说。先这样吧，这样就行了。"

向井佐平次听着真田源二郎对小助说话的声音，恍然如在梦中。

过了一会儿，佐平次的头"咣当"一声沉入水中。

由于他泡在浴池里的时间过长，晕倒了。

第肆话

小助背起佐平次，将他背进安乐寺的僧房里。源二郎从后跟来。

源二郎骑着栗色马，衣服后襟撩了起来，腰上插着长短刀，赤脚穿着草鞋。

小助也被这情景惊呆了。单看源二郎这身打扮，俨然一个没有作战战场且失去体面主人的无赖浪人。

这样的浪人在诸国不断增加，据说他们组建队伍，化身山贼海盗袭击城镇和村庄，颇让属国领主头痛。

"喂，小助。我饿了，给我弄点吃的去！"

源二郎在僧房里粗鲁地说道。

后来，小助告诉佐平次说源二郎的天真烂漫总是在这些地方表现得无以复加。

刚开始，佐平次还弄不清楚是怎么个"无以复加"法。

"只有小米粥……"

"当然可以，快点弄来吃吧。"

"是，我这就准备……可是，源二郎公子，砥石城那边和您一起来的人该担心您了吧？"

"他们正在四处找我吧？不过，他们猜不到我会来别所的。"

源二郎自鸣得意。

"但小人可就难办了呀……"

"为何？"

"以后会挨训的。"

"说傻话！跟你没关系的。"

"可是……"

"佐平次的身体像是不碍事了，两三天后就把他给我带到砥石吧。"

"遵命！"

"喂，赶紧弄粥去吧。"

"我这就去……"

"放心吧。吃完粥再睡。"

"哎？这么说您不回砥石了？"

"明天早上吧。"

"那我还是把这事儿报告砥石……"

"不必去砥石。地藏岭小屋里的草者没准儿会来这里的。"源二郎道。

"地藏岭草者小屋的人为何……"

"我去过草者小屋好多次。每次来砥石我都会去玩，当然是带着随从……"

"啊……"

小助对源二郎敏锐的推测佩服万分。源二郎不同于兄长源三郎，他对草者的活动兴趣浓厚，对他们超越常识的肉体机能赞叹不已。

"让我当草者的头儿吧。这样的话，我便好歹能助父亲一臂之力了。"

据说源二郎曾经不断地央求过父亲。

哪知父亲昌幸这回却拉下了脸，坚决反对道："不行！"

"所以说，小助，砥石那边肯定会去地藏岭小屋找我的吧？那样的话，因为是草者，这里……也就是说会通知你这里的。草者小屋的人应该知道我喜欢别所温泉一事。"

源二郎边吃小米粥边说。

"嘀……"

"也就这么回事。小助，就算是我，也不会行那种下落不明之事。喂，对吧？"

"是，您可真是……"

果然不出所料，之后不久，守候在地藏岭小屋的年轻草者七郎便来到了安乐寺。

入夜之后，寺院和僧房都是大门紧闭。

不过，七郎也不用人通报，猴子一般越过围墙，来到小助和佐平次房间外面的院子里，悄声叩门。

"小助，我是七郎。"

他招呼道。

"瞧！对吧……"

源二郎得意地笑了。

佐平次已经昏昏沉沉地进入了梦乡。

小助打开门，七郎阵风入堂般现身。

"您果然转到这里来了。"

他向源二郎叩拜道。

"有人从砥石去草者小屋了？"

"是。"

七郎说寻找源二郎的随从们从砥石城一路寻到地藏岭还是没有找到他，便回去了。

"那也罢了。那些家伙其实也并不担心我，他们肯定满心以为我很快便会回来。"

诚然，也未必没有这样的因素——七郎心想。

"如果源二郎公子来这小屋，请你通知他即刻返回！"

刚才，·从砥石城过来的两个人只是这样说说，看样子并不怎么紧张。他们很快便离开了小屋。

源二郎快十六岁了，从两年前起他便频频单枪匹马地外出并在外留宿不归。

在后世的大名家，这事儿挺不可思议，但在战国时期，武将之子单枪匹马跑到外面倒并不稀罕。

"不过，不可离城在外留宿。"

真田昌幸告诫过源二郎。

如果走得太远，天黑了的话，在外住上一宿似也未尝不可。

虽说源二郎不能离开领地去外面，但就算在领地范围之内，领主的威仪也并非能落实到每一个角落。

兄长源三郎几乎从未有过弟弟那样的言谈举止。

源三郎沉默寡言，也从不动怒，而且不会放声大笑。

他从孩提时代起就沉稳安静，几乎没有挨过父母的训斥。

"这小子不像个孩子。"父亲昌幸如此评价道，"不过，他和源二郎之间倒是交头接耳、嘀嘀咕咕，话多得很，简直让人心烦。不可思议啊。"

"小助、七郎。我啊，只身一人放马狂奔时，感觉风从身体穿膛而过似的。"

源二郎曾这样说道。

只是这样，倒无所谓，但接下来他又说道："那风穿膛而过，感觉我的心、肠子和肝都随风一起从体内飞到外面去了，实在太刺激、太舒服了。"

以一名十六岁的少年而言，这话当真让人觉得非比寻常。穿过五脏六腑的风从体内飞出去的感觉也好，感觉异常的"刺激、舒服"也罢，都让小助与七郎油然觉得怪异诡谲。

源二郎兴致勃勃地喋喋不休。

小助与七郎面面相觑。

第伍话

是夜，来自甲斐国的紧急情报送到了上州岩柜城。

带来这份情报的便是真田家的草者。他们留在甲州刺探陶醉在这次战争中取得辉煌胜利的织田军今后的动向。

三月二十三日。

安营扎寨于上诹访的织田信长正在对盟军诸将论功行赏。

"此番胜利，要归功于三河守大人常年对武田军攻势进行的顽强抵御。"

一贯肆无忌惮、口出狂言的织田信长如此褒扬三河守德川家康。

这是不容掩盖的事实。德川家康只身承受着武田信玄、胜赖父子的猛攻，差点落得个国破家亡。惟其如此，信长才得以平定美浓与近江，完成上洛，挥师京都。

看得出来，就连信长都对三河守家康盖世无双的忠诚正直和坚忍不拔刮目相看。

难道还会有如此值得信赖的同盟者吗……

况且，十二年前的近江姊川之战中，倘若没有家康出手相救，信长势难抵挡敌人（浅井、朝仓联军）的疯狂进攻。

没准我早就被人取了首级——信长如此说道。

当进入古府中的德川家康在穴山梅雪斋的陪同下造访信长上诹访的大本营进行问候时，信长亲自迎了出来，用双手紧紧握住家康的右手，晃了几晃，道："干得好，干得好……"

"干得好！为了我，你忍受了这么多！"

信长难抑兴奋之情。或许，他认为"平定天下的野望"通过消灭武田家一事已实现八分了吧？

剩下的二分在于拿下九州和中国地方。据说，信长曾扬言："这与积年同武田家作战的辛苦相比，根本不值一提。"

说来，毕恭毕敬地跟在家康身后的穴山梅雪斋（信君）是已故武田信玄的姐夫，武田胜赖应称其为"姑父"，但他早就洞悉了武田家的命运，况且侄子胜赖"怎么都听不进去"自己的谏言，他便背弃主家与主人，联络德川家康，担任家康进攻甲州的向导。

织田信长对这样的吃里爬外者深恶痛绝。

不过，对此心知肚明的家康护着穴山，从中斡旋，所以信长表面上愉快地接见了穴山梅雪斋。

此时的穴山全然不知死亡正迫近眼前。

四十九岁的织田信长近在咫尺地望见了执掌天下大权的荣耀，他做梦也没有料到，凶残的死亡之手正在大约两个月后等待着他。

顾虑到德川家康的体面，织田信长放过了穴山梅雪斋，但对背叛了武田胜赖、使之自戕于天目山的小山田信茂，他暴怒道："这等卑鄙无耻的小人！我不能放过他！"

信长将小山田抓来杀掉了。

不管怎样，论功行赏的第一把交椅属于德川家康。

遵照当时的约定，信长将骏河国（静冈县）给了家康。

与对待家康相反，对待小田原城主北条氏政，织田信长毫不掩饰自己的不快。

"你从关东口攻入甲斐吧。"

信长对北条氏政传令道。

但氏政按兵不动。他好像不愿进攻甲州。

这样做或许也有自己妹妹是武田胜赖之妻这层原因吧？

不过，对自恃关东盟主的北条氏政来说，以屈从于信长的形式作战，似乎不怎么令人愉快。

与祖父氏纲和父亲氏康相比，北条氏政要逊色得多。他碌碌无为，跟与信玄作比较的武田胜赖相比也相形见绌。胜赖具备武将的英武豪迈，他的溃败也让人感觉有胆气。

北条氏政甫一得知胜赖夫妇在天目山自尽，便立即率兵返回了小田原。

虽如此，他内心依然畏惧织田信长。

氏政暗中调停，希求见信长一面。

"不见。"信长一句话便回绝了他。

"等平定西国[①]之后，我再教训关东的北条。"

---

① 初指西海道（九州）诸国，亦称"镇西"。镰仓幕府曾将自身所辖地区（越后、信浓、三河以东）统称"东国"，余者统称"西国"；后又设"镇西探题"一职，将九州从"西国"独立而出。该幕府灭亡后，人们开始用"西国"统称畿内和九州之间一带，包括中国地方和四国地区；至战国时期则单指中国地方。

信长如此说道。

信长大本营中的这些情况，几乎全部被紧急报告给身在岩柜的真田昌幸。

真田家的谍报网似乎出人意料的完备。

北条氏政让信长怒不可遏。

以织田信长的为人，对不合己意者定会追究到底，坚决镇压。

德川家康之后便是木曾义昌。信长说"按照先前的约定"，将木曾谷二郡归义昌统辖。

信长对义昌开战初期的踊跃予以高度评价。

木曾义昌造访上诹访的大本营，进献两匹骏马给信长。

"你一定很辛苦吧？"

信长亲切地慰问义昌，赠与他长刀一柄，外加黄金百块。

木曾义昌牺牲了派到武田家当人质的母亲和儿子投靠信长，坚守木曾谷，这是对其所作所为的犒赏。

虽然信长在惩罚时不留一点情面，对盟友的牺牲却能明察秋毫，绝不会视而不见。这一点很好地体现在了他对木曾义昌的奖赏方式上。

对率先锋部队攻陷伊那和高远的儿子信忠所立下的战功，信长没有予以任何奖赏。

按照信长的说法——"信忠说到底是通过继承我的衣钵执掌天下大权之人，现在再颂扬他也是枉然。"

对父亲的处置，信忠亦无丝毫不服。

伊那郡给了毛利河内守，甲斐国给了自信长之父信秀时代便效忠织田家的重臣——肥前守河尻秀隆，森长可领受了信州的一部分。

还有……

在攻打高远时英勇作战的左近将监泷川一益得到了信州的一部分和上州国。受织田信长之命，森和泷川二将进驻了真田昌幸的势力范围。

泷川一益效忠于信长，征战四方，战功赫赫。

信长给森长可的是信州境内的高井、水内、更科、埴科四郡，给泷川一益的则是位于上州和信州境内的佐久、小县二郡。

而小县正是真田家的大本营。

从甲斐奔回岩柜城的两名草者，恐怕早就将先前笔录之事报告给了真田昌幸。

第陆话

昌幸首先须对进驻上州的泷川一益表示欢迎。他必须争取到一益的良好印象，这会改善织田信长对真田家的印象。

"三十郎，我想去趟沼田城，如何？"

安房守真田昌幸对矢泽赖康道。

地点是岩柜城居馆内的那个"地炉间"。

从甲斐回来的草者业已退回草堂了。

地炉里还燃着火。

已到春夏之交的季节了，但高原之夜的寒气仍然时不时地让人觉得是冬天。

"我认为父亲最好去一趟沼田。"

之前一直沉默不语的长子源三郎突然插嘴道。

这太稀罕了——矢泽赖康差点脱口而出。他看了看源三郎，将视线移向真田昌幸。

昌幸不悦地沉默着。

他或许想对十七岁的源三郎说"不关小孩子的事"，却似乎说不出口。

另外，既然认为他是个孩子，那就应该不必专门把他叫到地炉间，让他听草者的汇报。

矢泽赖康似乎不解昌幸心中之意。

倘若这话由次子源二郎信繁提出，昌幸必定会满意地点点头，道："噢，你也这么想吗？"

关于源三郎和源二郎兄弟，矢泽赖康知道一件作为家臣不可为外人道的秘密之事。

"这事儿我只想说给你一人听。不，也许知道这件事的还另有其人，但我希望通过为父之口告诉与你。之所以说出来，是因为不定哪一天我会离开人世。"

七年前，父亲萨摩守矢泽赖纲一番开场白之后向他吐露了一件大事。

自然，若说它是大事便是大事，但持不同见解的话，也可称之为"无聊之事"。

只是，心里装了这件事情之后再看见真田昌幸对待源三郎和源二郎的言行，很多时候矢泽赖康便会疑惑不解。

"我认为父亲最好去一趟沼田。"

源三郎再次用相同的语气重复同一句话。

昌幸用锐利的目光打量了一下长子的脸，想说什么却又沉默不语了。他满脸涨得通红。

"父亲……"

"知道了！"昌幸嚷道。

"请您原谅我。"

源三郎双手扶地，毕恭毕敬地向父亲施了一礼，走出地炉间。

"怎么敢……"昌幸呼吸急促，"这小子怎么敢对我说那样的话？"

纵然是矢泽赖康，对这问题也是无言以对。

殿下对源三郎公子的插话很生气……

赖康将目光从昌幸处移开，盯着炉火看了片刻，猛然抬起头来看昌幸。

他登时有点儿诧异。

只见真田昌幸正面带微笑，双眼仰望着天花板。

"殿下……"

"源三郎好像也明白了呀。"

"什么？"

"什么都好呀。"昌幸兀自心领神会，"三十郎，我明天就去沼田，你准备一下。"

"明白。"

"你是这座城的城代，交给你了，不可大意！"

"是！"

"源二郎说是去砥石了？"

"确实。"

"去干什么？"

"这个……"

"这小子连我这里都不打个招呼，恣意妄为，可不能饶了！"

尽管昌幸口称不能饶恕，眼睛里却不见怒色。

"可能又去玩了吧……"

"带了十名随从。"

"为何放他去？"

“源二郎公子说得到了殿下的许可……”

“胡说！”

“啊？”

“赶紧把他叫回来，派他去沼田。我要狠狠训他一顿。”

“明白。”

矢泽赖康离开之后，真田昌幸在地炉间里躺下来。

昌幸枕着右臂，横卧在铺好的熊皮上。他的身体看上去小得可怜。

昌幸开始用右掌轻轻拍打大而突出的额头。

这是昌幸陷入沉思时的习惯。

这十日之内，有五名草者从甲斐飞奔而来，他们接二连三地将珍贵的情报带给昌幸。

这让人不禁以为信长这位大名在任何事情上都不故弄玄虚。

惟其如此，信长大本营的情况才会被不费吹灰之力地打探出来吧？这些到底是否属实呢？是否还有其他情况呢？

信长无论赏罚，所有事宜均在众目睽睽之下进行，因此，小道消息此时很快便扩散开来，真田家的草者收集了这些小道消息。

不，不单单是小道消息。

尽管寥寥无几，真田昌幸的草者中却有人效劳于织田家。

这些人身份低微……例如，让他们担任的是长矛足轻向井佐平次这样的职务。当然是让他们事先潜伏好了的。因为年月尚浅，真田家的谍报网自然只能铺展到这种程度。

不过，这也正是因为采纳了壶谷又五郎的建议。

现如今，即便不够完备，但在遥远的上州地区能够迅即了解甲斐的动静，也不能不“归功于又五郎”。

说到底，昌幸不得不下定决心臣服于织田信长了。

昌幸业已确认，所有的属国、所有的大名以及所有的武将，如今全部在信长的威风前折腰了。

如此，万万不可得罪信长。

为使真田家见存于上、信二州，这也是迫不得已之事。

"泷川一益怕是要进驻上州厩桥了吧？"

刚才，昌幸对矢泽赖康说道。赖康也持相同意见。

昌幸的沼田城和厩桥城离得很近，大概只有三十公里。

昌幸首先须对进驻上州的泷川一益表示欢迎。他必须争取到一益的良好印象，这会改善织田信长对真田家的印象。

同时，还得拜托弟弟真田信尹帮忙美言，让德川家康在信长面前调停。

"唉……我……"

真田昌幸懊恼地喃喃自语。突然，他一跃而起，开始猛踩狠踢地炉间的地板。

第柒话

真田氏自昌幸之父幸隆时便投靠了甲斐的晴信（信玄）。

真田氏还担任过武田军进攻信州的先锋，在武田势力的荫庇下，悄然壮大起来。

不言而喻，真田幸隆和其子信纲、昌辉、昌幸都梦想着由主家武田氏"称霸天下"。为了让武田信玄成为"天下大权在握之人"，他们不厌其烦地浴血奋战。

他们深信，到了日本诸国的战乱在信玄的威望下销声匿迹之时，上、信二州便会为真田氏所属。

然而，就算事情进展顺利，真田氏的梦想就会实现？

真田氏只是信州小县郡的一门豪族，对他们而言，这梦想就跟武田、织田等大势力图谋天下如出一辙。

当时的武将们苦于混战，根本就"不喜欢"在战争中挣扎。

他们无非是为了活下来而战，无非是不得不继续取得胜利而已。

所有的人都渴望和平、梦想和平。

在他们的梦想中，别人姑且不论，他们自己绝对要"活下来"。

小势力间的争斗逐渐为大势力兼并，变成了屈指可数的几个大势力之间的角逐。

在这个时期到来之前，真田氏便被武田信玄这一最强大的势力兼并。尽管他们并非嫡系，却成为武田家"举足轻重"的重要战斗力。

只差最后的一鼓作气了。

哪知这时却出了天翻地覆的剧变。

无论对武田家还是对麾下诸将来说，具备"神人般"威风的统帅暴亡，继承其衣钵的年轻将领眼见着威风扫地，最终覆灭。

可以说，被武田家这一大势力兼并的小势力全部回到了原点。

而且，如今他们虽然加入了其他大势力，却很难"建功立业"。不，是不能。

战国时代伴着织田信长这一破天荒的英雄的出现拉开帷幕，如今却要谢幕了。

在留存下来的寥寥无几的活动场所里，或许没有新加入的小势力建功立业的余地。

"就算我对信长低头，侥幸得到他的宽宥，也不会再有我施展拳脚的机会了。"

真田昌幸真想如此大喊。

如果没有机会，收获自然也就少了。

上、信二州已被分给了织田信长的家臣。

"我怎能对此笑脸相迎呢？"

这太令人懊恼了。

"既然懊恼，那就与信长反目，给他一点颜色瞧瞧吧！"

想到这里，身为武将的真田昌幸热血沸腾。

然而，再怎么想也是枉然。

如果昌幸决心以武田遗臣的身份自取灭亡、决一死战的话，这样做倒是可以。

岂止一点颜色，能给信长两三点颜色的吧？

然而，昌幸必须下定决心"让自己……让真田家灭亡、根脉断绝……"

昌幸还没有亲见过织田信长。

虽未见过，但就算不情愿，昌幸也得承认信长的威风卓尔不群。

昌幸预测，就连现在正与信长的老将羽柴秀吉作战的毛利氏如果得知信长在这次的甲州攻夺战中大获全胜也会改变想法。也许毛利氏不会投降，但他会答应和平相处。

毛利氏为争取当时的有利条件毅然英勇奋战，但事已至此，也就只是时间问题了。也许不久之后毛利氏也将顺从信长的意志。

毛利氏自古便是安芸国（广岛县）吉田的领主，毛利元就时代突然得势，席卷了中国地方——山阳和山阴地区。

元就亡故之时，毛利氏已拥有十余个令制国了。

所以，毛利家自然是一大势力。

但是，毛利氏跟武田信玄和织田信长不同，他无意挥师国都，执掌天下。说到底，他似乎只想守住领地，由皇室和足利幕府出面充任日本政治的核心。

换言之，皇室和足利将军的实力彻底没落，他们的权威只是徒具其形，毛利氏希望诸国大名重新尊重这一形式，由此实现和平。

元就的儿子无一不是名震天下的武将，一家人团结得固若金汤。

“如果……”真田昌幸忍不住想，“如果毛利氏在信浓附近的话……”

按昌幸的意思，如果越后的上杉谦信尚且健在，他只怕会立刻扑向上杉氏的怀抱。

如今的上杉家由谦信的养子景胜继承，其势力因谦信死后的内乱而衰败，根本无法对抗织田信长。

“没办法了哟……”

昌幸又一次躺倒在地炉旁。

走投无路了。

方才，他和矢泽赖康也讨论过，日后只能委身织田势力之下，为织田家治理自己所熟悉的上、信二州了。为了使自己“便于治理”，昌幸必须进行活动，否则就是死路一条。

然而，昌幸感觉自己似乎喜欢不来织田信长其人。

亡父幸隆和自己都“倾慕”先主武田信玄。

他们不能硬着头皮效忠于人。

倘使讨厌信玄，幸隆和昌幸或许就会投奔上杉谦信了。

尽管没见过信长，但凭借信长的作战方式和从草者口中听来的印象，昌幸预感信长“只怕和我不甚相合”。

所以他再次忧心忡忡。

昌幸忍不住怀疑他体内潜藏的炽烈情感和热血是否适合信长。

他长叹一声，走出了地炉间。

体内仿佛有某些东西勃然腾起。

昌幸沿着昏暗的走廊拐了几拐，来到妻子山手殿的卧房前方。

打开板门时，两名侍寝的侍女正在睡觉。

侍女们惊醒了，纷纷失声惊呼，直到认出昌幸，方才说道："哟，殿下……"

"嗯……"

昌幸冲她们点点头，走了出去。

昌幸造访妻子卧房可是久违之事。

"睡吧。"

对侍女们说完，昌幸便轻手轻脚地拉开山手殿卧房的拉门，走了进去。

拉门合上时，两名侍女面面相觑。

第捌话

山手殿的卧房弥漫着浓烈的熏香。

听不见鼾声，山手殿背对着丈夫静静地躺在榻上。

真田昌幸有好几个月没来妻子卧房了……岂止几个月，估计都
有好几年了吧？

丈夫三十六岁，妻子三十四岁。

"喂……喂……"

昌幸站在她面前低声唤道。

没有回音。

"喂……喂……"

昌幸一边急切地脱掉和服裙裤一边再次唤道，但山手殿依然一
言不发。

昌幸咂咂嘴，干脆猛扑到妻子榻上。

他贴近妻子后背，从后面伸出胳膊环住妻子，抚弄着她的睡衣，
把手伸近她的胸脯。

妻子的肌肤若丝绸般柔滑。

但身上没有肉。

这一点从山手殿嫁到昌幸身边起便一成未变。

虽如此，山手殿体质似乎很好，尽管生长于京都，但在山国甲斐和信浓生活也从未患过疾病。

"喂……喂……"

当昌幸将那扁平小巧的乳房握在手中时，山手殿似乎发出了若有若无的呻吟。

昌幸的左手旋即伸向妻子的下半身。

"哦……"

轻轻地呻吟着，山手殿扭过身子。

昌幸的手和手指摸到了妻子身上的骨骼。

他不觉以为妻子身上没有覆盖骨头、输送血液、沁洇凝脂的肉。

当然，如果一点肉没有的话便成了骷髅，所以哪怕是山手殿，皮肤下面也有薄薄的肉在喘息。

然而，昌幸第一次拥妻子入怀时，便感觉她"太让人没着没落"……

对昌幸而言，女人最好是丰腴的，最好丰满到自己的双臂抱不过来。

昌幸自己也不晓得今夜为何突如其来地想来妻子卧房，或许昌幸无法遏制体内澎湃的热血也未可知。

"喂……喂……"

昌幸抓住妻子肩膀，想把她的身体扳过来。这时，剧烈喘息着的山手殿劈头来了一句："你要干什么？"

她背对着丈夫，不由分说地呵斥道："事到如今，你又要做什么？"

"'事到如今'是什么意思？"

"请你回去吧。"

"你说什么……"

昌幸欲罢不能，压倒在山手殿身上。

就在这一瞬间，山手殿狂笑起来。

那不是含蓄而温柔的笑。

那是凄厉的放声大笑，简直要冲破卧室的拉门。

"哦……"

昌幸的手停了下来。

他的血液凉了。

隔壁房间里传来两名侍女轻微的、满怀担心与紧张的骚动。

昌幸愤然起身，穿上和服裙裤。

山手殿的放声大笑戛然而止。

那种戛然而止来得不同寻常。

昌幸毛骨悚然，勉强丢下一句"这是夫妻吗"便来到隔壁房间。

侍女们跪倒在地。

真田昌幸脚步凌乱地向走廊走去。

"喂……喂……"

短暂的沉默之后，传来山手殿的声音。

"宇乃在吗？"

"在、在！"

一名侍女慌忙走近拉门。

"进来吧。"

"是……"

"快、快点！"

"是、是……"

侍女走进来，合上拉门。

"快！你们二人去看看殿下有没有去久野的卧房！"

山手殿命令道。

"是，夫人……"

"快去！"

两名侍女在睡衣外披上窄袖和服，跑向走廊。

卧房的黑暗仿佛微微地晃动了一下。

又是万籁俱寂。

过了一会儿……

传来了什么声音。

没有人听见那声音。

是山手殿在抽泣。

少顷，侍女们回来了。这时，山手殿的啜泣声停了下来。

宇乃隔着拉门报告说昌幸进了地炉间。

"知道了……"

山手殿用温柔的声音回道。

平时的山手殿对待自己的侍女十分温柔。

彼时，昌幸进入了地炉间局促的寝室。

"滚开！"

尽管心存疑窦，他还是对呵斥了尾随而来的侍女。

"是……"

两名侍女虽然低下了头，却不肯离开。

这一点不知是迟钝还是顽固。正因为对山手殿的威严深信不疑，侍女们才既害怕昌幸、扭扭捏捏，却又不肯退缩。

据说，织田信长有一回得知侍女们在自己外出期间举行了一个小型的放松酒宴，顿时暴跳如雷，吼道："出了这样的事，就让武士们来守城吧！"将侍女们处以斩首。

你们可晓得这事儿……昌幸心想。

昌幸悻悻地进了地炉间。

在寝室里的黑暗深处，真田昌幸依然睁着双眼。

体内不安分的血液完全冷却了。

"我……"昌幸喃喃低语，"是我不好呢，还是妻子不好呢……"

不过，从明天开始，真田昌幸将不再有为这些事情伤神的余地了。

第玖话

真田家往后的命运就是酝酿着如此剧烈的动荡。

早晨来临。

吃完草者小助送来的早饭，真田源二郎对向井佐平次道："身体怎么样了？"

"噢，不要紧了。"

"是吗？既然这样，和我一起去砥石城吧？"

佐平次看着小助。小助冲他点点头。

"不必担心，我会帮你处理好的。"

源二郎似乎很高兴。

"我早就想要一个像你这样的随从了。"

"不要紧吗？像我这样的人也……"

佐平次莫名其妙地激动起来。

昨夜，草者七郎回到地藏岭以后，源二郎和小助、佐平次并排睡在一起。

小助和佐平次的被褥并排放着，将源二郎夹在中间。

　　到了后世，大名家的礼法和制度变得复杂虚饰，生活弹性被剥夺的时代到来，但在战国末期，武将家的主人也好、子女也罢，似乎质朴得出乎当今的我们所料，他们过着俭朴的生活。

　　真田源二郎那活泼开朗、不拘小节的言谈举止，不知不觉就让佐平次深深着迷了。

　　就算在安乐寺，倘使知道真田家的公子驾到，和尚僧侣们必会进行相应的款待。

　　但源二郎毫不讲究这类事情。

　　“给我讲讲高远攻城的事吧！”

　　并排躺下之后，源二郎央告佐平次道。

　　佐平次讲述了自己身为一介长矛足轻的经历，他一边回忆自己看到的事实一边讲述。

　　“嗯、嗯……”

　　“噢、噢……”

　　源二郎不停地发出兴味盎然或感慨万分的歔欷声，而这似乎使得佐平次越发兴奋了。

　　“然后呢……然后怎样？”

　　源二郎间或起身盯住佐平次的脸，间或抓住他的手腕问道。

　　佐平次也情不自禁热情高涨地讲起来。他陶醉地讲个不停，终于讲得声嘶力竭。

　　于是，源二郎道：“啊……你瞧，对不住了。”

　　他立即取来枕边的水壶，喂佐平次水喝。

　　真田公子竟然服侍我……年轻的佐平次不由得感动万分。

　　小助似乎看惯了源二郎的这类举止。

他一言不发地望着二人。

"你累了吧？让你为难了。这往后有的是时间慢慢听你讲，根本用不着这么急的……我也犯糊涂了。"

源二郎道。

随后，三人睡下。

向井佐平次在被拖进地底下样的坠落感中失去了意识，一宿无梦地迎来了早晨。

醒来时，向井佐平次感觉到浑身充满了前所未有的活力。

"呀……佐平次今天早上的气色和昨天之前判若两人了。"

听小助也如此说，真田源二郎便用煞有介事的庄重口吻道："看气色是精神了。"

"我护送您去砥石吧。"

小助道。

"好啊。我要带佐平次一起走。从今往后佐平次便是我的随从了。"

"是。可是……"

"没事儿。"

"可是，佐平次还无法走到砥石的。"

"确实，你说得对。"

"除非我把他背去……"

"哈哈哈……让他骑我的马去嘛！"

公子竟让我骑他的马……

源二郎的这番话再次让佐平次感激不已。在武田将领小山田备中守那里服役时，这岂不是做梦都想不到的事情？

好吧！

向井佐平次陡然为之一振。

我要为源二郎公子拼了这条性命！

他想。

就这样……

昨天在别所浴池中邂逅真田源二郎之事，左右了向井佐平次的一生。

倘若源二郎此时没有出现在向井佐平次的眼前，那佐平次就算会为真田家效命，其一生亦必定别有一番景象。

真田家往后的命运就是酝酿着如此剧烈的动荡。

"那我们赶紧走吧。喂，小助，备马！"

源二郎道。

这时，黑门方向传来数骑人马的马蹄声。

因为昨夜离开安乐寺的草者七郎通知砥石城说"公子留宿安乐寺了"，骑兵们从城里前来迎接。骑兵总共十名。

"城代大人十分担心您。"

其中一人对源二郎道。

"是吗……"

源二郎只是若无其事地回了一句。

"小助，既如此也就没什么事儿了吧？你回地藏岭的小屋去吧。"

"是，遵命。"

"再见吧。"

"是、是。"

源二郎带佐平次来到自己卸下马鞍的马跟前，道："来，骑上去！"

骑兵们脸上现出匪夷所思的表情。

源二郎却也不在乎，把困惑不解的佐平次扶到马上，问："好了吗？"而后翩然翻身上马。

"抱紧我的腰！行吗，佐平次？"

"是、是。"

"走了！"

源二郎冲骑兵们打个招呼，驱马走出了黑门。

直到这时，安乐寺的僧侣们才晓得真田源二郎住在寺庙里，他们跑出来时，源二郎高高扬起持鞭的右手挥舞着。

这是打招呼的意思吧？

总而言之，少年源二郎英姿飒爽。

骑兵中既有人绷着脸也有人忍住苦笑。

源二郎与佐平次的马前有五骑人马，其中一骑驱马靠近源二郎。

"公子，今天早上天还未亮之时，有草者从岩柜赶了过来。"

"哦……"

"他说让您赶紧回岩柜。"

"是父亲的指示吗？"

"不知道。是岩柜城城代大人派来的使者。"

"这样啊，好吧。"

"城代大人吩咐我等直接护送您回岩柜……"

"嗯、嗯……这样也好。"

担任砥石城城代的，是家中重臣——长门守池田纲重。

第拾话

真田源二郎一行人穿过温泉水汽缭绕的天神岳山谷，很快便到了盐田平。

所谓"平"，是山间平地的意思。

据说长野县上田平西南的盐田平有六十二万平方公里。随着离上田越来越近，西侧的山麓绵延而出，平地暂时变得狭窄。再往前走，松本大街沿着地藏岭西侧顺势而下，街道对面，视野豁然开朗。

那附近被称做"上田平"或"上田原"。千曲川对面，背靠崇山峻岭的斜面和台地轮廓分明。

沿千曲川北上，很快便到了"善光寺平"。

"善光寺平"位于山国信浓，是一处堪比松本盆地的广袤大盆地。

千曲川发源于信浓佐久的甲武信峰（甲、武、信三州境内）与国师峰金峰山之间的溪谷，向北流至海之口后再流经小诸、上田，进入善光寺平，然后于八幡屋代附近与犀川交汇，再汇入越后成为信浓川，注入日本海。

这样的大河沿岸自然分布着大大小小的盆地，因此人们自古便在这些地方谋生。

盐田、上田两"平"是山国信浓内四季气候较为稳定的地方，从古代至中世人文广开，奈良朝时更成了这一带的政治核心。当时的国衙正是设在这里，其遗迹至今仍残留在上田市的东郊。

另有一说称远古时代的盐田平在海底下。甚至还有这样一段传说：神代时，一位名叫盐土老翁的神仙要去陆奥国，途径盐田海，将制盐方法传授给了当地诸神。

言归正传……

奈良朝时代，历经了源氏与平氏政权之争以后，寺院及贵族名下的庄园在镰仓幕府创立的同时归属武士管理。

随后，战国时代到来了。

足利氏创建室町幕府以来，上田、盐田两"平"被大大小小的豪族、武将割据，争夺领地的流血战争不厌其烦地反复上演，其中之一正是真田氏。

"如何，佐平次？我的国家不错吧？"真田源二郎笑着问道。

一行人到达上田平，正在走近千曲川西岸。

"是。"

佐平次战战兢兢将双手放在源二郎的腰上，在马背上左摇右晃。

负责警戒的骑兵们讶异地看着佐平次。十九岁的佐平次提心吊胆地搂住真田源二郎的腰部。

行进中的队伍前方，太阳正在冉冉升起。

灿烂的阳光已经可以称其为夏日的阳光了。

然而，从南面吹来的风还带着山里的寒气。

"喂，佐平次……"

"啊？"

"这一带以前……对了，就是父亲刚降生的时候，武田的主公（信玄）在这里与葛尾城的村上义清打过一场恶仗。"

"是吗……"

"嗯、嗯。"源二郎像个不同凡响的武士似的冲他点点头。

葛尾城（埴科郡坂城町）的村上义清势力强大，当时统领信浓六郡与越后一郡。

"据说我的祖父很吃了义清老贼一些苦头呢。"

源二郎道。

"是、是……"

佐平次一味小心翼翼地洗耳恭听。

村上义清是一员猛将，是真田家和武田家共同的敌人。

因此，真田家必须倚仗武田信玄。信玄亦然——在攻取东信浓一事上，他将真田氏当成"不可或缺之人"。

天文十七年二月十四日，武田信玄与村上义清在上田平决战。

寒风呼啸，战火在那个惨烈的早晨打响。

信玄时年二八，英姿勃发。他已然击败诹访赖重，拿下了南信浓，但尚未使中信浓和东信浓的豪族们心悦诚服。

"若能扳倒村上义清，拿下东信浓就指日可待了。"

说这话时，信玄怒目圆睁。

信玄亲率一万武田军翻越了大门峠，侵入盐田平，至仓升山上布阵。

当时，村上义清方面的将领福泽氏已然进驻了盐田城，却在武田军那绝对优势的阵容面前一筹莫展。

恰是此际，村上义清率军抵达。

村上军约有七千人马。

上田平北方的两支军队隔着千曲川遥遥对峙，相距约两公里。辰时上刻①（上午八时），双方展开激战。

对武田信玄来说，这是一场出乎意料的恶战。他最信赖的部将之一——板垣信方——战死。混战中，村上义清亲自率领精锐部队攻打信玄的指挥营，让信玄史无前例地负了伤。

"听说祖父当时立下了无与伦比的功劳呢。"

真田源二郎得意扬扬地说。

据说，源三郎、源二郎兄弟的祖父、安房守真田昌幸的父亲真田幸隆在那日的战斗中，守住了信玄主力的后方。

看到信玄的主力略见混乱，幸隆猛然上前，冲进了村上义清的大军。

和信玄一样，义清也负了伤。村上方面的部将接二连三阵亡。

村上军撤退了，武田军亦然，连追击的余力都没剩下。

武田信玄的家臣驹井政武在其笔记中留下了这样一段话：

二月间积雪正深，主公从大门峠发兵。一连两日细雨潇潇、雨雪交加。山田出羽守上阵。十四日，板垣骏河守、甘利虎泰战死。十五日未刻来报。

---

① 把一刻（两小时）三等分，依次是上刻、中刻和下刻。

驹井政武因守卫古府中而未能出征。

到那时为止，年轻的武田信玄可以说连战连胜，势力一直顺利扩张，唯独这次战斗破天荒使他遭到了沉痛打击。

"喂，佐平次……"

真田源二郎唤道。只见他扬鞭指着对面："看那个！"

眼前便是千曲川。

千曲川对面是背靠大峰山、东太郎山等山峰的台地。此际，源二郎马鞭所指的正是那片台地。

"那个吗？"

"没错。"

什么东西"没错"？向井佐平次一头雾水。

"父亲就要在那上面筑城了，我们的……真田城！"

"呵……"

源二郎愉快地笑了。

当时，太阳正冉冉向空中升起。

第拾壹话

据说真田源二郎生来聪敏，自幼便时时蹦出几句预言般的话来，令父亲昌幸哑然失笑。

随着真田源二郎一行渐行渐近，向井佐平次也看清楚那片台地呈十分险峻的断崖状。

他说真田大人要在那里……筑城？

佐平次不禁觉得那根本就没有可能。

佐平次只不过是一名长矛足轻，自然无法理解处于甲斐武田氏这一强大势力庇护之下的真田家在武田家覆灭之后将被迫走上怎样的崎岖之路。

显然，今后的真田家必须屈从于织田家，如此才能生存下去。

仅仅是一念之间，织田大军便对高远城发起了反复猛攻。想起那怒涛般的阵容，佐平次兀自觉得眩晕。

"当真要在那处山崖上筑城？"

佐平次在源二郎背后战战兢兢地嘀咕道。

"当然！"

源二郎的口吻斩钉截铁。

他的声音里充满了力量，让人无法想象是位十六岁的少年。

"很快，你将和我一起在那座城里生活。"

"啊……"

佐平次恍然如梦。

"反正，信浓和上野两国如果没有父亲便不会太平。"

"啊？"

"信长也罢，家康也罢，还有小田原的北条家也罢……"

据源二郎说，如果谁不把父亲安房守昌幸放在眼里，就无法谋求上、信二州。

"还远远没有天下太平。"

源二郎转过那张被太阳晒黑了的娃娃脸，莹白的牙齿闪着光芒。

佐平次浑身陡然充满了力量。

我尚能为这位年轻的公子效力……他想。

在千曲川前面向右迂回的一行人择河流浅滩涉水而过，一路水花激扬。

位于一行人左侧的那处断崖渐行渐远。

蜿蜒的道路缓缓通向高地。

马发出嘶鸣声，源二郎喊道："佐平次，抱紧了！"

爬上高地之后，道路变得较为平坦。

草木香气馥郁。

"你看这附近！"

"是。"

"在信浓国之内，这也是最适宜居住的地方了。"

"啊？"

他是说正因为如此，真田家才要在此地建本城的吗？

"也不怎么下雪。"

"啊……"

"就像我府上的院子一样呢。"

真田源二郎越发兴致高涨。

走在前面的骑兵们时不时地回头看看他俩，露出苦笑。

佐平次也弄不明白源二郎所言之事有几分真实。

"那些家伙，哎……"

源二郎拿下巴指指在前面开路的骑兵们。

"他们永远把我当成毛孩子。蠢东西们！"

佐平次以为他生气了，却又并非如此。源二郎反倒是挺高兴的样子。

"佐平次……"

源二郎的声音突然变得凝重。

"啊？"

"我觉得你我有一天会一起死去啊。"

佐平次怀疑自己的耳朵了。

起初他不晓得源二郎说了什么。

于是，源二郎再次说道："死的日子呀。"

"啊……"

"我是说我和你死的日子会是同一天……"

佐平次不知该如何作答。

这是十六岁少年说的话吗？佐平次莫名觉得恐怖。

他并非戏言。

真田源二郎一边打着马一边侧过脸去，他的眼睛里蓄满了深邃的光。佐平次毛骨悚然。

一碧如洗的天空中悠悠地飘着朵朵白云。

佐平次弄不懂源二郎此刻为何要说这番话。

后来，佐平次向他询问过。

结果源二郎若无其事地答道："我只不过突然间产生了那样的念头而已。"

然而，当时的他看上去可不是若无其事。

源二郎仰望着飘浮在东太郎山上的白云说出这番话时，不仅暗示了自己与向井佐平次的将来，肯定还预感到了更重大的事件，预感到真田家必须走向的未来。

尽管那还未成形，却似乎使源二郎战栗不已。

可以说自降生以来，源二郎从未有过这样的体验。

十六岁的他突然间有了死亡的预感。

不晓得那是什么时候的事情了。

据说真田源二郎生来聪敏，自幼便时时蹦出几句预言般的话语，令父亲昌幸哑然失笑。

向井佐平次看到此刻源二郎的侧脸面色苍白，令人倒吸一口凉气，他那咬紧嘴唇的皓齿让人感觉活像野兽的牙。

簇拥在源二郎前后的骑兵们全然没有察觉到这件事。

佐平次觉得时间相当漫长，但实际上到源二郎再次恢复快活的笑脸和兴致勃勃的声音时，可能都没有两分钟。

"看那个……"

源二郎扬起马鞭指着左前方的山。

那座山看上去像是东太郎山山麓的一部分向东的延展，岿然屹立在那里。

"那便是砥石城。"

"啊……"

"它现在是真田家的属城，但在那砥石城到手之前，祖父可是操碎了心。那座城嘛，便是我刚才给你讲的周防守村上义清的边城。"

号称真田家发祥地的真田庄，位于沿砥石城山麓向北一里左右的山腰上。

起初，武田信玄之父信虎为了拿下这一带，曾经和村上义清结盟，横扫小县郡的武将和豪强。

那是大约四十年前的事情。据说真田一族抵挡不住敌人的威猛，源二郎的祖父真田幸隆逃往上州，投靠了箕轮城的长野业政。

随后，武田家起了内乱。信虎之子晴信（后来的信玄）将父亲驱逐出甲斐国，亲自主持武田家的事业。

信玄准备凭借个人的谋略进攻信州。

他决定选择真田幸隆来担任攻占小县、佐久两郡的先锋，因之将他从上州召唤至古府中。

武田信玄讨厌父亲信虎与村上义清的结盟。这或许是因为信玄洞悉了村上义清此人或可与之结盟，但对方绝不会屈从于自己的战旗之下。

这在五年后的上田原之战中得到了证实。

武田信玄认为不打败这员猛将便无法彻底控制佐久与小县两郡。所以，他需要倚仗真田幸隆的忠诚。

当然，幸隆十分踊跃。

经过上田原那场恶战之后，三年后的天文二十年，真田幸隆凭借谋略，最终攻陷了砥石城。

就这样，武田信玄得到了进军信州的根据地。

同时，真田幸隆得以时隔十年之后回归祖先的地盘。

翌年，武田信玄攻陷了村上义清的本城葛尾城，义清投靠越后的上杉谦信，求救于他。

上杉谦信为了牵制侵入邻国信州的武田信玄，立即发兵川中岛。这时，上杉和武田两军爆发了首次冲突。

第拾贰话

"这是什么话！如果你不会骑马，我这样子外出之时，你不就不能随行了吗？"

那之后，将近三十年间……

武田信玄、上杉谦信、真田幸隆和村上义清全部驾鹤西游。

武田家虽然覆灭，上杉家却仍然守卫着越后国。

"我家能有今天，都是祖父的荫庇啊！"

真田源二郎对向井佐平次道。

就在这时，五名骑兵从砥石方向疾驰而来。

只因城兵们认出走近的源二郎一行，报告给了城代池田长门守。

长门守登时命道："快快恭迎源二郎公子！"

"请转告长门大人！"

源二郎挺起胸膛——真够威风，吩咐出迎的骑兵们。

"我今晚要和这些人住在真田馆，明天必须返回岩柜。"

"可是城代大人……"

"没关系，按我的话转告长门大人吧。"

佐平次忍不住凝望着源二郎那威风凛凛的侧脸。

　　仁科盛信以高远城城主的身份迎战织田大军，在佐平次看来，他怎么都无法想象仁科盛信风华正茂，和自己同为十九岁。盛信看上去有三四十岁，浑身上下被威严武装得严严实实，简直让人无法仰视。

　　与盛信相比，真田源二郎自然算不上一城之主。尽管如此，在佐平次眼里，他的形象仅在两月间就五彩缤纷到了极致。

　　刚还觉得他不愧十六岁的少年，令人莞尔，可转眼之间他又向佐平次展现出难以捉摸的怪异言谈举止。而此刻，站在出迎的侍从们面前，他又自然而然地散发着凛然不可侵犯的庄严。

　　"走开！"

　　源二郎呵斥着尚且犹豫不决的城兵们。

　　出迎的骑兵们向砥石城撤去。

　　这一带的村落规模庞大，简直不能称其为城邑。

　　走在羊肠小路上的百姓们景仰源二郎，皆屈身前行。

　　太阳开始西斜。

　　"嘿，走吧！"

　　源二郎轻轻踢了踢马腹。

　　"喂……"

　　他回头对佐平次招呼道。

　　"我什么事都想讲给你听。"

　　他说。

　　这话又是何意？一时间佐平次晕头转向、一头雾水。

　　向井佐平次昨天才第一次见到真田源二郎。

　　源二郎一行离开神川沿岸的道路，岔进右侧的小路。

这是因为源二郎兀自驱马走在最前面，命骑兵们"随我来！"之故。

十名骑兵都很年轻。

他们诧异地面面相觑，其中有人不安地招呼道："源二郎公子……"

或许他们认为这又是源二郎朝三暮四，又要将他们带到一个意想不到的地方……

源二郎脸上明显浮现出"你们这些人如何懂得……"的神情。

"再跑一会儿！"

源二郎道，踢向马腹。

佐平次吃惊地紧紧抱住源二郎的腰。

"哈哈哈……"

似乎觉得这样很快乐，源二郎放声大笑。突然，他策马爬上右边山丘的斜坡。

尘土飞扬中，背后传来骑兵们的喊声。

源二郎灵巧地操纵着缰绳在没有路的树林中狂奔。他斜着穿过山丘，冲着对面飞驰而下。

下了小山，羊肠小路蜿蜒逶迤，周围变成阳光射不进来的密林。

策马跑进林中，源二郎左右腾挪着在林间穿行奔跑。

佐平次也看得出来，源二郎的马术相当出色，栗色的马儿也行动自如地奔跑着，有如源二郎的手脚一般。

源二郎心爱的坐骑迈着训练有素的步伐，在林木之间一米左右的狭窄空间里穿行，让人深信它曾多次从这里跑过。

"这马真机灵，你不这样认为吗？"

“是、是，我也这样认为。”

“过些日子我也送你一匹马。”

“给我……那样一匹马……”

“没错。会骑吗？”

“不……不会骑。”

“也罢，我来教你。”

源二郎好像觉得未来的这件事儿好玩得不得了。

“我要让你成为马术名人！”

“可、可是……”

佐平次做梦都没有想过身为长矛足轻的自己能骑马之类的事情。

“如何？你不喜欢马吗？”

“不是……我觉得太浪费了。”

“这是什么话！如果你不会骑马，我这样子外出之时，你不就不能随行了吗？”

“啊……”

树林突然到了尽头。

原野在眼前铺展开来。

原野对面是郁郁葱葱的树丛。

源二郎轻轻策马走出树林，来到原野的一角，目不转睛地凝视着那片树丛。

马儿甩了甩头，停了下来。

他在看什么？佐平次想。

源二郎不愿策马前行，也不愿移开视线。

那片树丛里有什么呢？

不像是有人。

佐平次仔细凝神观察，他看见树丛周围的一部分似乎有围墙样的东西。

——有人住在这里吗？

佐平次思忖道。

这时，真田源二郎仿佛看懂了佐平次的心思。

"现在那片树丛中没有人。"

他自言自语般说道，而后便放马缓缓前行，绕过树林沿途的小路走远。他们并不靠近那片树丛，然而，源二郎的视线始终没离开过树丛。

"佐平次……"

"啊？"

"我嘛，是在那片树丛中的小公馆里出生的。"

"在那里面……"

"不要告诉任何人！不许说出去。"

第拾叁话

真田源二郎神色凝重，踢向马腹。

马儿冲向原野，穿过树丛。

"源二郎公子……"

他们看到骑在马背上的骑兵们挥着马鞭从对面的路上跑了过来。

源二郎纵声大笑。

他好像疯疯癫癫的。

我十五六岁的时候也是这样的吗……佐平次心想。

尽管身份不同，生活环境迥异，向井佐平次今天一天却被比自己只小三岁的源二郎折腾得不轻。

入夜。

直到躺在被安顿好的床上后，佐平次的兴奋劲儿都尚未退去。

"源二郎公子出生在那片树丛中的小公馆里……他说不能把这事儿说出去，他只对我……"

源二郎为何只对自己吐露那样的隐秘之事呢？

那是间铺着地板的小房间。

睡眠时点的烛台上，火光轻轻地跳跃着。

从一行人再度偶遇骑兵到抵达真田庄并没有花多长时间。

两侧群山巍峨，道路上迎面映入眼帘的是顶部尖耸的山城。

"佐平次，那就是历史悠久的真田城。不过，现在已经派不上什么用场了。"

源二郎扬起马鞭指给他看。

"因为父亲不需要这座城了，说要让人把它拆掉，被我制止了。"

他大言不惭地信口开河。

他的声音很大，骑兵们忍俊不禁。

他们既没有见过真田昌幸与源二郎父子夜幕降临后在岩柜城的居馆里密谈，也没有听说过那样的话。

他们好像只看到了昌幸一味溺爱这个狂放偏执的儿子。

"我能多大程度地依靠这位年轻公子呢？"

佐平次被离开别所、越过上田平来到这里的那个英姿飒爽的源二郎深深吸引。

我要拼了性命为这位年轻的公子效力——佐平次曾经热血沸腾。

经历了那些事情之后，佐平次体内的热血多少有些冷却。

然而，此时此刻，他再度头脑发热了。

佐平次此刻的兴奋莫如说是心绪不宁。

真田家的旧居馆位于松尾山城的山脚下。

出人意料地，城里和居馆里都有侍从在等候着。

流经山脚的溪流取代了护城河，居馆位于石垣之上。

还残留着几处家臣的宅邸。

"过去这里好像是座更大的居馆，屡次被敌人攻占、烧毁。听说现在的这个居馆是祖父效忠于武田家、将村上义清赶走之后回到这里，抱着建隐居之所的想法建成的。"

晚饭时，源二郎让佐平次陪伴在自己左右。

"因为你要一直追随我，直到我死去那天，所以我才将我的家事如此这般讲给你听。"

他肃然说道。

由此可见，源二郎今日所言之事并非信口开河。

"听说我家远祖名叫滋野宿祢。"

"他是何等人物？"

"不晓得，都是过去的事了……总之，他在京城侍奉天皇，可能是受天皇之命来到这信浓国的吧。"

平安朝时，滋野氏分成三个家族，其中的海野氏就是真田氏的先祖。

"所以说，佐平次，从这信浓至上野两国，有很多和我家一脉相承的武士之足迹。你仔细想想这些地方，明白？"

"不明白。"

"是吗？罢了，吃饭吧，多吃点儿。"

"是。"

"我还没喝过……你喝过酒吗？"

"喝过，但不喜欢。"

"是吗？那吃饭吧。"

因为源二郎待佐平次如此没有隔阂，侍从们或许根本想不到佐平次是武田家的长矛足轻吧？

“总之，由于滋野一族从未间断过彼此间的互助，我们才好歹从这可怕的战国时代闯了出来。”

源二郎故弄玄虚，那口吻俨然是在对自己的弟弟或孩子讲述。

“信浓守海野栋纲大人的儿子，便是我祖父。祖父大人在真田庄定居，遂以真田为姓氏，自立门户。你可明白？”

“是的。”

源二郎的话语言简意赅。

佐平次也听得很明白。

不过，还有另一种说法——海野栋纲的女儿嫁到真田家后，生下了源二郎的祖父真田幸隆。

果真如此的话，真田家这一豪族在那时便已是另一个存在了，但他们依然以某种形式血脉相连。

就算我们今天亲自查阅与真田家相关的诸多家谱和资料，想来也很难期待真相大白。

在本故事中，我希望大家和向井佐平次一起采信数年后以“真田幸村”之名脍炙人口的少年源二郎的解释。

第拾肆话

在真田昌幸的内心深处，似乎有一种尚未形成具体形态的东西，反复强调着山手殿的妒意和戒备。

翌日早晨，真田源二郎和向井佐平次在大约三十名侍从的护卫下离开了真田庄。

安房守真田昌幸已经到达上州的沼田城。

沼田城里旧貌依然地保存着沼田万鬼斋以来的漂亮建筑。

沼田城修筑在今天的群马县沼田市的高地上，面向薄根川的断崖设有本丸和二丸曲轮，往南建有三丸曲轮，在其周围还有数处环绕着护城河的曲轮。

二丸内北侧是一处城防。名唤"保科曲轮"。

沼田万鬼斋曾于此处修建爱妾夜眉的居馆。

真田昌幸每次来沼田城都在这处居馆起居。

因为这处宅邸是沼田万鬼斋为爱妾穷尽奢华修建而成的，连屋顶都葺着精美的丝柏树皮。这虽是处总共十间左右的小型居馆，却格调优雅。这种优雅在粗糙朴素的岩柜和真田砥石馆等处无论如何都难得一见。

万鬼斋与爱妾夜眉所生的沼田平八郎被昌幸和壶谷又五郎设计杀害，而夜眉正是在昌幸现在安歇的这间卧房里生下平八郎的吧？

是日早晨。

真田昌幸醒来之时已是拂晓，天色依然漆黑。

烛台上的火已经熄灭，淡淡的曙光若隐若现。昌幸翻了个身，首先映入眼帘的是睡在身边的女人的侧脸。

女人发出健康的鼾声。

这女人四肢舒展，身量比昌幸还高。

据传言说，沼田万鬼斋的爱妾也身量高挑，胸部宽阔，身材不俗。据说她容貌十分美丽，简直"无以形容"。

与之相反，真田昌幸身边的女人长得根本不能与之相提并论。

有一次，来沼田城的真田源二郎对兄长源三郎信幸如此评价这女人的容貌。

"哥哥，那女人的脸就像刚捣出来的红豆糕。"

"也不知道她的鼻子长到哪里了，只有鼻孔确切分明……"

"嗬，还有鼻梁塌成那副样子的吗？"

"父亲也是好奇……"

看着源二郎深恶痛绝地皱着眉头，源三郎当即并未作答，脸上却悄然漾上浅浅的笑。

"喂……喂！"

昌幸拿胳膊肘捅了捅女人的身体。他感觉轻轻捅上去的胳膊肘像是要被直接吸入女人那柔软的胴体中一般。

"白天和她睡觉时，如果不拿头巾给那家伙蒙上脸，便会兴味索然了。"

就连对女人容颜美丑不甚关心的真田昌幸都对开得起玩笑的侍臣说过这样的话。

女人名叫阿德。

阿德的丈夫叫冈内喜六，是真田家的火枪足轻，前年春天谋杀沼田平八郎时在城门口的战斗中阵亡，时年三十一岁。

这意味着阿德不会年轻。

昌幸没有问过她多大了，但总有二十六七了吧。

跟冈内喜六结婚的第五年，阿德就成了寡妇。

夫妇俩没有孩子。

据说沼田的人们以"石女"称呼阿德，但夫妇俩都很健康。

丈夫死后，因为没有孩子，阿德便在沼田城内的居馆里听差。

如今，昌幸夫人山手殿也不住在沼田城了，所以侍女寥寥无几。

有了阿德这样体格健硕的女人，也便于妥善处理差事。

然而……

阿德踏入居馆不久，昌幸便"染指"于她。

"殿下可真是好奇心强……"

"殿下怎么偏偏看中了那个阿德……"

不单单是源二郎，好像侍从们背地里也觉得讶异，半带着苦笑窃窃私语。

前面已经说过，妻子虽是位苗条美人，昌幸却并不怎么喜欢，他青睐肉体丰满的女人。

阿德在这一点上倒是无可厚非吧。

此外，阿德与冈内喜六虽然做夫妻五年之久，却并未生下孩子，昌幸正是看中了这一点。

就算自己染指后生下孩子，以战国武将的身份也只有欢喜的份，不可能觉得麻烦。即便源三郎、源二郎兄弟，也说不准哪天就会战死沙场。

男孩子的话有几个都不要紧。

如果是女儿，便可进行联姻，将她嫁给对自己有利的家族。

但昌幸此时不想要孩子。

不消说，这是因为他害怕妻子山手殿会嫉妒。

不该怕她的，我为何会怕老婆呢——昌幸真是想不明白这一点。

我这样一个男子汉，怎么会……

在真田昌幸的内心深处，似乎有一种尚未形成具体形态的东西，反复强调着山手殿的妒意和戒备。

只是昌幸害怕将其诉诸语言。

不，内心的想法让昌幸厌恶得简直吃不消吧。

"喂……喂！"

昌幸再次拿胳膊肘轻轻戳了戳阿德。

"嗯……"

阿德哼哼唧唧地翻了个身，雪白的双臂绕上昌幸的脖子。

昌幸把脸迎头埋进阿德的乳房里。

敞开的睡衣里面盛满阿德浓酽的体香，昌幸狠命地嗅着。

根本不化妆的阿德体香竟然很浓酽，昌幸不讨厌那种香味。

那是种和她的容貌不般配的浓艳香气。

就像初夏时分开着白花的栀子……

阿德的体香正如那花的香气。

"你还待在这里吗……"

昌幸的脸离开阿德的乳房，责问对方道。

"嗯……"

这段日子，很多时候就算枕边的悄悄话说完了，阿德也接着陪昌幸睡。

"睡一觉就回去吧。"

无奈，昌幸叮嘱道。

"好。"

阿德答应了，却继续睡到早晨。

阿德并未当上昌幸正式的侍妾。

若是那样，便要送她体面的公馆，配备侍女，给她相应的待遇。

如此一来，当然必须取得身在岩柜的山手殿的首肯。

因此，昌幸将阿德"金屋藏娇"。

说他狡猾确也不错，但阿德也从未提出让自己得到正式承认。

白天，阿德带领其他侍女忙忙碌碌地干活儿。

同时，她并非侧室，侍寝到晨曦照进屋里也不会受到惩戒。

"喂！还不起来吗？德……"

"嗯……"

"喂……"

昌幸的话才说了半截，嘴便被阿德的唇堵住了。

雀儿开始在后院里啼鸣。

"让人无奈的家伙……"

昌幸虽然哑着舌头，却抱住了阿德宽阔的背。

"殿下……殿下……"

这时，候客间里传来侍从的声音。

"殿下……您睡醒了吗？"

"嗯……"

"喂……殿下……"

"我醒了，别打开那里！我这就过去，你等着！"

昌幸甩开阿德的手臂站起身。

他整整凌乱的睡衣，来到候客间，侍从横道分藏双手扶地。

"什么事？"

"壶谷又五郎大人派来的使者到了。"

"这么……"

"城代大人在等您。"

"好，我这就过去。我自己去，你先退下吧。"

"是。那……"

"走吧，走吧。"

回到卧房，阿德开始撒娇。

"哪里顾得上这个！"

昌幸呵斥道，让阿德帮忙整好了装束。

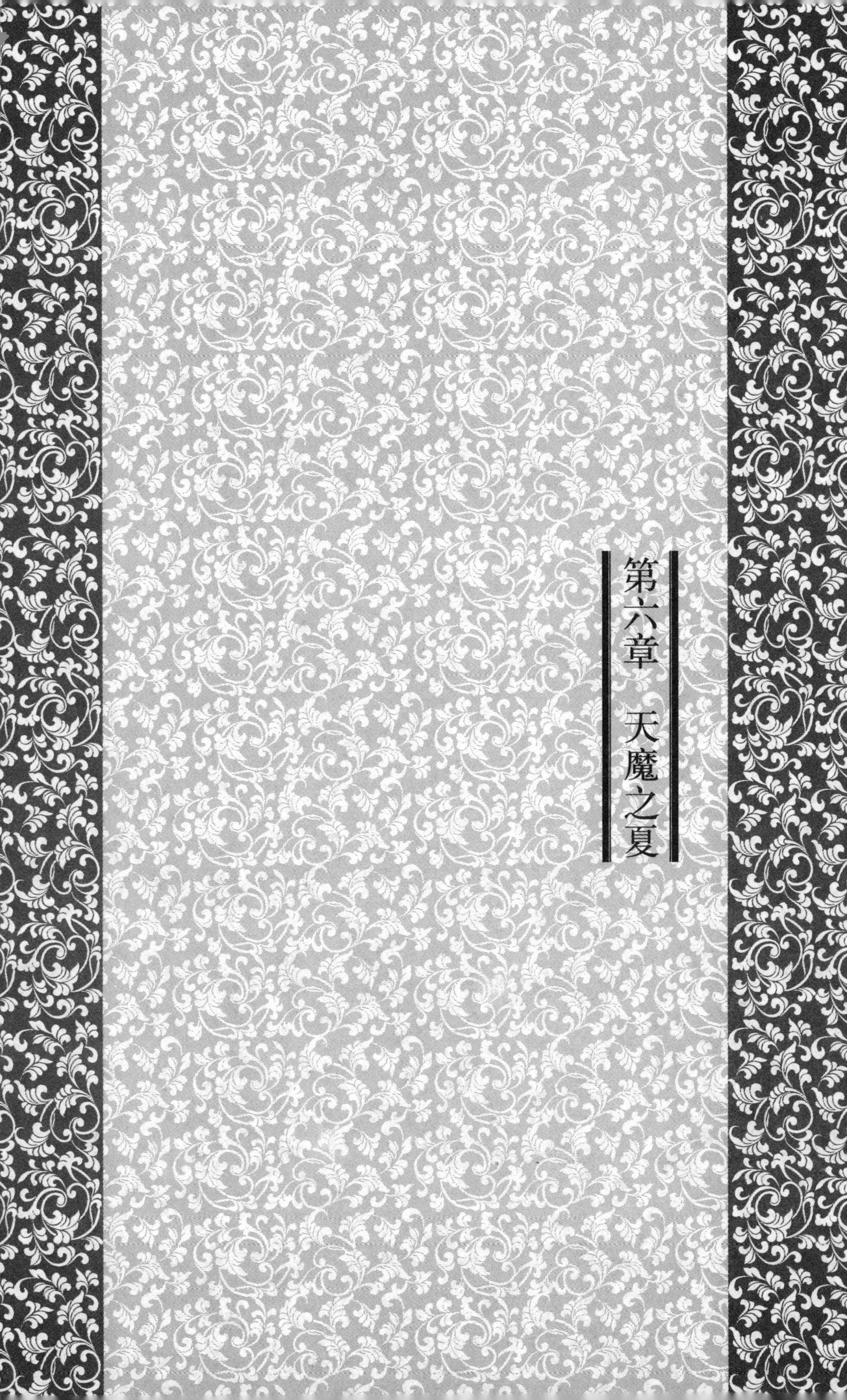
第六章　天魔之夏

第壹话

在本丸居馆的会客间里，真田昌幸接见了壶谷又五郎派来的密使。

密使便是又五郎离开岩柜时同行的草者——姊山甚八。

甚八携带着又五郎的密函。

密函薄而结实的纸上密密麻麻地写满小字，卷得细而牢固，上面封着蜡。甚八把它藏在头发里带了过来。

沼田城城代萨摩守矢泽赖纲也在会客间里等候昌幸。

矢泽赖纲时年五十二岁。

这位身为昌幸叔父的老臣许是由于在先主幸隆死后辅佐真田家当家做主的侄子鞠躬尽瘁之故，看上去比实际年龄老了十岁。

他的风貌就是担任岩柜城城代的儿子矢泽赖康年老之后的模样。

"三十郎再过三十年便会成为那个模样啊。"

真田昌幸时常如此说道。

他俩的身材比长相更显接近，不经意间的言谈举止简直神似。

而且他们的声音很像，所以昌幸在岩柜时，听到赖康的声音便以为是叔父，而到了沼田，萨摩守赖纲前来打招呼时，他经常会不由自主地答道："是三十郎吗……"

"是甚八啊？你可真够早的。"

"是。"

姊山甚八将封好蜡的密函交到昌幸手上。

"隐岐守的下落弄清楚了吗？"

"是。"

"在浜松？"

"是。"

"是这样啊……"

昌幸面露放心之色地望着叔父。

矢泽赖康也高兴得连连点头。

昌幸之弟隐岐守真田信尹在德川家康的居城浜松分得了宅邸。凭这一点，昌幸明白德川家康似乎相当信任弟弟。

信尹曾对又五郎说："兄长之事，我自会妥善处理，且让他不要轻举妄动。"

家康对真田家在上、信二州的实力予以高度评价。而且，直至主家（武田家）灭亡，真田家从未背信弃义，家康对此非常关注。

这一点跟织田信长可谓如出一辙，对胜负基本定局之后背叛主家前来投靠的人，他们根本不予理睬。

那一类的人物，就算是今后加入自己麾下也"不足信任"。

看来，德川家康已从隐岐守信尹那里详细听取了真田昌幸之事以及真田家的家风了。

家康出兵甲州之际，曾给信尹留下一句话："房州（昌幸）不错。"
这意味着他很可能会在信长面前美言，替真田家谋求安泰。但是，
隐岐守信尹叮嘱又五郎必须完全仰仗家康，绝不可拂逆于他。

又五郎在密函中写道：织田信长不日似将被德川家康迎往浜松，
再经由东海道凯旋安土。

总之——"告诉哥哥，凡事务必忍耐！"

隐岐守真田信尹如此说道。

"哪怕小田原做出混账之举，也一样要忍耐！"

据说他一再如此叮咛。

小田原指的是北条氏政。

北条氏自封为"关东盟主"，自其先祖北条早云（伊势新九郎）
以来，北条氏历经四代扫平关东地区，不仅如此，还与武田、上杉、
德川比肩拥兵自重。

征服了关东的北条氏自然渴望挺进北关东。

北条氏政趁沼田氏内乱将上州沼田城据为己有，与利根川西岸
残存的上杉氏势力展开争夺。

真田昌幸突如其来地在这场争夺中横插一杠。

昌幸不仅将沼田城收入囊中，还扫清了北条、上杉两族的残存
势力，将沼田置于武田氏的统治之下。

"哪怕小田原做出混账之举，今后也要忍耐。"

弟弟信尹通过又五郎转告昌幸的就是这件事。

如今，可以说北条氏政和德川家康俱已归顺织田。

北条氏政的野心当然不会因为屈从于信长就消失不见，但今天
的北条氏政毕竟不复拥有往昔的风光了。

天下即将掌控在织田信长手中。

信长认为关东一国根本"不足挂齿"。

时代即将发生翻天覆地的变迁。

因此，隐岐守信尹如此相劝："眼下最重要的是乖乖归顺德川家，跟和你交恶的小田原方面切不可贸然生事。"

真田昌幸愁眉苦脸，仿佛咀嚼了苦虫一般将密函交与矢泽赖纲。

"甚八。"

"啊？"

"小田原蛆虫不可能来这沼田的吧？"

"那么……"

甚八到了这会儿依然不明就里。

昌幸将北条氏政比作"蛆虫"。

他极其厌恶氏政。

在甲州大本营，织田信长将上州和信州赐给了手下二将。

——森长可、泷川一益。

泷川一益将会进驻上州一事尚未传到浜松，所以昌幸很担心织田信长会不会将上州和沼田赐给北条氏政。尽管他相信那种事情不太靠谱，却总觉得"不可断言不会"。

"殿下……"

矢泽赖纲读完密函，小声唤道。

"嗯？"

"小田原不会来沼田了。"

"哦？那……"

"信长公不可能如此愚蠢。"

"嗯，嗯……"昌幸的情绪似乎略有好转，"说得是啊，如果将上州交给了北条蛆虫，织田信长就太蠢了。"

归根结底，昌幸觉得要将沼田城交给北条氏政，"可真不是一件开心事"……

第贰话

突然间，他笑得变了形的脸仿佛就那样贴在了空中。

说到那位北条蛆虫（氏政），下面这故事自是不可不提。

那是氏政继承父亲氏康之位、成为小田原城主之后不久的事情。

一天夜里，在家臣们在场的宴席上，业已隐居的北条氏康突然喟然长叹，放下筷箸。

"难道北条家到我这一代就要完了吗？"

他喃喃自语道。

在父亲身边进食的氏政愕然问道："父亲，这是怎么回事？"

"是你啊！"

"您说什么？"

"刚才我看你吃饭，一碗饭你浇过两回汤吧？"

"啊……那又怎样……"

"你还不明白吗？人每天都要吃饭。"

"是啊。"

"所以呀，只要不是傻瓜，在吃饭上应已操练过几百、几千回了，而你竟然还不知道一碗饭上浇的汤汁分量！浇了一次还不够，还要浇。你真是蠢到家了。”

“……”

“我要说的你还不明白？好了，你听着！如果你无法估量出每天发生之事，就根本无法了解他人隔着肚皮、藏于腹中的想法。如果你不懂他人的心理，优秀的家臣就不会前来依附，这样一来，又怎么可能有制胜于敌的道理？惟其如此，我才说北条家要在我这一代完了。”

据说氏康严厉地训诫了儿子。

这便是真田昌幸称北条氏政为“蛆虫”的缘由。

如今，真田昌幸勉为其难地放弃了自己不能放弃的原则，决意屈从于织田、德川伞下，但万一要让北条氏政统治沼田，昌幸认定那便是要与自己过不去。

沼田与昌幸的岩柜城毗邻……必定会出问题的吧？

但是，认真推敲一下，便会发现信长根本不可能对在小田原安营扎寨的北条氏政说：“你来掌管上州吧！”

如果那样行事，北条家的旧地盘将会“死灰复燃”。

不过，信长现在正埋头于征服中国地方，可能会于近期发动与本次攻取甲州相同的大规模战争。这样一来，若他放出自己信赖的麾下诸将到上、信二州，战斗力便会受损。

所以，平定中国地方之前，信长有没有可能将上、信二州交给与平定中国地方一事无关却又对二州情况了如指掌的北条家呢……想到这里，昌幸很是警惕。

不过，在矢泽赖纲的安慰下，昌幸也多少重新振作起来。

"殿下……"

这时，姊山甚八膝行上前。

"还有一事要向您汇报。"

"何事？"

壶谷又五郎交代说要让他口头"转达殿下"。

"听说小田原在这次的甲州攻夺战中没立下任何功劳……"

昌幸和赖纲对望了一眼。

这一点在草者带来的情报中尚属欠缺。

昌幸以为北条氏政必定会从关东发兵为信长助阵。

尽管武田家不堪一击得让人觉得"不过瘾"，氏政他们甚至无须用兵，但是——

自家妹子乃是武田胜赖的夫人。就冲着这一点，北条氏政也必须对信长表示加倍的忠诚。

若是我，便会这样做——昌幸心想。

但氏政磨磨蹭蹭，不肯痛痛快快地发兵。

"听说信长公宣称再也不想见到左京大夫（氏政）了。"

甚八转述了又五郎的话。

"那条蛆虫真是个大蠢材……"真田昌幸拍着手，站起身来跺着脚道，"这蛆虫……哈哈哈……蛆虫……"

他兴高采烈地笑了起来。

没有战功便必定不会行赏。

因为是壶谷又五郎从浜松得到的情报，故而相当可信。

看来，不管怎样，反正是不会将这沼田城交给蛆虫了……

"哈哈哈……多么……多么愚蠢的家伙！小田原蛆虫……"

昌幸旁若无人地纵声笑道。

"呃……"

突然间，他笑得变了形的脸仿佛就那样贴在了空中。

长子源三郎信幸不知何时进来了，正站在矢泽赖纲的身边。

这个三十六岁的侄子，身为一国一城之主，足智多谋，骁勇善战，偏偏对北条氏政取得沼田城一事如此厌恶——矢泽赖纲干脆面带微笑地注视着昌幸那欢天喜地的言谈举止。

然而，源三郎望着父亲，双眸蓄满安静祥和的光。

信幸不知何时进了会客间，在这位文静沉稳的十七岁长子面前，昌幸展现了自己欢欣雀跃的样子，活像得到了点心的孩童。

莫名其妙地，那种羞臊化为了怒火。

"你应该留在岩柜看家！"

"我赶过来向您报告。"

"何事……"

"我想源二郎今天怕是会回到岩柜。地藏岭的草者前来报告了，昨晚他好像住在砥石或者真田……"

"我没有问源二郎的事。我在问你为何不打招呼、无缘无故擅自跑到沼田来！"

"我想父亲会担心源二郎，所以赶紧过来向您报告。"

"派个家臣过来不就得了吗？你……"

"他是嗣子①。"

昌幸话未说完，矢泽赖纲便插话道。

---

① 旧日本对预定继承人的称呼。

昌幸愣愣地瞪着叔父。

但他根本不晓得为何要瞪着叔父。

人是一种无法正确理解自己面部表情的动物。

"源三郎不愧为嗣子！"

昌幸扔给赖纲一句话，看都不看源三郎一样，狠狠踏着地面离开了会客间。

姊山甚八茫然不知所措。这时，只听矢泽赖纲淡然问道："甚八今晚住在沼田吗？"

"不，我必须马上返回浜松。"

"又五郎这样说的？"

源三郎泰然若素地问道。他十分清楚父亲的怒火并不是对自己的厌恶。

当然，他同样知道自己和父亲间存有难以诉诸语言的隔阂。

"甚八，出发前我还有点事想问你。我等着你。"

源三郎起身向叔祖赖纲行了一礼，离开了会客间。

第叁话

如果不能使安房守放下心来，将来不知会出何种麻烦。

姊山甚八当天便从沼田出发，返回壶谷又五郎正在等候的浜松。

第三天，潜入甲斐的草者奥村弥五兵卫的手下赶回了沼田城。

他前来报告织田信长选定的上、信二国的新领主名字。

同是信州，赐给森长可的四郡目前却与真田家没有关系。

而分得真田家大本营所在地——信州的小县、佐久二郡与上州一国的左近将监泷川一益对真田家举足轻重。

真田昌幸今后将成为泷川一益的"寄骑"。[1]

换言之，他将成为泷川麾下的武将，效忠泷川一益便是对织田信长的忠诚。

泷川左近将监是个什么样的男人呢——昌幸也忐忑不安。

若是个相投的人就好了。

昌幸有种预感，万一是个像小田原蛆虫那样的男人……自己恐怕不会屈服。

---

[1] 又名"与力"，指大名属下将领（侍大将）的直属武士。

不向泷川一益屈服，便是不向织田信长折腰。

到了那时，我也将步上武田家的后尘吧……

不消说，昌幸将在如自家庭院般熟悉的上、信二州的山野中信马由缰、激战到底，使泷川一益艰难应战。

岂止是艰难应战！

若只有泷川一人，我绝不会输了给他——昌幸有这样的自信。

但如此一来，信长便不会对他放任自流。

信长本人肩负着征讨西国的大业，未必会亲自来战，但听命于信长的德川家康和北条氏政的联合大军，只怕就要前来攻打他了！

想到这些，昌幸一时间热血沸腾。

虽说只是想想，却也令人愉快。无须赘言，他必须做好覆灭的心理准备。不光是自己，还有源三郎、源二郎和家臣们。

那位左近将监泷川一益，据说是大永五年（1525 年）出生于近江国，时年五十八岁。

但另有一说称一益生年不详。参照其他种种事实，我认为他当时似乎要稍微年轻一点。

还有一说称他生于尾张国。

总之，泷川一益从名叫"彦右卫门"时便为织田信长效命，协助年轻的信长，建功无数。

"听说他是位铁炮名手……"

真田昌幸对矢泽赖纲说。

据说高远城陷落之时，总指挥织田信忠曾向父亲报告："若没有左近将监，便不会这么早攻陷此城。"信长满意地点了点头。

也就是说，信长、信忠父子颇为器重泷川一益的智谋与勇武。

主公信长每此出战，泷川一益都是先锋，而且英勇奋战。

八年前，伊势长岛一向一揆叛乱之时，信长信任一益，命他镇压，叛乱平定后，保留了一益之前的蟹江城主地位，又将长岛城赐给了他。

而且，在本次的甲州攻夺战中，一益一如既往地担任先锋，战功赫赫。

至少，一益的战斗经验有目共睹。

像是个不好对付的人……

昌幸即将迎接一益，臣服于他。

他任由自己的想象天马行空。

他情不自禁地认为一益"像是个与我相像的人"……

十天之后……

泷川一益率精锐部队来到上州。

他没有返回自己的属地，并且保持着攻打甲州时的戎装，就这样进入上州。

一益的使者在他之前赶到沼田城，磋商沼田开城事宜。

据使者称，泷川一益进驻厩桥城，沼田城则是由一益的侄子仪太夫泷川益重以城代身份进驻。

使者的言辞每一句都合情合理，并见不到一分胜者的骄矜。

昌幸郁郁寡欢，却隆重地招待了使者。

昌幸已将之后来到沼田的源二郎和源三郎打发回了岩柜城。

源二郎将向井佐平次留在岩柜城，并没有带到沼田。

他说是以防万一。

昌幸在迎接泷川一益到上州时，加固了岩柜居城的防守。

但是，似乎没有那个必要。

来到沼田城的泷川仪太夫果然是位精悍的武将。他一上来便安慰武田旧将真田昌幸："这次，想必你一定很悲伤吧？请节哀。"

"属下惶恐。"

就连昌幸也不得不变得恭顺起来。

昌幸立即将布置在沼田城内待命的草者派往岩柜城，让他们传令"解除"战备状态。

翌日。

泷川一益终于开进厩桥城了。

真田昌幸和矢泽赖纲等二十骑人马从沼田赶赴厩桥，拜谒一益。

"劳驾前来。"泷川一益诚恳地接见了昌幸，安慰他道，"这次，想必你一定很悲伤吧？请节哀。"

他的话和侄子仪太郎如出一辙。

仅仅是第一眼，真田昌幸便对泷川一益抱有了好感。

通过此时的初次见面，双方消除了隔阂。基于此事，真田家与泷川家的渊源在一益与仪太夫故去后还持续了数十年。

如果泷川一益此时五十八岁，那在昌幸眼里估计怎么看都不像那么回事。

见到泷川一益的一瞬间，昌幸感觉他与源二郎十分相像。

他那被太阳晒得黝黑的面庞胖乎乎的，双眼细小而温和。

而且，昌幸很中意他那酷似自己与源二郎的小个子。

一益虽然个子矮，却浑身包裹着宛如大力士般的肌肉。

"望你一如既往地掌管岩柜、砥石和真田。"

泷川一益随即说道。

昌幸瞠目结舌。

这事儿才是最令昌幸悲伤的。

一益早就察觉了昌幸的烦恼。

——如果不能使安房守放下心来，将来不知会出何种麻烦。

一益似乎十分清楚这一点。

"属下惶恐。"

昌幸情不自禁地双手扶地，行了个礼。

"何必……"

泷川一益摇了摇头，也不啰唆，只说了一句话——

"安房守大人，望你助我一臂之力。"

第肆话

那时，织田信长已踏上凯旋班师安土的路途。

信长大军从古府中经右左口，由富士山脚下的原野进了骏河国。

"这便是富士山吗……"

信长在四十九岁之前，从未如此近距离地看过富士山。

陶醉于伟大胜利中的大军，意气风发地行走在嫩芽正渐渐变成绿叶的美丽风景之中。

历经多年，他总算歼灭了最恐惧的宿敌，得以顺利讨伐中国地方的毛利氏和四国的长宗我部氏，无须再担心来自背后的威胁。

只要再平定了九州，信长便会最终完成制霸天下的大业。

一想到青木原一望无际的森林和富士山五湖曼妙的风光，信长便会喜不自禁。

"总之，我要在这一带……"信长仰望着耸立在初夏阳光中的富士山，"我要在这附近修一座城！"

说着，他的脸上浮现出了沉醉之色。

德川家康先信长一步出发，在沿途搭建了歇脚的茶屋，还在宿营地修筑漂亮的临时小屋，让信长惊讶不已。

信长曾经令自己的女婿、家康的长子三郎信康切腹自杀。

这一事件是由于信康生母筑山殿暗通武田家，从而招致信长对信康的怀疑。

世间流言四起，说资质过人的三郎信康的光辉"盖过了"信长的长子信忠，所以信长才趁机让三郎信康切腹自杀。

听到此种流言后，信长根本不予理睬，笑道："凡俗之语！"

对信长而言，下一代的事情根本不是问题，他只要完成了平定天下的大业便好。

人何从知晓下一代的事呢……信长便是如此认为。

命三郎信康切腹，是要让他为和母亲筑山殿同住在冈崎城内却不晓得母亲暗通敌人一事承担责任。

这样做也是基于必须让德川家康承担责任。家康和妻子筑山殿交恶分居，独自去了浜松城，浑未察觉妻子跟武田家的可疑关系。

纵然如此，这对信长来说亦是"无论如何都不可宽恕"之事。

那段日子，信长的神经绷得很紧，不允许自己有哪怕一丁点的疏忽。

倘若不是这样，他便不能成就平定天下的宏图大志。

哪怕是妇孺……不，正因为是女人和孩子才更不可放松警惕。

那时，信长还必须做好心理准备，以防一旦有个风吹草动，德川家康会揭竿而起。

信长甚至猜测家康和信康父子两人违逆自己的命令，当真投靠了武田胜赖。

果真如此，那自己背后将再添一重威胁。

"为昭示天下，以儆效尤……"哪怕对待自己忠实的盟友家康，信长也必须硬着头皮严加防范。

三河守（家康）似乎洞悉了自己当时那种破釜沉舟的想法——或可说如今的信长清楚地理解了这一点。

家康俨然忘记了自己最倚重的儿子白白断送了性命一事，意欲表现出对信长无以复加的忠诚。

对信长而言，这一点或许比消灭武田胜赖更"让人放心"。

信长由衷地感动了。

他下定决心要"厚报三河守"。

相反，当以天皇使臣身份前来观战甲州战役的关白近卫前久提出"我也希望和信长公结伴沿东海路一路欣赏着富士山回京"之时，信长竟略去"近卫"这一称谓，冷冷答道："你走木曾路回去吧。"拒绝与他同行。

所谓"关白"，是辅佐天皇的最高官职名称。

但信长根本不把这些只动嘴皮子、没有任何实力的朝臣放在眼里。

这样一个信长，却被家康这次任劳任怨的服务深深打动。

信长从木栖湖畔的临时小屋出发，参观了"富士人穴"①。

抵达大宫时，家康前来迎接，信长遂将腰间佩带的吉光短刀赠与家康，说道："三河大人，望你笑纳。"

这把短刀是信长秘藏的宝刀。

---

① 富士山山麓的洞穴，曾有古人居住。

所有人都对此举了然于胸——将这把宝刀赠与家康，信长无疑是要剖明心迹。

"属下惶恐……"

家康双手接过短刀，眼睛湿润了。

面对武田氏这一强大的敌人，他们二人是如何忍辱负重，又经历了多少次艰苦卓绝的战斗啊！

凯旋后，信长立即在安土招待家康，分享胜利的喜悦，还想让家康顺便在京都尽情游玩。

家康欣然接受了信长的建议。

翌日……

织田信长与德川家康从大宫出发，绕过浮岛原，悠然地赏玩过富士、爱鹰两山的美丽风光之后向江尻进发。

浮岛原是片方圆五里的原野，位于爱鹰山东麓、须津沼附近。

朝阳从骏河湾海上高高升起，洒向这支辉煌的军队。

有个旅途中的女人正藏身于草丛中注视着这一切。

她便是女忍者阿江。

第伍话

藏身草里的阿江目送着织田军在德川家康的率领下离开浮岛原向江尻挺进。

在地藏岭附近的溪流中，阿江杀死了两名追踪者之一，后将向井佐平次托付给真田家的草者奥村弥五兵卫，以追赶剩下那名敌人。

当时，阿江对向井佐平次道："这事儿因我一人而起，所以须由我自行了结。"而当弥五兵卫劝她找草者帮忙时，她答道："这是我自己的事情，弥五兵卫！"

那之后又过去了多少日子呢？——大概一个月吧。

在那期间，阿江进入甲斐追寻敌人，又从甲斐来到骏河。

追踪阿江至甲、信国境、意欲取阿江性命的两名汉子看来也是什么地方的忍者。就连佐平次也如此认为。

佐平次现在还觉得那二人中的某一位便是前来袭击权现山山腰上的"忍者小屋"中的二人之一。那时，阿江也是杀掉了一人，让另一个给逃掉了。

莫非是逃掉那人带着一名新的同伙来追杀阿江和佐平次了？

后来，阿江又杀掉一人。至于那人是否是来权现山的那位，佐平次就不得而知了。

他们锲而不舍地想要杀掉阿江，必是出于个人恩怨无疑。

战争结束了，敌人取得了胜利，所以忍者们的继续厮杀跟织田家、武田家和真田家都没关系了，阿江因此才说这是她一人之事。

她打算跟那名敌人来个了断，遂孤身一人返回了甲斐。

现在，阿江若即若离地跟随得胜班师近江安土本城的织田信长来到此地。

阿江远远观望着一路侍奉信长的家康，亲眼核实了家康服务于信长的表现。不消说，此时阿江的眼睛又变成真田家草者的眼睛了。

"那么……"

阿江站起身，嘟囔道。被浓郁的青草香气包裹着，阿江暂时陷入沉思。但她没多久便下了决断。

身背行囊的阿江尾随在织田军后面，向江尻方向赶去。

将织田信长迎入自己的地盘之后，德川家康益发花足了心思，设宴款待。

当时的菜谱如下：

主菜：

酱汤、面筋天鹅肉

醋腌生鱼丝、加吉鱼、木耳

渍蔬菜、米饭

第二道菜：

食案（四方）

香鱼（水焯生鱼片）

生鲍鱼（姜丝）

拌核桃

第三道菜：

海螺

炒海带

汤（海带、豆腐）

点心盘：

核桃、松子

浓茶

这在当时堪称极其奢华，所以家康专门从京都找来厨师。

织田信长心满意足地享受着盛宴，酒过三巡后大悦说道："进攻四国之时，就派三七为统帅，再派五郎左协助吧。"

"三七"是信长之子织田信孝，"五郎左"则指信长的重臣丹羽长秀。

信长的这句话也传入了在场所有将领的耳朵里。

当时，席上有个人和正在出征中国地方的羽柴秀吉不分伯仲，他便是被视为信长麾下俊才的日向守明智光秀。

光秀听闻信长之语，刹那间面色苍白。

据说，光秀之祖发迹于美浓国的明智庄，其父明智光隆是信长岳父斋藤道三麾下名臣。织田信长在斋藤氏内乱之际乘虚而入，征服了岐阜。那时，明智光秀已经离开了美浓。

光秀在世上崭露头角是多年以后的事情。他曾受越前的朝仓义景的知遇之恩，将后来流亡到朝仓家的将军足利义昭引荐给信长，信长在政治上利用这位傀儡将军，以期进军京都。

信长认为光秀很有前途，便将京都朝廷以及将军与自己之间的事宜交给光秀处理。

光秀在京都的上流社会和朝臣中交游广泛。他是当时的一流学者，而且精通文学与茶道，派他出战他也做得无可挑剔。

做了信长家臣的光秀飞黄腾达的态势令人瞠目，他目前当上了近江坂本城的城主，被赐予志贺、高岛二郡和丹波一国，居城是丹波国的龟山城。

迄今为止，光秀受信长之命，一直在为夺取四国而奔波操劳。

因此，光秀似乎认定这次进攻四国的统帅"非己莫属"，而其他诸将似乎也认可此事。

"此次征战或许不算什么，班师后的四国攻夺战才真正费事呢。"

出征甲州之际，光秀甚至对家臣们如此放言。

然而他万万没有料到，在这江尻城的宴会上，竟从信长口中听到了自己被排除在进攻四国之外。

此刻，光秀的情感当即形于颜色。

正因为他是文人，所以神经过于敏感。他会留心主公的一字一句，这个那个地费心琢磨，为之辛苦，为之烦恼。

而织田信长根本就不会拘泥于常识和惯例。

尽管光秀之前为四国之事立下功劳，他也不会决定这次就起用光秀。

早先，在诹访大本营中，信长和长子信忠二人私下交谈时曾说过"等天下平定后必须更加重用日向守"，但这话没有传入光秀的耳朵。当时，明智光秀并不太受信长重用。

比起让光秀担任武将，信长恐怕更倾向于让他出任平定天下之后安邦定国的政治家吧？总之……

看到面色苍白的明智光秀，诸将一时都是沉默不语，场面尴尬。

信长看了看光秀，微微一笑，道："我醉了，睡觉吧。"迅速回到了卧房。

信长珍惜光秀的敏锐，对他的功劳予以高度评价。与之同时，他或许觉得光秀这种为自己每一句话费心伤神的态度很有趣吧？

信长曾对丹羽长秀开玩笑道："我就用一句话将日向守的脸涂上红色或青色的颜料给你瞧瞧吧？"

若说明智光秀对所有人都是如此，那就错了。

正因是严苛主人信长的一言一行，光秀才认定"不可有所闪失"。

由于紧张得过了头，不知不觉他就变成了这副模样。

羽柴秀吉如今已当上一城之主，但他依然被信长唤作"老鼠"或"猴子"，而他总是嘿嘿傻笑着应对。

羽柴秀吉与明智光秀在这一点上截然不同。

例如，信长背地里称光秀为"那冬瓜"，但如果当面叫他，光秀恐怕会因屈辱与不安变得面无人色、呆然若失吧。

所以信长会怡然自得地喊秀吉为"猴子"，在光秀面前却绝不开这样的玩笑。

第陆话

四月十四日。

织田信长从江尻城出发，途经府中，翻过宇津谷岭。

他们住在田中城。

阿江在城邑前面的朝比奈川河畔露宿。

佐平次的伤痊愈了吗……阿江将和行李背在一起的席子铺在松树树荫下躺了下来。突然间，甜蜜之感不可遏止地充满了阿江的胸膛。

他肯定痊愈了吧……而且此刻或许正待在砥石或岩柜城中吧……阿江蓦然忆起在自己丰腴的怀抱中兴奋起来的佐平次那未经世事的身体。想着想着，阿江的双眼中有温热的东西汩汩地溢了出来。

那并非思慕佐平次的泪水。

身为女忍者，阿江迄今为止还不知抱过多少男人、又被多少男人拥入怀中呢。

说"不胜枚举"也不为过。

大部分的对象都是为了完成忍者任务。

女忍者能够以自己的肉体为武器，完成"忍者任务"。

这是男人望尘莫及的有利条件。

有好几次都是在对手的怀里行刺。

阿江的情事如此惊悚，所以可以说她从未迷恋过男人。

她连自己抱过的男人的人数都不甚清楚……

岂止人数，或许说她"连他们的模样都不晓得、记不住"更恰当吧。

然而，阿江曾对壶谷又五郎说她记得每一个被自己亲手杀死的人的模样。

那时，二人正在伊那高远城里经历着城池陷落之前的紧张日子。

"你我二人一起从事忍者工作多少年了？"

又五郎问。

"这……"

阿江脸上浮现出淡淡的苦笑，没有作答。

"我觉得仿佛一起工作了二三十年。"

又五郎道。他并非在开玩笑。

"那是因为你把这件事跟与我父亲一起共事混淆了。"

阿江情绪低落地答道。

"是吗……"

"是的，又五郎大人。"

这回，阿江的声音变得很有攻击性。

又五郎吃了一惊，目不转睛地看着阿江。

阿江的父亲马杉市藏不是武田信玄手下的"伊那忍者"，而是"甲贺忍者"。他是武田家一众忍者中屈指可数的甲贺忍者之一。

市藏的悲剧就在于此。

市藏悲惨的死亡直接影响了成长中的阿江。她孤身一人追杀敌人，正是要斩断这份"不可让自己缠身其中"的因缘。随着本故事的推进，此事将通过阿江自身的言行逐渐真相大白。

迄今为止，阿江根本不曾拥有普通女性的生活。

阿江具有女忍者中罕见的体力与膂力。

忍者各司其职，这正是忍者的"本分"。

不擅长格斗却从事智力侦察的人不在少数。而武艺高强者必须尽量避免扮作百姓、渔民、僧侣等角色长年累月潜伏于敌人内部传送各种各样的情报。

因为，习武锻炼出来的肉体与百姓、僧侣根本不相匹配。

如果给眼力好的人看到，当即便会被识破，感觉可疑。

像阿江这样身为女忍者却走上血腥的战场、展现出胜过男人一等的魄力的人，着实罕见。

在战场上效命的忍者被称做"战争忍者"。鼎盛时期的武田忍者超过了二百名，但就算在那种时期，其中的女性战争忍者除了阿江也就三四名吧。

"啊……何苦呢？"

阿江出声地嘟囔道。

想起佐平次，为何竟会这般泪水涟涟——阿江自己也弄不明白。

她很清楚她不是站在女性的立场上倾慕比自己年轻的佐平次。

莫如说，阿江是如母亲、如姐姐一般抱着佐平次。

一开始，她出于好玩去引诱佐平次，结果佐平次很快便反应激烈，做了那种事。虽如此，阿江也并非钻牛角尖想成为佐平次的妻子，也不是成不了便难以割舍。

她弄不明白。

她只是身不由己地泪流满面，欲罢不能。

为什么呢？

对阿江来说，这是前所未有的体验。

正因为如此，她自己也弄不懂自己了。

迄今为止，阿江几乎从未被强烈的情感撼动过。

为了完成任务，她拥男人入怀。即便那种时候，她也是"像男人抱女人那样"抱着他们。

杀掉对手之时，也是"像男人杀死男人那样"杀掉他们。

黎明时分，阿江的身影已消失在朝比奈川的河畔。

是日。

织田大军渡过大井川，翻越佐夜的中山岭进入挂川。

据说，信长住在挂川的那一夜，德川家康为在天龙川上搭建舟桥，亲临河畔指挥工事。

翌日，从挂川出发、向见附行进的织田信长将从家康费尽心思搭建的舟桥上渡桥。关于当时的情景，《信长公记》记载如下：

> ……派出国中众人，曳粗绳数百根，将众多船只聚拢。为使宝马渡河，舟桥搭建得坚固无比。河面前后派人牢牢把守，侍奉之人皆称力绌神竭。

第柒话

织田信长渡过天龙川舟桥，进入浜松城。

德川家康迎接信长，他的奉迎接待达到了巅峰。

浜松城邑从三日之前便呈现出"难以形容"的熙攘混乱。

架设舟桥的劳力被紧急召集起来，德川家的家臣们策马飞奔着八方联络。为款待信长而特意派往京都搜罗珍馐美馔的车马，络绎不绝地返了回来。

这当真是："家康卿赤胆忠心，自始至终不辞劳苦。信长公的感念和喜悦不必多言。"

阿江尾随织田军团，来到了浜松城下。

"啊……这可不成。"

她随即退了回来。

城里城外满是篝火，亮如白昼，戒备森严。

城内收容不下的士兵便在浜松城外野营。

看来德川的忍者也已出动，正在浜松城邑的周围活动。

估计信长四五日内便可回到安土。

阿江毕竟是阿江，她摸清楚织田、德川的阵容，并了解到今后两军的合作依旧会"无懈可击"。

这份报告对真田昌幸而言，无疑是极大的收获。

这样就行了。我的私事以后再说，姑且先回趟岩柜……阿江一边思忖一边沿马入川逆流北上，来到三方原台地的山麓附近。

今晚姑且在这附近露宿吧——她想。

于是，阿江想洗个澡，洗去满身的汗水和尘土。

钻进翁郁的树荫，阿江脱掉衣服，将身体静静地沉入马入川。

这是一个没有月亮、阴沉沉的夜晚。

俨然盛夏般闷热的黑暗滞重地笼罩着大地。

"啊……"

阿江情不自禁地发出舒畅的声音。

她已经好多天没有洗澡了。

她感觉清冽的河水仿佛顺着皮肤流入体内，连脏器都被荡涤得一干二净。

一头扎进水中，阿江戏着水，仿佛变回了孩童。

过了一会儿……

正要上岸的阿江大吃一惊，再度沉入河水中。

因为她看到自己脱下来的衣物旁边猫着一个黑影。

"喂……喂……"

黑影低声唤道。

阿江沉入河水，水没到鼻子周围。她凝视着对方。

——是谁呢？

她一时茫然，但很快便明白了。

"莫不是壶谷又五郎大人？"

"你总算明白了呀。"

壶谷又五郎站了起来。

"你怎么会在这种地方……太意外了，一下子没反应过来。"

"我在浜松。"

"嗬……"

"隐岐守大人现在在浜松。"

"嗬，太好了！"

"我现在暂住在隐岐守大人府上。"

"原来如此……"

"我漫无目的在城中转悠，结果看见了你，便跟了过来。"

"既然如此，为何不早点上来打招呼？"

"刚要打招呼，你却突然脱得一丝不挂。"

"啊，讨厌……"

"还不上来吗？"

"好的。"

阿江上了岸边，却不见羞涩扭捏。

又五郎也不以为怪。

他们屡次一共执行忍者任务，简直意识不到男女的性别之差了。

阿江擦干身体，从行李中找出换洗衣服穿上，将之前穿的汗渍斑斑的衣服浸入河中。

"又五郎大人知道我的事？"

"噢，听说了。你只身一人去追一名甲贺忍者……"

“是。”

“还没斩草除根？”

“人间的仇恨，在忍者身上格外根深蒂固。”

“嗯……”

“干脆让我落入那甲贺忍者手中吧，那就一了百了……”

“要是你现在死了，我就麻烦了。”

“真的？”

“不必再问了吧？”

阿江沉默了，开始搓洗泡在河水中的衣服。

又五郎默默盯着阿江的后背，须臾问道：“你来浜松城吧？”

“不要紧吗？”

“我还想给你讲讲向井佐平次的事。”

“啊……佐平次没事儿吧？”

“现在在岩柜城呢。”

“伤好了吗？”

“像是好了。说是被源二郎公子当成玩伴儿了呢。”

“把佐平次？”

“嗯。好像情投意合。”

“这可太好了……可是，早知道又五郎大人在浜松，我就不必如此巴巴地尾随织田军来这里了。”

“你不是在追踪甲贺忍者吗？”

“跟丢了。”

“你追杀的甲贺忍者叫什么名字？”

“猫田与助。”

"噢……"

壶谷又五郎一副寻常的武士打扮。

"来，走吧！"

他催促阿江道。

"能见到你太好了。我明日便要回岩柜了。"

"那我们一起？"

"不，你好不容易来到这里，就跟着信长去安土吧。任何事都行，你把你所见到的事情逐一通知我。当然，随后我会再派三个人帮你，如何？"

"这倒没问题……"

"好，那就定了。这往后信长还必须解决攻打中国地方和四国的事情……而且听说三河守（家康）也将被信长请到安土。这次的忍者任务虽不是为了打仗，但情报也是多多益善。真田殿下或进或退，都将据此作出准确无误的判断。"

"嗯，我们的情报会对真田殿下有价值的，对吧？"

"的确如此。"

两人在黑暗中对望着，都冲着对方用力点了点头。

自己作为忍者所发挥的作用，不会被安房守"轻视"……

身为忍者，无论是又五郎还是阿江，都格外心满意足。

他们那种于超乎常人想象的磨炼中养成的激情，在这样的交流中熊熊燃烧着。

在这一点上，无论是又五郎还是阿江都从真田昌幸身上看到了已故武田信玄的影子。

信玄死后，武田家的谍报网急剧崩溃。

武田胜赖认为忍者的活动是"卑贱"的。

这一点可以说和他伟大的父亲信玄背道而驰。

"武将不应该通过忍者的帮助取得胜利。"

这就是胜赖的看法。

不为主人所用，又五郎他们的活动自然就衰减了。

他们不能像信玄时代那样随意开销，而且拼上性命弄来的情报"左手进右手出"地被弃之一旁，所以武田忍者的干劲和斗志也逐渐被丢掉了。

壶谷又五郎与阿江被真田昌幸借到上州且就此留下，就是因为"他们也不对少主（胜赖）抱什么希望了"……

"喂，走吧！"又五郎温情脉脉地招呼阿江道，"安土一事悠着来就行，在隐岐守大人府上先歇上三天吧。姊山甚八也在，我们三人就今后事宜好好商量一下吧。"

第捌话

话说，日本的所谓"忍术"到底有怎样的来历呢？

由于"忍兵法"的特性，具体事宜自然不甚明了。

虽然有着五花八门的资料，但其中大部分都因战乱亡佚，直至太平的江户时代才有所记录，故不能一概采信。

远古时代，日本的文化从南洋诸国和中华上国被远涉重洋，携带进来。盔甲、兵器、战术……无不如此。

由此观之，一个国家的历史只怕同时又会是一部战乱史吧？

忍术是兵法的一种。五花八门的文明和乱七八糟的人员来到日本，随着交流的加深，无疑有一种特殊的兵法在日本落地扎根，得到发展。这便是独成一家的"忍术"。

说到"忍术"，通常认为"甲贺"和"伊贺"这两个流派便足以代表，但实际上还存有许多流派。如前所述，武田信玄便是从木曾、甲斐山间的伊那谷等地选拔土著忍者，造就了堪称古今无双的间谍网。

壶谷又五郎便是这"伊那忍者"中的一个。

此事暂且按下不表，且说甲贺、伊贺两地的忍术何以竟会享誉于世呢？

"甲贺、伊贺自古便靠近战争的中心地带——京都，因之，纵然是不情愿，他们亦会被卷进战争。所以他们不仅在技术上精雕细刻，结构上也日渐壮大起来。"

阿江的父亲马杉市藏曾对少女时代的阿江如此讲述道。

京都自远古时期便是日本的首都。

只要控制了首都，便是控制了日本。

甲贺和伊贺毗邻，中间仅隔一山，距离当时的首都京都只有二十里地。

甲贺、伊贺被群山环抱，均是易隐易守之地。特别是甲贺，位于近江国东南，自古便开辟了贯通京都、奈良、伊势等政治经济中心的通道，山岳和河川以自然之险守卫着甲贺地区。

于是，掌控该地区的豪强应运而生。

那便是人称"甲贺武士"的一伙人了。往昔，甲贺武士受皇室庇护，奉命守护甲贺地区供奉的诸多神社，跟所谓的各方权势皆无瓜葛。据说他们只在天皇和皇室发生非常事件时才参加战斗，平常则从事农耕，一边维护当地的安泰一边致力于忍术修炼。

"不过，现在的天下已非当时……"马杉市藏暗暗寻思着，"无论喜欢与否……"

为保卫自己的土地，甲贺武士们必须拿起武器战斗。

守护大名的权利之争，始于第八代将军足利义政。十一年间，以京都为中心，激烈的战斗周而复始、从未停息。

首都化为灰烬，世道变得如地狱一般……

之后，直至天正十年的今天，历时一百一十余年，日本各地战乱四起，全无间断。

拥立足利将军、操纵室町幕府政治的大名们相互厮杀，将军和朝廷的威势由此日渐衰落，诸国的豪强和武士们各自为政，开始了彼此间的攻防争夺。

甲贺武士团主要协助近江国的守护大名六角氏战斗，同时又跟随恩泽甲贺地区、守护甲贺的大名来对抗足利将军。

永正七年（1510年）二月，细川高国的大军曾受足利将军之命进攻甲贺，甲贺武士迎战并击退了他们。

甲贺武士的忍术总会得到淋漓尽致的发挥。

"当时我父亲只不过是个十三岁的少年，据说他曾来都城哨探、潜入敌人阵地，出色地完成了忍者任务呢。"

马杉市藏曾经讲给阿江听。

阿江没有见过祖父马杉调兵卫。

调兵卫从儿子市藏五岁起便开始教他忍术。

"忍者嘛，就算在黑暗中也必须能看见东西。必须像鸟儿一样飞起来、像野兽一样奔跑。所以忍者要成为与野兽、鸟儿相同的生物。"

从一开始，父亲便对市藏这样说道。

而且，市藏让唯一的女儿阿江做女忍者时，也说过相同的话。

阿江当时七岁。就在前一年，她的母亲病亡了。

许是妻子离世的缘故，市藏下定决心让阿江当女忍者。

听说以前市藏常给阿江脱光衣服，一边摩挲着她的四肢、腹部、腰部一边说道："这样的身体，没准儿能成为出色的女忍者呢，是吧？"

　　不肯答应的妻子死了，所以市藏劝阿江道："你也想永远陪着父亲吧？所以，做女忍者吧。"

　　阿江稀里糊涂地答应了。

　　市藏倒是很高兴。

　　首先从呼吸调整训练入手。

　　在鼻尖上放一根线头，直到能让那线头不掉下来地四处走动。这确实是一场严酷的训练。

　　"如今想来，也不觉得十分辛苦……"

　　阿江有一次对壶谷又五郎说道。

　　而又五郎则回复道："这个嘛，那是因为女忍者的训练方式是另一回事。你父亲市藏阁下肯定对此了如指掌。我是无论如何也做不来的……"

　　总之，调整呼吸训练是忍术的根本。

　　倘若不能"游刃有余"地操纵自己的呼吸，便会一事无成。

　　潜伏也好、奔跑也好、格斗也好……一切皆由呼吸左右。

　　马杉市藏教导阿江果断地进行呼吸，如此一来，"身体便会散发芳香，会产生气场"。

　　这是事实。

第玖话

阿江之父马杉市藏本是甲贺豪族大和守山中俊房的手下。

他为何要离开甲贺，成为武田家直属的忍者呢……

我想简单讲述一下个中缘由，进而还会讲到甲贺忍者的情况，而且也与如今当了真田草者的阿江相互关联。

大和守山中俊房家很早以前便在甲贺定居，可以说在甲贺的豪族中占有最重的分量。

山中家世代担任成为伊势大神宫领地的柏木乡的地方官，同时还兼任"铃鹿山守护"一职。

新建神社八幡宫作为近江国甲贺郡柏木乡的总神社远近闻名，山中大和守的府邸便在其附近。

走过架在樵川河上的羽根桥便到了府邸门前，府邸背靠饭道山之险，修筑着二町①长的石头围墙，格局壮观。

---

① 日本的长度单位，1公里等于9.167町。1町相当于60间，约109.09米。

甲贺忍者分由各个豪族统辖，山中家的忍者就是山中忍者，而伴家的忍者则是伴忍者。

阿江对甲贺这地方不甚了解。

她不知道亡父自少年时代便闭门修行的饭道山，更不知道山中府邸。

"头领大人……"

马杉市藏如此称呼山中大和守。

"接受头领大人的指示之时，便去后院角落处的一棵大银杏树下静候，于是嘛，银杏树前的土仓房的白墙便会打开一尺宽，头领大人露出脸来，给我们下达指令。"

市藏对阿江讲道。

即便是从曾祖父时代便做了山中忍者的马杉市藏，也只有那个时候才会见到自己尊为"头领"的山中大和守。

在山中府邸里面也只能看见从门到后院的通道。

据说上一代和上上一代的大和守时期都是如此。

就这样……不久，战乱时代出现了剧变！

大势力间的较量日趋明朗，人们甚至开始期待有人会在什么时候总揽天下大权。

同时，深谙忍术重要性的诸方大名争相从甲贺和伊贺地区雇用忍者。

甲贺武士们也不能仅仅指望势力衰落的六角氏——佐佐木家。

其中虽也有像杉谷家那样决意永远与六角氏同呼吸共命运的甲贺武士，但大部分的豪族以山中大和守为中心团结一致，向各国派遣间谍，参照间谍的反馈，选拔忍者送到有威势的大名与武将那里。

自不待言，他们会由此获得丰厚的报酬。同时，他们又盘算着："无论哪位大名夺得天下，甲贺都会平安无事……"

而伊贺忍者似乎从那时便失去了甲贺的那种团结，开始各自为营，分头从事忍者活动，同为伊贺忍者却拼命残杀的事情更屡见不鲜。

也许是因为伊贺没有背负那样的风土与历史，也许还因为伊贺自古便不像甲贺那样奉敕命执行守护土地、山脉和神社的任务。

总之，山中忍者马杉市藏三十余年前被武田家雇用，包括别家忍者，总共有二十余人奔赴甲斐。这都是奉甲贺的头领之命。

当时的武田信玄风华正茂，将父亲信虎流放，掌控了武田家的家业，正积极准备打进信州。

那恰是武田家跟真田家"誓结同盟"前后之事。

信玄认识到自身的谍报网尚不完备，遂想让武田忍者和甲斐忍者共同执行任务，以此促进忍术发展，使组织得以齐整。

为此，信玄支付给甲贺大笔酬金。

甲贺还往与武田家有姻亲关系的骏河太守今川义元处派出忍者。

那是马杉市藏被雇用到武田家之前的事……

今川义元准备肃清困守在安祥城里的织田军，将侵吞三河国的织田家撵出去。

当时，山中大和守叫来市藏，从那面白墙上的"隐窗"中露出脸道："决定将你派向甲斐了，抱歉……但今川家无论如何都想求得武艺高超的战争忍者。甲斐回头再说吧，我想让你立即去今川家。"

市藏带着四名武艺高超的忍者奔赴今川家，指挥先前到今川家的十名甲贺忍者巧妙扮成农夫，应征织田方的军队，以足轻身份打入安祥城。

看清此事以后，今川军发动了总攻。

马杉市藏等甲贺忍者在城内将今川军引进去，从内部给城正门的木门放上火，搅乱了城内的织田军。

安祥城的织田军全军覆没。

当时，织田家的主君尚非信长，而是信长之父——织田信秀。

谁都不会料到，信秀一年后便死去了，而继承家业的织田信长竟然在桶狭间奇袭今川义元，带回了这位大名的首级。

这时，时代再度剧变。

马杉市藏已经在武田家落地生根。

他娶了妻子，生下阿江。

被雇用到武田家的甲贺忍者是武田与甲贺的所谓交易。

甲贺拿到报酬，向武田信玄提供忍术。

他们既不以武田家为敌，也不尊其为主人。

然而，马杉市藏娶了甲斐国的女子为妻，甚至生下孩子，这又是怎么回事？

市藏之妻即阿江之母，是壶谷又五郎的远亲。

这样看来，也可以说又五郎和阿江有些微的血缘关系。

市藏和跟武田忍者有姻亲关系的女子结为夫妇，甚至有了孩子，这对山中大和守来说可算不上什么"高兴事儿"。

若是潜入敌方，跟敌方女人结为夫妇麻痹敌人，通过这种方式获得敌方情报，那不能不说理应如此。

但是，这件事跟那种情况全不相干。

收到甲贺的指令之后，市藏他们本该全体撤离武田家，但娶妻生子了便覆水难收，只得融入武田家了。

果不其然，那个时刻来了。

那之后，织田信长以破竹之势攻取了岐阜城（稻叶山城），拿下尾张、美浓等大国，使山中大和守瞠目结舌。

信长趁热打铁，巧妙发挥外交、战略、建设等精妙之处，迫近了近江国。

至此，山中大和守综合多方形势，考虑到织田信长得天独厚的丰饶领国以及位于距离都城京都最近的地区、坐拥有利地形等因素，认真权衡之后，判明"天下恐怕终归要属于织田"。

山中大和守开始倾尽全力接近信长。

对忍者评价不高的信长，之所以会接纳山中大和守，完全是因为他认可大和守的工作与功绩。

这时，山中大和守对派入武田家的甲贺忍者下达密令，命他们撤回。

一天夜里，甲贺忍者们一起撤离古府中城邑回到甲贺。

当时有四名忍者没有回去。

其中一人便是马杉市藏，其他三人也都为后来的武田家效命，全都死了。

这意味着什么呢？

第拾话

"那时候的武田忍者们的体内流淌着热血。"

市藏说道。不仅如此，他还对阿江这样说过——

"忍者也有常人之血。过去的甲贺忍者也流淌着热血，可如今，那血冷了。"

市藏倒没有对阿江啰里啰唆地讲述过。

但如今看来，阿江也理解了父亲不回甲贺的缘由。

随着战乱接近尾声，甲贺的头领们不再像从前那样密切协作。

他们开始分别投靠自己想投靠的地方……

之所以如此，或许也是因为他们各持己见，认为"这才是一统天下的人物"，彼此看中的大名各不相同。

另外，还有的甲贺武士像杉谷家那样"做好了灭亡的心理准备……"与六角氏佐佐木义贤（近江观音寺城主）同仇敌忾，执意要取信长首级。

如此一来，杉谷家也与同为甲贺武士的山中大和守成了对头。

过去，纵有敌我之分，但甲贺武士们总是将目标凝成一个，故未曾出现相互战斗、彼此伤害的事——他们彼此互传情报、心意相通，所从事的间谍活动都是要"保卫"甲贺。

然而，这些年来，山中忍者和杉谷忍者拼上性命相互厮杀之事屡见不鲜。

如果一个人杀了另一个人，仇恨和憎恶自会随之而来。

同为甲贺忍者，却不能再彼此信赖……

十二年前的元龟元年之夏，织田信长为征服北近江而出兵姊川，跟浅井、朝仓联军开战。

当时，佐佐木义贤被信长打退至观音寺城，杉谷家的首领杉谷信正率手下忍者奔赴姊川战场进行谍战。

不消说，织田方的山中大和守不会袖手旁观。

山中忍者同样奔赴了战场。

据说，甲贺忍者在此地展开了惨烈的厮杀。

杉谷忍者自头领以下，全体被灭于姊川。

甲贺大小五十余家头领之间走到这一步，在同一头领手下效劳的忍者们的热血，最终也变冷了……

头领们开始心生疑念，猜忌属下，怀疑他们到底会不会不离不弃地为自己效命。律令由此变得严苛。有的时候，别的忍者甚至会秘密监视忍者执行任务，密报给头领。

这样一来，纵是同家忍者，彼此间也"不再轻易信任对方"了。

然而，信玄在世之时的武田忍者又如何呢？他们团结一致，对从甲贺派来的忍者们毫不吝啬地展示技艺，同时又希望向甲贺忍者学习。

在信玄的亲身率领之下，忍者组织日益完备。

不知不觉之间，甲贺忍者找回了久违的活力，也能够体味到大笑的快感了。

可以说，这全因武田信玄对完成间谍网络投入了满腔热情。

信玄在古府中居馆内的"御休憩所"里将忍者叫到读经间的地板下面。有时候，他会招呼忍者"上到"读经间里，听取他们的报告，发出指令。

就连信玄喜爱的侍童真田昌幸都不曾进过这读经间。

如果有必要，就连从甲贺来的忍者，信玄也会毫不介意地说："叫进来！"

马杉市藏就曾多次与信玄二人交谈。

这在自己那个从白墙的"隐窗"中露出眉毛纹丝不动的冷峻面孔与锐利眼睛发号施令的头领那里是万万看不到的。

由于信玄的这类举措，武田家的忍者们从未被类似于"不能对忍者放松警惕，这些卑鄙的东西"的目光审度过。

从执行的任务上来说，他们虽然不能像正规的随从那样服役，待遇却是相同的。

久而久之，甲贺忍者忘却了被花钱雇用的身份，执行起任务。如此一来，"不可传授"的忍术也教给了武田忍者。

山中大和守之所以会认为"这样不行"，大概是因为派去武田家的忍者中有人向大和守告密了。

大和守秘密下达了全体撤离的命令。结果，除了马杉市藏，还有几名忍者背叛了他。

他们毅然决然做了甲贺的叛徒。

山中大和守绝不能让市藏他们再活下去。

彻底变成"武田忍者"的马杉市藏他们跟甲贺的山中忍者展开了一场不同于"官方忍者任务"的厮杀。

这场厮杀一直持续至今……直到市藏他们全部死去的今天，仍由唯一一名继承了甲贺山中忍者血统的阿江和山中忍者继续进行。

"忍者也是常人之子，热血一旦冷了，便不能再执行真正的忍者任务——这是我来武田家之后领悟到的。"

马杉市藏曾对阿江如此道过。

壶谷又五郎与阿江在信玄死后当了真田草者的心情，只怕正是和市藏相同。

四月十七日。

织田信长从浜松出发，是夜住在吉田，赐家康重臣酒井忠次长刀一柄外加黄金二百枚，另对之前为招待自己四处奔波的德川家臣分别予以赏赐。

信长并非只知索取、不懂给予的统帅。

二十日进入岐阜的信长辞别担任岐阜城主的长子信忠，四月二十一日傍晚凯旋安土本城。

同一天早晨，在浜松城邑真田隐岐守府上从容休养的阿江被壶谷又五郎送走。她和姊山甚八一起离开了浜松。

第拾壹话

那一夜，阿江又梦到了向井佐平次。

那不是寻常的梦。

阿江经常试图想象佐平次现在在岩柜城里做什么……

对佐平次，阿江只是把他当成弟弟去想象。但最近，在每天晚上做的梦里，佐平次恍然成了另一个人。

梦中的佐平次就连身体都判若他人。佐平次健壮厚实的胸肌上生着浓密的体毛。脸虽然是佐平次的模样，却失去了十九岁的青春朝气，眼神似乎锐利而狡诈。他竟然厚着脸皮对阿江动手动脚！

他伸出粗壮的手臂剥掉拼死反抗的阿江的窄袖和服，厚颜无耻地将阿江死死抱住。

佐平次的口中伸出野兽般又大又红的舌头。

若说与现实不同，那梦中的自己也与现实不一样了。

自己抽抽噎噎地哭泣着，弱不禁风；自己被佐平次压倒，被他玩弄，几乎要被他蹂躏得粉身碎骨……

为什么会做那样的梦呢？而且是非做不可？

醒来之后，阿江回想着梦中的自己，百思不得其解。

她听人说过，梦会以一种出人意料的形式，展现出自己隐藏在心底的想法。

果真如此吗？

此刻的阿江委实没有把佐平次当成情欲对象的念头。

然而，佐平次每晚都会出现在梦中，随心所欲地凌辱阿江，然后狂笑着离去。

醒来时，阿江每每大汗淋漓。一想到梦中的挣扎竟会留在身体上到这种程度，她便会连苦笑都消失得无影无踪。

这一夜，除了佐平次还有另外一个男人出现在阿江的梦里。

阿江赤身裸体，佐平次抓住她的头发，一边叫嚷着什么一边拖着她在昏暗的卧房里来回折腾。

因为是梦，所以头发怎么揪都不觉得疼。

"这也受得住吗……这也受得住吗……"

昂扬的佐平次狠狠踩向阿江的乳房。

阿江紧紧抓住佐平次的脚，一边把脸贴上去一边斜着眼睛看向卧房的一隅。

角落里，烛台上的烛光浅浅地映出一个男人的身影。

阿江的目光再也没有从那个男人的侧脸上移开哪怕片刻，任由佐平次蹂躏着自己的身体。

"快点啊……快点啊……"

阿江等着男人往这边看。

她莫非是想让那男人看到屈服于佐平次暴力之下的自己？

可是，男人冷冷地背对着他，不往这边看一眼。

"走开！"

阿江被男人不肯看自己的懊恼激怒了，她激动起来，终于忍无可忍地奋力推开向井佐平次。

于是，佐平次那样充满男性力量的身体竟然轻而易举地被撞飞，被卧房对面张着黑色嘴巴的洞穴样的东西吸了进去……

那一瞬间，男人回过了头。

男人的脸苦涩地扭曲着，盛满了哀伤。

看到那张脸，阿江发出异样的喊声。

可以称之为喜悦的喊声。

阿江被梦中的喊声惊醒了。

烛台上的火苗在微弱地跳跃着。

蒿草屋顶下面，一间铺了地板的房间盛满了静谧的雨声。

"啊……"

阿江抬起上半身。她的睡衣凌乱不堪，跟往常一样裸露着大汗淋漓的乳房。

阿江茫然若失，许久没有动。

想起出现在今夜梦中的男人的脸，阿江似乎明白了一切。

她感觉自己窥见了不想见到的、拼命要将视线移开的深渊。

"喂……喂……"

阿江察觉隐梯下面传来权左的声音。

"喂，阿江……"

"哎，我这就起来。"

"姊山甚八回来了！"

“哦？”

松开悬在梁上的网，隐梯便吱吱嘎嘎地垂了下来。

这里是距京都二里左右的下久我村百姓权左的家。

权左不是寻常百姓。

十五年前，一名武田忍者千里迢迢离开甲斐国来到这里。

经过壶谷又五郎、又五郎亡父草庵等人的核计，那名武田忍者以下久我村百姓的身份定居在这里。

不消说，这里乃武田忍者的“忍宿”。

十余年来，权左不断将上面的形势变化报送武田家。

如今武田家灭亡了，壶谷又五郎早就想让下久我的忍者小屋为真田家效力。

权左是壶谷家的下属忍者，听候又五郎的调遣。

知道下久我忍宿的武田忍者除了又五郎和阿江应该还有五六个人，他们几乎死光了。

和姊山甚八一起离开浜松城邑的阿江住进这户人家已近半月。

姊山甚八在安土辞别了阿江。

他为的是打探织田信长凯旋安土城之后的动向。

因为安土是开放式城邑，所以对从他国进入的商人监管得并不严格。

据说，如果想住在安土，当天便可住下。

那以后，甚八来过下久我的忍者小屋两次，说安土没有什么特别的异常状况。

织田信长离开浜松二十余日之后，德川家康应信长之邀离开浜松，去了安土。阿江只听到了这一件事情。

回到安土城的信长准备隆重招待随后赶来的家康，他似乎为此绞尽了脑汁，。

今、明两日之内，德川家康一行便会抵达安土。

"甚八来啦？"

从安土赶回来的姊山甚八告诉沿隐梯下来的阿江："终于快了。"

"信长要发兵中国地方？"

"没错。"

听说德川家康一行已于前天（五月十五日）抵达梅雨纷纷的安土城——动作快得出人意料。

织田信长派家臣丹羽长秀去近江的番场修筑家康一行的驿馆。

安土城为准备欢迎家康而热闹非凡。为了征调招待家康的新鲜鱼贝菜蔬、珍馐美馔，信长特意派出家臣去四面八方奔忙。

日向守明智光秀奉命接待家康。

对当时正慨叹"怀才不遇"的明智光秀来说，这项任务不能不说非常光荣。

信长原打算十八、十九、二十三日在安土城大摆穷尽奢华的酒宴招待家康，亲自抚慰他。

然而，十七日下午——也就是当天下午，出兵中国地方与毛利军作战的羽柴秀吉突然派急使奔赴安土城，求见主公织田信长。

"仅我一人难以将他们拿下，叩请大将军亲自出马。"

秀吉如是报告道。

他的意思是说，除非信长亲自出马，否则无法战胜毛利。

第拾贰话

这年四月，羽柴秀吉以备前的冈山作为进攻中国地方的根据地，对备中发起进攻。

现在，秀吉包围了备中的高松城。

秀吉在城的四周筑了堤坝，将蓄起的河水引进来，所以高松城变成浮在湖沼中的状态，城兵们陷入饥饿。

高松城里困着毛利方的猛将清水宗治率领的五千士兵，围城的羽柴军有三万余人，城兵们一筹莫展。

毛利家以主公毛利辉元为首，同族的小早川隆景、吉川元春共同组编大军，放言"不能见死不救"，正准备出兵。

羽柴秀吉"正在等待这个时机"……

尽管请求刚刚攻取甲州班师的主公织田信长出马有点对不住他，但秀吉凭直觉认为此时还是请信长率大军一鼓作气进行决战的好。他下定了决心。

信长的主力部队在甲州几乎毫发无损。

秀吉认为信长"轻轻松松打了个大胜仗，肯定不累"。

总之，信长正在胜利的劲头上，士气正盛。

眼下若由大将军亲自出马，取胜自是易如反掌之事——秀吉的直觉从决断转为信念。

果然，接到秀吉恳请的信长兴高采烈："嗯，果然需要我亲自出马了啊？"

甲州大捷使得信长英气倍增，立刻对秀吉的使者说道："好吧，你回去通知猴子吧！"

年轻时的秀吉既无名气也无身份，只是一个无名小卒，信长让他在自己左右听差，最终将他培养成堪称左膀右臂的武将。

秀吉自被叫做"藤吉郎"的年轻时节起，便是一张布满皱纹的老脸，身材干瘪瘦小。信长习惯叫他"老鼠"或"猴子"。哪怕秀吉如今已是城主，信长依然不避讳使用这种爱称。

秀吉也毫不在乎。

秀吉确实是员武将，但他臂力很小。他绝对不会亲自一马当先地挥枪作战。

秀吉以敏锐无比的头脑取代臂力作为武器。

他指挥大军作战的情形连信长都为之瞠目。

即便开战，秀吉也尽量将流血控制在最小范围之内。对待敌人，他巧妙利用主公信长近年的磅礴气势，以怀柔取代战争。

面对任何事情都不拘一格、开朗豪爽的秀吉时，无论情愿与否，所有的人都会被秀吉的人格魅力吸引。

就连信长也是如此。

信长暴躁的坏脾气到了秀吉面前便会失去威力。

信长动辄破口大骂，最近倒是不再这样了，但以前甚至曾用扇子狠狠敲打秀吉的头，而秀吉也不怕难堪，抱头说道："好痛！"

听见这么一句话，再加上看到"猴子"当时的表情，信长登时就无语了。

秀吉只消信长的一个眼神，便能揣测出他的意图。

秀吉敏捷得"简直让人痛快"……

而且，秀吉忠实地执行信长的命令。

世子信忠也对秀吉寄予深厚的信赖，在辅佐终将继承自己衣钵成为"执掌天下之人"的信忠这件事上，信长甚至认定"没有一人比得上猴子"。

家康提出即刻返回浜松，让信长准备出征。信长劝家康将京都、大坂、堺等地畅游一番之后再回去，自己等其回去后再出兵不迟。他先将家康进献的两千两黄金回赠一千两，说给家康"做游玩京都的资费"，还专门派家臣长谷川秀一给家康一行做向导。

信长决定盛情款待家康三日，等家康离开安土上京参观之后再出征。信长对家康周到细致得到了这般程度。

反过头来，信长解除了奉命接待家康的明智光秀的职务，下令道："日向守火速回城担任进攻中国地方的先锋！"

堀秀政取代光秀负责接待家康。

姊山甚八告诉阿江：明智光秀立刻带着家臣们回到了近江坂本的居城。

"果然……"

"阿江，我们怎么办？"

"不管怎样，我们三人必须跟紧了……"

“不行，我们也跟随织田大军从这里去中国地方的话，人手就远远不够了。必须报告壶谷又五郎大人再派三人……”

“能马上联系到又五郎大人吗？”

“去浜松的话，就能联系上。”

“那你能替我跑一趟吗？”

“明白。”

“我来监视信长的动向。又不是真田家与信长开战，一切都可以从容行事。”

“确实。”

“我只求第一时间将中国地方毛利军的作战状况和结果报告给真田殿下，所以……”

“没错……”

“小菜一碟。”

阿江自信地冲着甚八笑了。

“我也来帮忙……”

权左开口道。

权左是位年老的忍者，已经年近六十，但他不同于常人，腰腿都很硬朗，眼睛和耳朵也很灵光。

“不，权左不能离开此地。如果权左不能坚持做下久我的百姓，这忍宿也就派不上用场了。”

权左点了点头。

“那就赶紧动身去浜松吧，甚八。”

“明白。”

“一起到安土吧，我来跟踪信长。”

第拾叁话

人们能够买卖非必需的食物，不外乎表明战火已然平息。

天正十年六月一日早晨，阿江离开了下久我忍宿，去往京都。

这段日子阿江两三天回一趟下久我，然后再次离开。

每次他都化装成商贩或农妇，盯紧信长一行。

织田信长已于二十九日抵达京都。他只带了百余名近臣住在本能寺，似乎要等待后续大军汇集到京都、大坂之后再出征中国地方。

从信长的这种态度中可以明显感受到"京都简直和自家院子一样……"的从容。

被信长任命为出征中国地方的明智光秀、细川忠兴、筒井顺庆、池田恒兴诸将分别在各自的居城作紧急出征准备。

在此期间，信长携儿子信忠与朝臣们及八方名士尽情地把酒言欢。信忠也率五百余名随从进驻京都三条衣棚的妙觉寺。

信忠的大军也将很快从岐阜抵达京都。

化装成农妇的阿江一边沿途叩拜从安土赶赴京都的织田信长一边始终紧盯着他。

当时的信长仅带了约五十名近臣，身着华丽的夏季窄袖和服，头戴饰有羽毛的黑天鹅绒南蛮国舶来帽，出征的样子仿若要去郊游。

信长住宿的本能寺位于四条西洞院，占地南北二百米，东西一百米，周围环绕着简易的防御墙，里面筑了土堤，修有木门。

不消说，这是要防范人的进出，一切都是"城防布局"。

除了佛殿、客殿等处，信长还设计了供自己起居的居馆及大型马厩，随时可供大约二百人的队伍宿营。

六月一日早上，阿江在篮子里装上茄子、白瓜、豇豆等菜蔬，扮成卖东西的农妇。正准备离开忍宿时，权左问道："姊山甚八还没回来？"

"这两天就该回来了。"

"我担心……"

"没事儿，我们如今是真田家的草者。与织田信长作战的甲斐武田已经彻底完蛋，真田安房守大人必须在信长旗下生存。权左，短短一年之间，天下就变成这番模样了啊。"

"是、是……"

"所以说，真田家往后必须仰仗信长才能生存。真田家必须顺应信长的心意，受到信长的瞩目，必须尽可能向上发展。"

"说的是啊！"

"为此，我们必须提前弄清楚织田信长大将军的处事方式，必须彻底了解信长体内流着什么样的血，必须掌握信长的作战状况，为安房守大人今后的功名效力。"

"是、是。"

"这次我跟着信长去中国地方，为的也是这个。"

"我懂了。"

"可是，若身在浜松的壶谷又五郎大人说不必做那样的事，我们可能也要回岩柜城了。"

"那样一来，这个家就变冷清了呢。"

"没事儿。今后天下的发展趋势将以京都为中心吧？这处忍宿的作用会越来越重要。权左也要长命百岁，为我们……不，为真田殿下效命。"

"是，是。"

阿江离开下久我抵达京都城，可能是辰时下刻左右（上午九时）的事情。

梅雨季节的天空明亮了些许。

今天一定不会下雨了吧……阿江心想。

进京的要隘处设了木门，适逢织田信长在京逗留京都所司代村井贞胜戒备森严。

但是，根据信长的意向，这里对商贩及百姓的出入十分宽容。

自从信长开始整肃天皇的居住地京都的治安及行政以来，因害怕战火而暂时退避出去的百姓们陆续返回。

城里的大街上生机勃勃，甚至出现了卖米饭和烤鱼之类东西的"饭铺"。

人们能够买卖非必需的食物，不外乎表明战火已然平息。

信长的老将羽柴秀吉此时正跟中国地方的毛利军作战一事，仿佛全然跟京都的百姓无关，他们都认为信长击败毛利军、再度取得辉煌胜利是"理所当然"之事。

第拾肆话

阿江三番五次地在本能寺周围边走边看。

明智光秀完成了出征准备，从近江坂本去了丹波龟山。当日，他派既是女婿又是第一重臣的明智秀满去了一趟本能寺，让他向信长打听出征中国地方的时日。

信长说道："明、后两日内，让日向守挑个方便的时候出兵吧。"

心领神会的明智秀满带着七名随从离开本能寺，快马加鞭向丹波龟山疾驰而去。

阿江看到了这一幕，很快推测出明智秀满是要来询问出征时间。

明智光秀率一万三千军队准备从丹波龟山城出征，从龟山城越过老坂山之后便与京都近在咫尺，两地相距仅五里有余。

自这日早晨，造访下榻本能寺的织田信长的来客便络绎不绝。

以受正亲町天皇委托出任关白兼太政大臣的实权重臣近卫前久为首，甘露寺经元、劝修寺晴丰等四十余名朝廷官员和知名僧人以及京都周边的豪族全都前来刺探信长的意向。

近来，京都满城风雨，谣传天皇曾透露内心的想法——

"眼下这种情况，干脆任命织田信长为将军，让他开设幕府，治理天下吧……"

看来，天皇和朝廷要彻底抛弃那个被信长流放的徒有虚名的足利义昭将军了。

尽管无从知晓信长作何打算，但当日信长与近卫、甘露寺、劝修寺三名朝臣在本能寺客殿里进行了长时间的密谈。

密谈结束后，信长回到大书院，等他开始按照岛井宗室等茶道师的礼法举行茶会之时，阿江觉得这一天该收场了，遂远远地离开了本能寺。

阿江猜测信长从京都出征的时间将是四日或五日的早晨。

那之前，姊山甚八会带着三四名草者返回下久我的"忍宿"吧。

总之，这回的任务不是什么命悬一线的忍者活动。

因此，阿江的心情也变得轻松愉悦。

今夜一定会有甚八的消息——阿江心想。

所以，本打算回下久我的阿江决定再去岐阜中将（织田信忠）居住的妙觉寺附近转转。她并没有意识到这梅雨时节间或放亮的晴好已近黄昏。

重作打算之后，阿江沿着本能寺北侧来到六角大街，往室町街方向走去。

离室町大街越来越近，沿街人家也多了起来。

阿江边走边将篮子里剩余的菜蔬贱卖掉。

阿江打算沿常乐寺院落北侧的土墙走到室町大街上。

"啊……"

她像飞鸟一样隐身到了人群中。

这是因为她看到了大约十米前方的室町大街上的一个男人。

真不愧是拥有女忍者的眼睛。

男人的脸仿佛从相隔十米的对面离开他的身体飞入阿江眼中一般。

男人浑然不觉。

那是一个蓬头垢面、脸埋在乱蓬蓬的发须之间的流浪乞丐。他左手抱着在路上睡觉时盖在头上的蓑草，右手拿着拐杖，蹒跚的走路姿势看上去足有六七十岁，但这男人应该刚过四十。

这汉子便是甲贺的山中忍者——猫田与助。

与助想要追杀欲助负伤的向井佐平次从甲斐逃往岩柜的阿江，不料却被阿江和真田草者反戈一击，所以藏了起来。

阿江只身一人追杀这个与助，最终却跟丢了。

幸亏猫田与助没看见阿江。

阿江也觉得自己没被看到。

所以，她决定继续跟踪与助。

与助往前走去，几乎没有回头看过后面。

从去年春天开始，京都里的流浪乞丐多了起来。

这正是因为都市的繁华吧。

猫田与助沿着室町大街向北走去，当然，他的乞丐打扮是乔装。

室町大街可以说是当时京都的繁华主街。

五花八门的商家鳞次栉比。

前行方向的左侧是织田信忠下榻的妙觉寺的大屋顶。

过了一会儿……

猫田与助敏捷地扎进右侧的小路。

阿江没有立刻加快脚步。

与助走的小路通向临街人家的后院，若稀里糊涂地跑过去，没准儿会落入圈套……

阿江斜戴着桧皮斗笠，走近了那条小路。

因为时逢黄昏，往来穿梭的人很多。

阿江混在人群中环顾小路两侧的人家，她的心怦怦直跳。

小路右角上是扇师的家。

此刻，一个十七八岁的年轻人正将外面摆放的五颜六色的扇子和长柄团扇往店里收拾。

店里有位颜面儒雅的白发老翁正在往扇骨上打糨糊。

阿江认识这位年迈的扇师。

这老翁名叫新田庄左卫门，因为同为忍者，他曾与阿江之父马杉市藏等人一起被从山中家派往武田信玄身边。

后来，甲贺头领山中大和守下密令让他们撤退之时，新田庄左卫门忠实地执行了命令，与其他忍者一起逃回了甲贺。

既然庄左卫门在这里，那……

猫田与助无疑是进了扇师家的后门。

扇师家明摆着是甲贺山中忍者的"忍宿"。

阿江混在人群中从扇师家的门前走过，沿妙觉寺前面的十字路口拐向左边。

她一边假装弯下腰整理草鞋带子，一边从斗笠下面斜着眼睛打量扇师的房子。

没有人出来。

看不出有人追踪阿江。

——好吧！

阿江立即拿定了主意。

她选了另一条路，加快脚步返回了下久我。

回到下久我家中的阿江在后院洗了个澡，冲去汗水。

随后，她吃了权左预备的麦饭和浇了酱汤的烧茄子，继而走进了阁楼上的房间。

姊山甚八犹未归来。

权左觉得阿江好像累得睡着了。

次日凌晨一点左右，看到阿江顺着隐梯下来，权左瞪大眼睛，问道："你又要出去？"

阿江打扮得不似平常模样。

她堂而皇之地穿好便行鞋，外穿灰色窄袖上装，腰上别着短刀。

而且，阿江腋下还系着那个怕是装着忍者道具的皮囊。

"你这是要去哪里？"

"权左，不必担心。"

"可是……"

"这是我一人之事。"

"你说什么？"

"不过……"

"不过？"

"万一我到了夜里还没回来，请你转告姊山甚八。不，与其告诉甚八，不如直接转告给壶谷又五郎大人好了……"

"……"

"行吗？"

"啊？"

"就说阿江去斩断甲贺之网了……"

"去斩断……甲贺之网？"

"是的。"

"……"

权左倒吸一口冷气。

这位老者也隐约知道马杉市藏与阿江父女之事。

"那么……"

"万一……"

"别拦着我，权左！"

只留下这么一句话，阿江便消失在户外的黑夜里。

恰在这时……

明智光秀从丹波龟山城出发，率领一万三千余人的军队赶往老坂山。

他或许会作为攻打中国地方的先头部队上阵，可是这样说来还是有可疑之处。

"今、明两日之内，找个方便的时候出发吧。"

织田信长确实是这样下的命令。

若是这样，明智光秀完全没必要让一万数千人的部队深更半夜地赶路。

在下了老坂山半里左右的地方，有处名为沓掛的村庄。

道路在沓掛岔开，分为两条。

一条向东，渡过桂川通向京都。

一条向右拐，是从山崎经天神马场去中国地方的正常路线。

明智军爬上老坂山的时候，阿江正潜入京都的街道。

阿江正在顺着鸭川沿岸的街道向北行进。

这是一个闷热的黄昏的傍晚。

鸭川的河滩上飞着一两只萤火虫。

第拾伍话

倘使在路上出其不意地看到阿江，庄左卫门绝不会默默放她而去——她是甲贺山中家的叛徒，且曾亲手杀死了好几名昔日同僚。

最近，京都街上盖起很多二层楼房。

可以说，织田信长保障了京都的治安，京都一派百姓安居乐业、各司其职努力劳作的景象。

乞丐打扮的猫田与助进入的扇师家的房子也是一座木板屋顶的二层楼房。

虽是木板屋顶，但那是一处都城的商铺，所以铺着削得很漂亮的木板，上面还打着几根青竹格棂，用淡茶色的漆绳绑定。

拐过小路的阿江越过一排排房子后面的马路，藏身到路尽头处的竹丛中。

当时的京都以四条大街为中心，下京与皇宫北面（上京）商铺林立。

室町大街也是一样，到这附近再往北便是下京北侧了。大街上倒是房屋成排，但转到后面，被战火洗劫后的废墟依然如故，生长着大片的竹林与树丛。

阿江蹲在竹丛中一动不动。

然而，她的双手在无声地动作着，好像在做什么事。

到天空泛白大约还有两小时。

一丝风都没有，白天的热气尚未褪尽的黑暗沉闷地笼罩着四周。

很快……

阿江开始行动。她从竹丛中爬了出来，尽量屏住呼吸，一点一点地靠近扇师家的后院。

若她像常人那样自由呼吸，无论如何都会有动静，而且会散发体味。就算常人难以分辨，对手可是猫田与助和新田庄左卫门那样的资深忍者，根本无法骗过他们的感官。

另外，既然扇师的家是甲贺山中家的忍宿，那么为了防止敌人袭击与探察，房子里还不知道会有什么机关呢。

现在，阿江打算只身袭击扇师家。

不过，她的目标对手只有猫田与助一人。

她不想杀新田庄左卫门，但这种情况下势必要跟对方交手。

庄左卫门不会袖手旁观阿江袭击与助，他和与助都是山中大和守手下的忍者。

所以，倘使在路上出其不意地看到阿江，庄左卫门绝不会默默放她而去——她是甲贺山中家的叛徒，且曾亲手杀死了好几名昔日同僚。

不过，他倒不会执著到非要找出阿江决一胜负的程度。

阿江父亲马杉市藏在世时，山中大和守曾从甲贺派出多名忍者讨伐市藏他们。如今，市藏和其他叛徒都死光了，大和守尽管也下令"看到的话一定不能放过阿江"，但庄左卫门并不会专程追杀阿江。

可是，猫田与助这个人另当别论。

既然他也是一名听候头领差遣的忍者，就不该被允许擅自行动。倘若山中大和守对他说"随心所欲吧"这种话，那他或许扒拉着草根也要将阿江找出来，非要置她于死地不可。

这其中自有他的理由。

阿江也是一样，身为真田家的草者，又没有壶谷又五郎的命令，她大可不必杀死猫田与助，但她宁愿冒这样的危险也非杀他不可。阿江也有阿江的理由。

走出竹丛的阿江靠近了扇师家的墙根。

拂晓前的黑暗中，忽明忽暗地晃动着一点微弱的光。那是萤火虫。

身体伏在墙根的阿江手中不知何时拿了一根长五尺左右的细竹竿。

这是一种"伸缩钓竿"般的东西，尖端设有机关，细而结实的麻绳从竹竿尖端一直延长到阿江持竿的手上。

操纵这根麻绳带动竹竿尖端的机关，便可发挥多种功能。

竹竿上已经绑好一个包着油纸的小东西。

阿江从墙根外面将竹竿尖端伸进扇师家的地板下面。

纸包也就一握大小，里面包满火药。

包上附着一根浸透了油的绳子，阿江轻轻地、轻轻地将竹竿拉回手边，那绳子也随着竹竿尖端一起被拖回了手边。

阿江从拉回墙外的竹竿上取下油绳，将伸缩钓竿折成一节插进腰间。她重新调整呼吸，身体伏在那里，很长时间纹丝不动。

看到周围没有异常，阿江抬起上半身。

然后阿江再次返回竹丛，用打火器点燃了蜡烛。

接着，她再次竖起耳朵听了听周围的动静，调整好呼吸，回到墙根。

然后，她将烛火移向拿出墙外的油绳。

油绳冒着淡淡的火光往前燃烧。

前方的地板下面有包着油纸的火药。

也就是说，阿江打算用火药将扇师的家炸掉。

阿江慎重计算过下久我忍宿地下仓库里的火药分量。

正因为阿江对火药不太在行，所以才掂量了好多次。

别无他法了——最终，她下定决心。

就算她单身打入新田庄左卫门和猫田与助居住的忍宿，要取与助性命怕也比登天还难。

除了这二人，只怕还有其他山中忍者住在里面也未可知。

所以，阿江要用火药将扇师家炸掉。

如果这二人因此丧命就对不住了，但也未必一定如此。

睡在楼下的人可能会受到重创，但那人拿不准会是庄左卫门还是与助。

另外，阿江也考虑过使用更大分量的火药。

那样的话，我们之间将不再有任何纠葛——她想。

但那样便会殃及两边的邻居。

连真田家草者的帮助，阿江都拒之门外，声称"这是我一人之事"……所以，她无论如何都做不出殃及无辜之事。

阿江估量的火药能将扇师家毁坏一半，会给两边的邻居带来少许损坏。

第拾陆话

这一切无疑是给真田昌幸这位武将提供了翻身的机会……

火药顺着油绳缓缓蔓向地板下面。

阿江将手伸进腰间的皮囊，手里抓住四块铁片。

那东西的长短粗细好似阿江的手指，尖端锋利，根部有两处凹陷。那是飞镖的一种。

这正是袭击权现山忍者小屋的猫田与助他们投掷的那种飞镖。

阿江用右手拔出了短刀，她打算在房子炸毁的同时跳进去，确认猫田与助的生死。只要他活着，便断然将他干掉。

随着火药的爆炸，处于错愕之中的敌人的本领以及战斗力必定会减少一半。

阿江再次伏下身子，等待爆炸。

这时——

阿江听到了异样的声响。说是声响，莫如说是对面拂晓前的黑暗中似乎出现了震撼般的……那简直就是一种无法形容的轰鸣。

"啊？"

阿江登时一怔。她无法捕捉那种冲击的实质，愕然不知所措。

异样的轰鸣在西南方五六百米附近的地方响起，接二连三地急剧掀起高潮。

凭直觉，阿江断定轰鸣声是战场上的声响。

——是什么呢？

阿江不禁站了起来，本能地向后一跳。这时，扇师家爆炸了，几条火箭喷薄而出。

那一瞬间，阿江恢复了真田家草者的神志。

从轰鸣声的性质来讲，不允许她有片刻的迟疑。

阿江没有回望爆炸了的忍宿，而是转身朝着轰鸣声的方向跑去。

"啊……啊……"

向西拐过常乐寺的拐角，阿江边跑边情不自禁地大叫道。

她看到前方晃动着数不胜数的火把。

阿江双足一踩，跃上了常乐寺的土墙。

她听见马蹄声震天动地。

没有怀疑的余地了。

不知何方大军突如其来地侵入黎明前的京都。

阿江此时恐怕还需要再花一点时间才能弄明白这是日向守明智光秀率领的一万三千大军。

明智光秀下令"进军中国地方"，自丹波国的龟山城出动大军。他数日前便将攻打中国地方的火药及辎重先行派往中国地方。麾下诸将虽不解为何非要深夜发兵，却丝毫没怀疑这是要开进中国地方。

然而，在下了老坂坡、行进至沓掛之时，明智光秀下令全军休息片刻。

"杀掉京都本能寺的织田信长！"

至此，光秀亮明了他的决心。他向二十五名家臣宣布了自己欲成大事的决定，家臣们指挥着各自的军队转换了全军的编成，渡过桂川，一鼓作气直扑京都。

光秀的家老斋藤利三担任先锋，一进入京都地盘，他便控制了各条街道通向本能寺的木门，以便从后面杀进来的明智军通行。

明智军很快便渡过了桂川。

渡过桂川，再有一里半便到了本能寺。

在本能寺里酣然入睡的织田信长一行做梦都想不到明智光秀会谋反。这场叛乱在所有人眼里都是难以置信的。

"日向守光秀着了天魔了……只能这样想。只能这样想……"

得知此事之时，阿江兴奋得战栗不已。

明智光秀和羽柴秀吉比肩，俱为信长麾下老将。他忠心耿耿，而且是前途最光明的人。

在阿江看来，他没有任何理由背叛信长。

惟其如此，明智光秀奇袭本能寺才有成功的把握。本能寺里的信长仅带百十来名家臣，而妙觉寺的儿子信忠也只带了五百亲兵。

织田父子攻打中国地方的主力部队尚未抵达京都。

明智军将本能寺重重包围，开始用铁炮齐齐扫射。

据说当时是天正十年六月二日上午三时许。

紧接着，明智军发出撼天动地的呐喊，众将士杀入了本能寺。

织田信长登时看清了事态，大笑着说道："休矣！"

大臣们劝他撤退，信长回答："日向守这样的男人也算破釜沉舟了哟，逃了怪可惜的。"

接着，信长便拿起弓箭，来到内殿的回廊。

他决定战斗。

而后，敌人从院子里逼近大殿内外，信长见状便扔掉了弓，抓起侍童高桥虎松递上的十文字镰枪，且战且命令："在内殿放火！"

信长不能让光秀取下首级。

旋即，内殿喷出黑烟与火焰，信长扔掉枪，跑了进去。

阿江在常乐寺大殿的大屋顶上眺望着浓烟与大火发出的骇人声响以及起风后本能寺被吞噬的情景。

她的脑子里没有了扇师家的猫田与助。

她回归了作为真田家草者的自己。

我必须先将这件事第一时间报告给真田殿下——阿江心想。

阿江热血沸腾，她认为信长与信忠都活不成了。

他们不可能突破如此完善的包围逃生。

若是这样，此后的天下又将如何？

拥有绝对权威的英雄，如今就要莫名死去——不，应该说已经死去。

又要开战了。而且，战争将不会发生在遥远的九州和中国地方。

恐怕战火将再度燃烧蔓延到中央地区了吧？

这一切无疑是给真田昌幸这位武将提供了翻身的机会……

泛白的天空下面，京都的大街任由明智大军横行。

常乐寺周围也人声鼎沸。他们正在向北转移，这是要开始攻打妙觉寺的织田信忠了吗……

阿江滑下常乐寺的大屋顶，离开了这个地方。